MARTIN BECK SERIES 09

POLISMÖRDAREN

MAJ SJÖWALL & PER WAHLÖÖ

ECUS
Publishing House

馬丁・貝克｜刑事檔案——09

弒警犯

麥伊・荷瓦兒╳培爾・法勒——著
柯翠園——譯

木馬文化

目次

編者的話

故事，從一個名字開始

一九六五年，瑞典斯德哥爾摩的各書店內出現一本小說新書。書封上可見一名黑髮女子的影像。她雙眼緊閉，嘴唇微張，封面上大大寫著書名「Roseanna」一字。羅絲安娜，這是她的名字，她是一具河中女屍，剛被人從瑞典的運河汙泥中鏟起，而這部作品即將開啟犯罪推理小說的嶄新世紀。

當時，有不少過去習慣閱讀古典推理小說的年長推理迷在購書後回家一讀，大驚失色，紛紛回到書店抱怨，要求退書，理由是「這情節描述太寫實了」，讓他們飽受驚嚇。畢竟，在這之前，沒有哪部古典推理作品會以如此鉅細靡遺的冷靜文字，描述一具女性裸屍的身體特徵。然而，在此同時，這部作品俐落明快，描寫細膩，時而懸疑緊張、時而又可見詼諧的現代風格，卻在年輕世代的讀者之間廣受歡迎，大為暢銷。

這部以《羅絲安娜》為首，以社會寫實風格描述瑞典斯德哥爾摩的警探馬丁・貝克及其組員辦案過程的系列小說，便是在隨後十年連同另外九本後續之作，席捲北歐各國，熱潮繼之延燒至歐陸，進而前進英美等英語系國家的「馬丁・貝克刑事檔案」。

令人稱奇的是，如此成功的「馬丁・貝克刑事檔案」系列並非出自單一作者之手，而是一對傳奇創作搭檔的共同心血。

愛人同志，傳奇的創作組合

故事要從一九六二年說起。瑞典的新聞記者培爾・法勒，在這一年因緣際會認識了同樣從事新聞撰稿工作的麥伊・荷瓦兒，兩人進而相戀。荷瓦兒出身中產階級家庭，但性格非常獨立且獨特，年輕時常與藝術工作者往來，曾有過幾段短暫的婚姻關係，她在二十七歲認識法勒時，已育有一個女兒。曾在西班牙內戰時期遭法朗哥政權驅逐出境，因而返回瑞典的法勒較荷瓦兒年長九歲，已婚，同樣也有一個女兒，而且他在兩人相識時，已是頗富聲望的政治新聞記者。

兩人最初是在斯德哥爾摩一處新聞記者常聚集的地方因工作而結識，當兩人開始彼此產生感情，便刻意避開其他同業，改到其他地方相會。法勒當時在新聞工作外亦受託創作，每晚都會在兩人飲酒相聚的酒吧附近的旅館內寫作。相處一年後，法勒離開妻子，轉而與荷瓦兒同居。之後陸續有了兩個孩子，但兩人始終沒有進入婚姻關係。

荷瓦兒與法勒在共同創作初期，便打算寫出十本犯罪故事，而且，也只寫十本。這十部作品每本皆為三十章，都是由兩人各寫一章、以接龍方式合力創作而成；只不過，讀者很難從文字判斷各章分別出自誰的手筆。因為法勒與荷瓦兒在創作之初，就刻意不設定偏向哪一方的筆法，而是討論出最適合讀者及作品的行文風格，傾向能雅俗共賞——馬丁・貝克的形象於焉誕生。

疲憊警察，馬丁・貝克形象的誕生

有別於過往古典推理作品中，那些邏輯推演能力一流，幾乎全知全能的「神探」與「英雄」形象，荷瓦兒與法勒筆下這個警察辦案系列小說雖是以馬丁・貝克為名，但當中並沒有突顯誰是主角或英雄。這是一組平凡的警察小組成員，憑藉實地追查線索，有時甚至是靠著機運，才能偵破案件的故事。

這些警察一如所有上班族，各自有其獨特個性和煩惱——寡言、疲憊、婚姻失和、嗜好是組模型船，又有胃潰瘍問題的馬丁・貝克；身形高胖卻身手矯健，為人詼諧，擅長分析，有時又顯魯莽的柯柏（Lennart Kollberg）；愛抽菸斗、準時下班、每天要睡滿八小時、記憶力驚人的米蘭德（Fredrik Melander），以及出身上流階層，卻自願投入警職，個性古怪挑剔，永遠要穿上高級西裝的剛瓦德・拉森（Gunvald Larsson，第三集開始出現），和最不顯眼、任勞任怨至認命，原住民身分的隆恩（Einar Rönn），當然還有其他在故事中穿針引線的甘草人物角色。若是以交響樂團比喻這個辦案團隊，馬丁・貝克絕非站在高台上的指揮家，他更像是第一小提琴手，與其他樂手共同合奏出十首描述人性與黑暗的樂章。

荷瓦兒與法勒塑造的這種具有七情六慾、會為生活瑣事煩惱的凡人警探形象，在當年的推理小說世界實屬創新之舉，現代讀者或許早已習慣目前大眾影視或娛樂文化當中的警察形象，殊不知，這些角色的原型其實正脫胎自荷瓦兒與法勒在六〇年代創造出的這位寡言而平凡的北歐警探。

馬丁・貝克系列故事之所以廣受讀者喜愛，不僅在於這些故事背景就在日常當中，就在斯德哥爾摩實際存在的街路上、公園裡，與讀者生活的時空相疊合，而且讀者隨著角色之間的互動和對話，更是能逐漸清晰建構出這些人物的性格及形貌的具體想像，就像真實生活中認識的朋友。隨著每本劇情獨立、但又巧妙彼此牽繫的故事演進，讀者在這段時間軸中，也將見證到他們的個性變化和聚散離合，甚至，突如其來的死別。

長銷半世紀的犯罪推理經典

從一九六五年到一九七五年，荷瓦兒與法勒兩人在這短暫的十年間，以一年一本的速度，完成了馬丁・貝克刑事檔案全系列——《羅絲安娜》，《蒸發的男人》，《陽台上的男子》，《大笑的警察》，《失蹤的消防車》，《薩伏大飯店》，《壞胚子》，《上鎖的房間》，《弒警犯》，以及最終作《恐怖份子》。

故事背景的六〇、七〇年代還沒有網路，沒有手機，沒有ＤＮＡ鑑識技術，而且人人都在抽菸，隨時隨地；雖然這些細節設定如今看來略有懷舊時代感，但系列各作探討的問題卻是歷久彌新，沒有隔閡，你甚至會拍案驚嘆：「這些社會案件和問題現今依然存在，當前警察組織面對的各種犯罪和無力感也毫無不同。」

荷瓦兒及法勒在當年同為社會主義者，潛伏在這十個刑事探案故事底下的，是他們對於資本主義社會和龐大的國家機器的批判。他們看到了當時瑞典這個福利國美好表象底下的真實面貌。故事裡一樁樁的刑事案件，其實是他們對社會忽視底層弱勢的控訴，以及對投機政客的勾結貪枉，警界管理層的權力慾和顢頇導致基層員警處境艱困和社會犯罪問題惡化的喝斥。

然而，在荷瓦兒與法勒筆下的馬丁・貝克世界裡，在正義執法與心懷悲憫之間，人世沒有全然的善，也沒有絕對的惡。這些故事裡的行凶者往往也是犧牲者，只是形式不同。他們因為精神狀態、經濟能力、社會制度等種種原因，淪為遭到社會剝削、被大眾漠視的無助邊緣人，而他們的犯案動機有時甚至可能只是對體制和壓迫的無奈反撲。因此，馬丁・貝克和其警隊成員在辦案執法的同時，往往也流露出對於底層人物的悲憐，不論他／她是被害者抑或加害者，而每件刑案也是難以二分的灰色地帶。

短暫而光燦的組合，埋下北歐犯罪小說風靡全球風潮的種籽

一九七五年，法勒因胰臟問題病逝，他在先前已預感自己大限將至，於是將此生對於社會關懷的炙熱理念，盡數灌注在最終作《恐怖份子》當中，得年四十九。從一九六二年初識，第一本《羅絲安娜》在一九六五年出版，到最終作《恐怖份子》在一九七五年推出，這對獨特的創作搭檔在這十三年裡的無間合作，為後世留下了一系列堪稱經典的推理之作。

當年，這股馬丁・貝克熱潮一路從瑞典、芬蘭、挪威等北歐各國開始，繼而延燒至歐陸德國，而後進入美國等英語世界國家，不僅大量改編為電影、影集、廣播劇等形式，書中以社會寫實情節為本的創作風格，更是滋養了《龍紋身的女孩》史迪格・拉森（Stieg Larsson），賀寧・

曼凱爾（Henning Mankell），以及尤・奈思博（Jo Nesbo）等眾多後繼的北歐新一代犯罪小說創作者，為北歐犯罪小說在二十一世紀初橫掃全球、蔚為文化現象的風潮埋下種籽，預先鋪拓出了一條坦途。

同樣的，在亞洲，日本角川出版社從一九七五年起，也以英譯本進行日譯工作，推出馬丁・貝克探案全系列作品，並在二〇一三年陸續再由瑞典原文直譯各作，讓新一代的讀者得以更貼近這部傳奇推理經典的原貌。值得一提的是，常透過小說關注日本社會及時事問題的直木賞及日本推理大賞得主佐佐木讓，於二〇〇四年更是以《笑う警官》一書，向荷瓦兒與法勒筆下創造出來的這位北歐探長致敬，而這部作品也分別在二〇〇九及二〇一三年改編為同名電影及劇集，廣受稱道。

儘管這段合作關係已因法勒辭世而告終，但馬丁・貝克警探堅毅、寡言的形象，早已永遠存活在每個讀者的想像當中，以及藏身在每個後續致敬之作和影劇中的警探角色背後。一九七一年成立的瑞典犯罪作家學院（Svenska Deckarakademin），更是以這個書中角色為名，設立「馬丁・貝克獎」，每年表彰全世界以瑞典文創作，或是有瑞典文譯本的犯罪、推理類型傑出之作。

且讓我們開始走進斯德哥爾摩這座城市，加入馬丁・貝克探長和其組員的刑事檔案世界。

導讀

馬丁．貝克的喜歡與厭惡
——關於《弒警犯》

關於「故事的重啟」，這些年我們已見到太多也再熟悉不過，至少漫威旗下一票超英雄角色電影上映後才讓人驚覺台灣有那麼多把美漫掛在嘴邊的書迷粉絲，丹尼爾克雷格主演的最後一部007延宕多年終於要推出，始細數情報員龐德竟是如此有血有肉，就連至今全球疫情尚不見樂觀的Covid-19都勾起大眾對流行性傳染病多點學習探究的好奇，於是我開始思考，事隔十五年後在台灣重出馬丁．貝克刑事檔案系列的意義為何——不是因為作品續約、改編影視上映、銷售達某個亮眼數字所以換個封面再推一波，或是為了召喚老書迷收藏，因此推出印刷裝幀與原版不同的愛藏版，而是另一間出版社重新修潤譯文、找到不同的編輯定位，要與新一代的讀者對話。

其中，可能唯一用了舊瓶裝新酒的，就是聯繫上寫過舊版《弒警犯》的我撰一篇新的導讀文。

請容我先不厭其煩地重提一次：近半個世紀前，一對瑞典寫作搭檔決定花十年時間寫十本系列犯罪推理小說，主角是帶領團隊集體辦案的高階警官，援引實案、挑戰古典推理題材、採寫實筆法細述警界運作實況與社會樣態云云，利用不同的敘事架構突顯該集故事的張力，又用隨時間遞嬗的人物事件相互串接，讓這十部一系列作品站穩推理史上的經典地位。

或許會問，現在的你為什麼要閱讀這套書呢？會不會擔心內容早已過時，不像新拍的電影能把故事重組、找當紅炸子雞演員編劇導演外加鋪天蓋地的媒體行銷攻占大眾的眼球？思來想去，我只找到一個適合談這本《弒警犯》也能概括全系列的理由：讓我們來了解馬丁・貝克的喜歡與厭惡。

馬丁・貝克就是前述的高階警官，他卓越的辦案能力是難解罪案的解鎖之鑰，憑藉智慧毅力與他性格迥異的夥伴共同行動，但是他對顢頇爭功的上級已漸漸失去尊重和耐性。警察這個職業身分幾乎是他的信仰，擺放在眼前的是與案件直接或間接相關的大眾而非職場關係，不過他發現自己對犯罪的手法、成因、動機等執著探究的渴望漸失，慢慢對促成這些人為何變成加害者及被害者的驅動因素提出質疑辯證。他和許多瑞典人一樣走上離婚一途，卻也有了倚賴掛念的新對象，這段漫長的歷程曾讓他掙扎擺盪在生活與工作之間，不甚確定自己現今的處境是真正的舒適還是因為年華老去而有不同見地——也許這次遠離斯德哥爾摩、南下安得斯勒夫處理這宗失蹤人口案，會帶給他一些啟發。

表面上是一成不變的尋常警務工作，警察能用的伎倆坦白說也就那些，但馬丁・貝克察覺到，自己的應對進退不再像過去那般老練成穩，反而有不必要的情緒波動，浮現一絲絲不耐，抑或讓他不自覺且失態地放聲大笑。有人失蹤了、已是老面孔的罪犯來挑釁了、再度發生員警遭人持槍射殺的憾事，這些不是恍惚的既視感（如果你按順序讀下來就會發現），但這回馬丁・貝克真真確確遭遇的，是他曾親手逮到並送進監牢的前科犯，再度列居嫌犯名單首位。是這傢伙死性不改嗎？被害者的遭遇與九年前轟動全瑞典的殘酷命案如此雷同，可不可能是他人模仿陷害？無罪推定的原則該怎麼毫無罣礙地適用在這個人身上？警察真的有權力為應和公眾的期待而踰越執法的分際嗎？連串的疑惑他無人可問，也不想自問自答，於是反映在自己喜歡或厭惡的人事物上。

究其原因，馬丁・貝克本以為出在警察這個身分兼信仰上，因為從他的摯友搭擋、昔日得力下屬、新認識的同僚身上，都如同鏡子般映射出「好警察」的思維該是如何，無私理性的判斷才是行動的依歸。然而，那壓抑不住的情感是怎麼回事？

當我們跳脫主角的思維拉遠看，兩位作者的寫作企圖便顯露端倪：以馬丁・貝克為名的系列所講的不單單是警察故事，還一併借用了這個人物視角觀察瑞典在一九六〇到一九七〇年代的社會樣貌，接著再投射到小說書寫得以發揮呈現的人性探討。猶如一幀具景深的影像畫面，《弒警犯》一書泰半敘述的失蹤調查是依附在犯罪推理類型的聚焦近景，穿插其間、乍看不相關的事件角色及其行動則是略顯模糊的遠景；亦像排列成串的多米諾骨牌，《弒警犯》是倒（導）向終點的倒數第二張，傾倒後由多張牌面共同組合的全貌終將揭曉——這就要留待完結篇《恐怖份子》才能細談了。

本系列多部作品的導讀者及編者曾多次提及，這套創作是左傾的社會主義者對資本主義社會和龐大國家機器的批判，像用一把手術刀劃開、暴露隱藏在福利國家外殼下的瘡疤、瘢痕與病灶。以荷瓦兒與法勒筆耕的時間地點來看或許是正確的，但我認為他們二人的野心更大、選擇虛構小說而非紀實體裁的意念更明確，乃是站在存疑思辨的立場抒發觀點，不只用來召喚彼時的讀者，也能提醒未來的人們持續觀察思索——這不啻呼應推理小說家暨評論家朱利安・西蒙斯在《血腥謀殺》書中對主人公的評價：「貝克是一名理想化的角色，一個現代版的反英雄，也是時常質疑自己所作所為是否正確的人。」

重啟的「馬丁・貝克刑事檔案」不必當經典頂禮膜拜（你得要打開翻讀而非供在書架上或記憶體裡），也毋須迎合市場重編新寫，她本身就值得在不同時空拾起閱覽，既能滿足玩味類型的愉悅，又能引發獨特的哲思——相隔十五年重讀重撰文的我，特別有這番感觸。

•冬陽

推理評論人，現任台灣推理作家協會理事長，曾任城邦文化馬可孛羅出版副總編輯。從事推理小說編輯、撰寫導讀解說、策劃活動多年，以推廣推理閱讀和創作為己任。

摩
波靈傑湖
多畝
安得斯勒夫
特樂柏
史密潔港區
5公里

馬爾摩周邊區域圖

1.

早在車子到站前她就抵達公車站了，車子大概還要再半個小時才會到。相對於人的一生，三十分鐘委實不長；何況，她早已習於等候，而且總會提前到達。她想著晚餐要做什麼菜，也忖度一下自己的外表——這是她沒事時常做的事。

當公車到來，她就不會再有任何思緒了。她的人生只剩二十七分鐘。

這天是個美麗的日子，晴朗、有風，空氣中微微帶著早秋涼意，但是她的頭髮固定得很好，不會因為天候而走樣。

她的外貌如何？

站在路邊的她看起來約莫四十來歲，個子相當高，結實，雙腿直挺，寬臀，小腹有點她很怕被人看到的肥油。她的打扮大多跟隨流行，結果常需要犧牲舒適感。在這個起風的秋日，她穿著一件三〇年代風格的亮綠色大衣，尼龍絲襪，棕色薄漆皮靴，靴底是高平底。她左肩揹著一個有大黃銅釦的小方包；這個手提包也是棕色的，麂皮手套亦然。她的金髮噴足了髮膠，臉上也仔細化了妝。

一直到他車子停下來，她才看到他。他傾身向前，用力推開前座乘客座位的車門。

「要不要載你一程？」他問道。

「好啊，」她有點慌亂，「當然好。我沒想到……」

「沒想到什麼？」

「噢，沒想到會有便車可搭。我本來打算搭公車。」

「我知道你會在這裡，而且我剛好也順路。上車吧，有活力點！」

有活力點！她上車在駕駛身邊坐下，這共需要幾秒？有活力點！他開得很快，他們很快就出了城。

她把手提包放在膝上，看來有些緊張，也或許是慌亂，更可能是詫異。至於她的心情是喜是怒，則無從得知，因為就連她自己也不知道。

她從側面看著他，但他似乎完全專心地在開車。

他右轉離開主幹線，接著馬上又轉彎，在繞了許多彎之後，路況越走越差，是否還能稱之為路，都有待商榷。

「你要幹嘛？」她的輕笑聲中透露出害怕。

「等一下你就知道。」

「在哪兒？」

「這裡。」他踩煞車，車子停了下來。

他看到車前地面的青苔上，留有他幾個小時前駛過的車胎痕跡。

「就在那邊，」他點一下頭，「在那堆木頭後面，那地方不錯。」

「你在開玩笑嗎？」

「這種事我從不開玩笑。」

這個問題似乎令他感到難受或不悅。

「可是我的外套……」她說。

「就留在車上吧。」

「可是……」

「我有毯子。」

他下車，繞到車子另一邊，為她開門。

她接受他的協助，脫下外套，整齊摺好，放在座位上的手提包旁邊。

「那邊。」

他似乎沉著而鎮定，但他慢慢朝木堆走去時並沒有牽起她的手同行。她獨自在後頭跟著。

木堆後面很溫暖，有陽光照射，而且也擋著風。空氣中有蒼蠅嗡嗡飛著，也有樹葉的清香。夏天仍未完全消逝。今年這個夏天是氣象局有紀錄以來最炎熱的夏天。

這堆木頭不是普通的木堆，而是由鋸好的山毛櫸木堆砌而成，木頭鋸成一段一段，堆成六呎左右的高度。

「襯衫脫掉。」

「好。」她害羞地說。

她解釦子時，他耐心地等著。

他小心翼翼幫她脫掉襯衫，連碰都沒碰到她身體一下。

她站在那兒，一手拿著襯衫，不知所措。

他從她手中接過衣服，小心地放在木堆邊緣上頭。一隻蠼螋蜿蜒爬過衣服。

穿著裙子的她站在他面前，雙乳沉甸甸地兜在膚色胸罩裡，她雙目低垂看著地面，背靠在鋸木光滑的表面上。

該動手了。他的動作迅速又突然，她根本來不及明白究竟出了什麼事，更何況，她的反應一向不靈敏。

他雙手抓住她臍前的腰帶，猛一把就扯開她的裙子和褲襪。他很強壯，布料應聲撕裂，發出仿如舊帆布被撕開的刺耳聲音。裙子掉到她的小腿處，接著他將她的褲襪和內褲用力拉到膝蓋處，再將胸罩左罩杯往上拉開，她的左乳垂下來，不受拘束、重重地懸著。

這時，她才抬起頭來看著他的眼睛——一雙充滿厭惡、憎恨，還有殘忍快感的眼睛。但她腦中連尖叫的意念都來不及成形；而且，就算她有時間尖叫，也於事無補，因為這個地方是他精心選定的。

他雙手筆直伸出，向上，曬成古銅色的強壯十指圈環住她的喉嚨，將她掐住。她的後腦勺頂著木堆，腦中閃過一個念頭：「我的頭髮……」

那是她最後的意念。

掐死她之後，他的手仍緊緊勒住她的喉嚨。

然後他放開右手，以左手撐直她的身體，右手握拳，猛力擊打她的鼠蹊處。

她跌落地上，躺在麝香茜草和去年的落葉之間，幾乎全身赤裸。

她喉中傳出一陣嘎嘎聲。他知道這是正常現象，表示她已經斷氣了。

死亡一向不會多好看，況且，她生前也不是什麼美人，即使年輕時都稱不上美麗。躺在森林地上的她，充其量只能說是可憐。

他等了一兩分鐘，讓自己急促的呼吸和心跳回復正常。

然後，他又回復平日冷靜、理智的模樣。

由木堆往前走，是一大層在一九六八年秋季大風暴中被狂風掃落的果實和樹葉。再過去是一片有成年男子高度的繁密雲杉林。

他架住她的雙腋，她腋下的短毛濕黏黏地扎在他手掌心，令他深覺噁心。

要將她拖過那片樹幹蔓生、盤根錯結、幾乎令人寸步難行的地勢，著實頗費功夫。但他不著急。進入雲杉密林數呎後，有一處充滿黃色泥水的低窪沼地。他將她推進泥塘，再將她的屍體踏沉。在那之前，他停下來盯著她看了一會兒。她的皮膚仍留有夏日陽光曬出的古銅色，但左乳膚色十分蒼白，還有淺褐色的色斑。你可以說，那蒼白一如死亡。

他走回去拿她的綠色外套，卻愣住不知該如何處理她的手提包。接著，他從木堆上取下她的襯衫包住手提包，將所有東西帶回泥塘處。外套的顏色十分醒目，因此他找來一根合用的樹枝，將外套、襯衫以及手提包盡力推進泥塘深處。

隨後的十五分鐘，他收集雲杉樹枝及成塊的青苔，周密地蓋住泥塘，一般過路人根本不會注意到這兒有個泥塘。

他將成果研究了幾分鐘後，做了一些修正，這才完全滿意。

他聳聳肩，回到停車處，從車內地板拿起一塊乾淨的棉布，把自己的橡膠長統靴擦乾淨。他擦好後就將棉布丟在地上。布濕濕的，沾滿泥濘，躺在那兒十分醒目。沒關係，破棉布到處可見，這證明不了什麼，也無法與任何事情有特殊牽連。

然後他將車子調頭開走。

他邊開車邊想，每樣事情都進行得十分順利，她完全是罪有應得。

2.

一輛車停在蘇納羅森街一棟公寓的門口。那是一輛白色擋泥板的黑色克萊斯勒，車門、車頂及車箱上都以白字寫著斗大的「POLICE」。有人意圖精準形容車內人士的特質，於是故意在白底黑字的車牌上，用膠帶遮住車牌前三字母「BIG」中「B」的下半圈。

車前燈及車內的燈都關掉了，但街燈的光芒仍然映入車內，依稀可見前座的人制服上閃閃發亮的釦子及白色肩帶。

雖然這時才八點半，星光明亮，夜色絕美，十月的夜晚也不算寒涼，但長長的街道已少有人跡。街道兩旁的公寓窗口都透著燈光，有些還散發出電視螢幕的冷冷藍光。

一個偶然經過的路人好奇地瞥了這輛警車一眼，但在知道周遭並未發生與警務有關的重大事件後，隨即失去興趣。他只看到兩名再尋常不過的警察懶洋洋地坐在巡邏車裡。

車裡的人其實也希望能出點什麼事。他們已經在那裡枯坐了一個鐘頭，注意力全集中在對街公寓門口，尤其是一樓門口右側一扇亮著光的窗戶。但是他們知道如何等待，他們有豐富的經驗。

任何人要是趨近細看，可能會覺得這兩個人並不像一般的巡警。倒不是他們的制服有問題——他們的制服完全合乎規定，而且肩帶、警棍、塞在槍套裡的槍枝等都一應俱全。不對的是人。開車的人胖胖的，神情愉悅，目光機警；他的同伴身材較瘦，卻無精打采地坐著，一邊肩膀頂著側車窗。這兩人看來都在五十歲上下。一般說來，巡邏車都是由體能好的年輕警員負責，就算有例外，也多是採一老一少的搭配。

像這樣由兩個年齡合計超過一百歲的警員負責一輛巡邏車，稱得上是一大奇觀。但這是有原因的。

坐在這輛黑白雙色克萊斯勒裡的兩個人，不過是偽裝成巡警罷了。在那巧妙偽裝底下不是別人，正是警政署刑事組長馬丁・貝克和他的死黨萊納・柯柏。

這個偽裝是柯柏的主意。這是他根據他對要逮捕對象的了解而設計的。那人名叫林伯格，綽號麵包人。他是個竊賊，專長闖空門，但偶爾也會持械搶劫。他也試過詐欺，但不太成功。他吃過多年牢飯，但在服過最近的刑期後，目前是自由之身。馬丁・貝克和柯柏這趟任務要是能成功，林伯格短暫的自由也就要結束了。

三週前，麵包人走進烏普薩拉市中心一家珠寶店，拔槍要脅店主交出總值二十萬克朗的珠寶、手錶和現金。原本到此為止一切都很平順，麵包人大可帶著掠奪品就此消失，但是有位店員突然由店裡頭走出來，麵包人嚇了一跳，慌亂中開了一槍，正好打中那名女店員的前額，令她當場斃命。麵包人成功地脫逃。兩小時後，斯德哥爾摩警方趕到仲夏夜廣場他女友的公寓找他時，發現他躺在床上睡覺。他女友堅稱他因為感冒，已有二十四小時沒踏出房門。搜索結果也找不到任何戒指、珠寶、手錶和現金。麵包人被帶回偵訊，並和店主對質，但因為當時搶匪戴著面具，店主因此有所遲疑、不敢百分之百指控他就是搶匪。不過警方對此可是毫不懷疑。首先，他們可以推知，麵包人在牢裡待了那麼久，一定身無分文；此外，有線民向警方透露，說麵包人曾提及他計劃在另一個城市幹上一票；還有目擊者指認，案發前兩天曾看到麵包人在珠寶店所在的街道漫步，想必是去勘察地形。麵包人否認他去過烏普薩拉。最後警方因為罪證不足，只好將人釋放。

目前為止，警方已連續三週對他進行二十四小時監視，相信他遲早會到藏匿搶劫所得的地點取出贓物。但麵包人似乎知道自己遭到監視，有幾次甚至還對監視他的便衣警察揮手致意，他唯一的目的似乎就是讓他們有事可做。他顯然一文不名，至少是什麼錢都不花，除了每週一次到社會福利局領取固定的救濟金外，不足的就由女友供應。她有份工作，也供他免費吃住。

最後，馬丁．貝克決定親自出馬。柯柏則想出打扮成巡警的妙招。因為不管便衣警察打扮得多麼不起眼，麵包人還是能大老遠就一眼看穿。但他對穿制服的員警則是態度輕蔑而冷淡。柯柏因此認為制服必是最好的偽裝。馬丁・貝克對此雖然有所保留，還是同意一試。

他們倆都沒預期這個新策略會馬上見效。因此當麵包人知道自己沒再被監視、立刻跳上計程車來到羅森街這個地方時，他們真是又驚又喜。由他居然會搭計程車這事來判斷，他此行顯然有特定目的。他們相信，他必定會有什麼行動。如果他們能將他、贓物，甚至連同那把殺人的手槍一併人贓俱獲，那麼絕對能將他和罪案連結起來，如此一來，這個案子對他們而言也就算了結了。

麵包人進入這棟建築已經一個半鐘頭了。他們一個鐘頭前曾在門口右側的窗口瞥見他的身影，但之後便毫無動靜。

柯柏開始覺得餓。他常常覺得餓，又老是嚷著要減肥，動不動就嘗試新的減肥妙方，但通常很快就會放棄。他至少過重四十磅，但他定期健身，因此體能保持得很好。雖然體重過重、又年近五十，但需要採取行動時，他的動作卻是驚人地迅速、靈活。

「我肚子好久沒裝東西了。」柯柏說。

馬丁・貝克沒答話。他不餓，但他突然很想抽根菸。兩年前胸部遭受嚴重槍傷之後，他幾乎已完全戒菸。

「像我這種噸位的人，一天一顆白煮蛋實在不夠。」柯柏繼續說。

如果你不吃那麼多，就不會長成這種噸位，那麼自然也就不需要吃這麼多，馬丁．貝克心裡想著，但沒說出口。柯柏是他最好的朋友，這個話題相當敏感，他不想傷了他的心。更何況他知道柯柏餓時脾氣特別壞。他也知道柯柏力促他太太協助他減肥，要她每天早上只給他吃白煮蛋。但這個減肥計劃不太成功，因為早餐是他在家裡吃的唯一一餐，另外兩餐不是外食，就是在警局的福利社吃，而馬丁．貝克可以保證，他吃的絕不是白煮蛋。

柯柏對著半條街外一家燈火通明的糕餅店點一下頭，問道：

「你可不可以……」

馬丁．貝克打開靠人行道這側的車門，一腳踩出車外。

「可以。你要什麼？丹麥捲？」

「對，還要一個馬札林蛋糕。」

馬丁．貝克帶著一袋糕餅回來。他們靜靜坐著，看著麵包人走進去的那棟建築。柯柏吃著糕點，屑屑掉得一身都是。吃完後，他將座椅往後挪一格，將肩帶放鬆。

「你槍套裡放的是什麼？」馬丁．貝克問。

柯柏解開槍套，遞了過去。裡面是一把義大利製的玩具槍，做工精細，滿大一把的，而且幾乎跟馬丁．貝克的華瑟型手槍一樣重。不過，這槍只能發射空包彈。

的人。

「還不賴，」馬丁．貝克說，「我小時候很想有一把像這樣的槍。」

警界都知道，柯柏拒絕攜帶武器。大多數的人都以為柯柏此舉是出於某種愛好和平的信念，以及為了立下典範之故，因為他是警局裡提倡「在正常狀況下，警察應完全摒棄使用武器」最力的人。

這些雖然都對，卻只對了一半。馬丁．貝克是少數知道背後真正緣由的人。萊納．柯柏曾經開槍打死人，那是二十多年前的往事，但柯柏始終無法忘懷。而且，自此之後，即使任務再困難、危險，他也都不帶槍。

那次意外發生在一九五二年八月。柯柏當時隸屬斯德哥爾摩第二索德管區。某天傍晚，長島監獄出了事。三名武裝男子試圖劫獄救出一名囚犯，劫囚過程中打傷了一名警衛。當柯柏所屬的緊急應變小組趕到時，那些人已在逃跑途中，而且車子撞上西橋的欄杆，其中一人被捕，另外兩人則成功逃到橋墩另一邊的長島公園。警方研判這兩人都攜有槍械。因為柯柏是公認的射擊好手，因此就成為進入公園圍捕這兩人的小組成員。

他一手握槍，爬到橋下，順著河岸行走，距離橋上的光越來越遠，只能在黑暗中靠聽覺摸索前進。過了一會兒，他在一處突進海灣的平滑花崗岩礦脈前停住，彎身將一隻手伸進水裡，水的感覺既溫暖又柔和。當他挺直身子時，聽到了一聲槍響，感覺有一顆子彈劃過他的外衣袖子，擊中他身後數碼外的水面。開槍者就在他頭頂斜坡上那片黑暗樹叢後的某處。柯柏立刻趴倒在地，先爬到岸邊可供屏障的植物後面，再朝著一塊大岩石爬去。那岩石就在他研判對手開槍處的上方。果然，當他爬上那塊大石頭時，就著海灣流水的反光，他看到一個人影，就在離他五、六十碼處。那人半側著身，舉起的手握著槍，頭慢慢左右轉動。他身邊就是通往里達灣的陡坡。

柯柏小心瞄準那人的右手，就在他扣下扳機的那一剎那，他瞄準的對象後方突然蹦出一個人，撲向那人的手及柯柏的子彈。然後，就像他的出現那麼突兀，他又倏忽消失在山坡下。

柯柏一時間不知道發生什麼事，只看到那人開始奔跑，柯柏再次開槍，打中他的膝蓋。然後他走過去朝山坡下探看。

水邊躺著一個剛被他打死的人，那是和他同一管區的一名年輕員警，他們常一起值勤，兩人感情出奇的好。

這件事被上層壓了下來，柯柏的名字從未和這名同事的死因連在一起。官方宣稱這名年輕員警在追捕危險人犯時，被來自不明處的流彈擊中，意外身亡。柯柏的上司稍稍說了他一頓，警告他切莫因此消沉或自責，最後還指出卡爾十二世*也曾因一時不慎，失手殺死自己的首席侍從官

* 卡爾十二世（Karl XII,1682-1712）瑞典國王，著名的軍事奇才。

兼密友。就連最良善的人也都可能出這種意外。事情本該就此結束，但柯柏從沒真正從這件事的衝擊中回復過來。因此，這麼多年來，每當必須全副武裝時，他佩帶的總是只能擊出空包彈的槍。

不過，柯柏和馬丁・貝克坐在巡邏車裡等麵包人現身時，完全沒想到這件陳年往事。柯柏打著哈欠，在座位上不安地扭動。坐在方向盤後很不舒服，何況他穿的制服也太緊了。他已記不得最後一次穿制服是何時，反正一定是很久以前。他身上穿的這件是借來的，雖然小了點，但絕對不比他自己的舊制服來得緊。那件舊制服如今正吊在家中的衣櫥裡。

他瞥了一下馬丁・貝克。馬丁已深深沉入座椅，眼睛直視著擋風玻璃。

兩人都沉默不語。他們已相識許久，多年來，兩人一起出任務時，從不需要為了說話而說話。他們不知有多少夜晚就是這樣一起度過的——在某條黑暗的街道，坐在車裡等候。

自從升任警政署刑事組組長後，馬丁・貝克已無須擔任追蹤跟監的工作。這些事自有手下幹員負責，但他還是常常親自出馬，雖然這種工作大多無聊得要命。他不希望升為組長後，因為得花更多時間應付這個日益龐大的官僚體系，以及其中種種煩瑣的要求，而與實務工作脫節。即使當二者的時間很不巧地互相衝突時，他還是喜歡跟柯柏一道坐在車裡打哈欠，覺得這更勝跟警政署長坐著開會，拚命忍著不打哈欠。

馬丁・貝克不喜歡官僚體系、開會和警政署長，但他很喜歡柯柏，而且很難想像工作上若是少了柯柏為伴，會是什麼樣子。有好一陣子，柯柏偶爾會提及想離開警界，最近他這個念頭似乎更加強烈。馬丁・貝克既不想鼓勵他，也無意勸阻。他知道柯柏與警方是再無任何共同信念可言了，他的良心讓他越來越無法忍受這份工作。馬丁・貝克也知道，柯柏要再找到一份分量相當、令他滿意的工作會非常困難。在這種失業率居高不下的時候，別說失業的年輕人特別多，就連大學畢業生及受過良好訓練的專業人才也都找不到工作，所以一個五十歲的退職警察鐵定前途堪憂。若純為一己之私，他當然希望柯柏能繼續留下，但是馬丁・貝克不是自私的人。他從未有一絲一毫想影響柯柏的念頭。

柯柏又打了一個哈欠。

「缺氧。」他邊說邊搖下車窗。「我們當年做巡警時還滿好運的。當時巡警的腳是用來走路的，不像現在只是用來踢人。像這樣悶坐著，還真會得幽閉恐懼症。」

馬丁・貝克同意地點點頭。他也很討厭被關閉的感覺。

馬丁・貝克和柯柏都是一九四〇年代中期在斯德哥爾摩踏入警界工作。馬丁・貝克走遍了諾曼斯的街道，柯柏則躑躅行走在老城的巷弄裡。當時兩人互不相識，但他們對那個時代的記憶大體相同。

九點半，糕餅店打烊了。街上許多窗口的燈光也熄了。然而麵包人進入的那間公寓，燈光仍然亮著。

對街的門突然打開。麵包人步上人行道。他雙手插在外衣口袋，嘴角叼著一根菸。

柯柏雙手放上方向盤，馬丁・貝克則由椅子上坐直。

麵包人安靜地站在門外，沉著地吸著菸。

「他手上沒拿任何袋子。」柯柏說。

「東西也許放在口袋裡。」馬丁・貝克說。

「或許他把東西賣了。我們得查查看他拜訪的是誰。」

幾分鐘後，還是什麼也沒發生。麵包人仰首看著星空，似乎在享受夜晚的空氣。

「他在等計程車。」馬丁・貝克推斷。

「未免也等太久了。」柯柏不以為然。

麵包人吸了最後一口菸，把菸蒂彈到街上。他將外衣領子翻上來，雙手再度伸進口袋裡。他越過街，朝警車走來。

「他走過來了。」馬丁・貝克說，「可惡！現在怎麼辦？抓人嗎？」

「沒錯。」柯柏說。

麵包人慢慢走到車邊，彎下身，由側車窗看著柯柏，開始大笑。接著他繞過車尾，踏上人行道，打開馬丁．貝克那邊的車門，彎下身，又縱聲大笑。

馬丁．貝克和柯柏靜靜坐著，讓他笑個夠。理由無他，因為他們倆都不知道該拿他怎麼辦。

麵包人終於由狂笑中稍稍恢復。

「天哪，你們兩個終於被降職了？還是這是某種化妝舞會？」

馬丁．貝克嘆了口氣，下車打開後座車門。

「上車吧，林伯格，」他說，「我們會載你去瓦斯貝加。」

「挺不賴的嘛，」麵包人和氣地說，「那裡離我家比較近。」

在開往索德拉警局的路上，麵包人告訴他們，他到羅森街是去拜訪他弟弟。派過去查證的警員很快就證實了這個說詞。那間房子裡沒有武器、金錢或是任何贓物。麵包人自己身上也只帶著二十七克朗。

晚上十一點五十分時，他們不得不放了他。馬丁．貝克和柯柏也有了想回家的念頭。

「我不知道你們這些當警察的居然這麼有幽默感，」麵包人臨走前取笑他們，「先是那些戲服……真好玩。不過我最喜歡的是你們車後寫的那個『ＰＩＧ』。要是我來貼，還不見得能做得更好呢。」

他們不覺得這有什麼好笑的。但麵包人的笑聲直到他下了樓梯，仍遠遠地傳來。麵包人的笑聲聽起來簡直就像是《大笑的警察》歌裡的笑聲。

但這點其實無關緊要。反正他們很快就會逮到他。麵包人是那種包準會被抓的典型。

至於他們自己，很快就有許多別的事要頭痛。

3.

這個機場活脫脫是國家的恥辱。從斯德哥爾摩的阿蘭達機場飛過來不過也才五十分鐘，飛機卻在這個全國最南方的機場上空盤旋了一個半鐘頭，還是無法降落。

「有霧。」這是簡短的解釋。

如此回答早在預料當中。因為將原地的居民遷走之後，整座機場就建在全瑞典最多霧的地方。這還不夠糟糕，它甚至位在一條著名的候鳥遷徙路線中途，而且離城甚遠。

此外，為了建造機場，還毀掉了一個理應受到法律保護的自然生態保護區，毀損的範圍與程度深遠，完全無法挽回，可說是一場巨大的生態浩劫。這是一個政府號稱是「更富有同情心的社會」最犬儒主義、又典型反人道主義的作為。而所謂「更富有同情心的社會」一說，已成為民眾完全無法理解的無上諷刺。

駕駛員終於飛累了，因此管它有霧還是沒霧，硬是降落下來。為數不多的乘客，臉色蒼白，冒著冷汗，零零落落地走進機場大廳。

大廳的顏色——灰色及深黃色——似乎凸顯了行政部門的無能及腐敗。過去那幾個小時實在令馬丁・貝克無法消受。他原本就討厭飛行，即使是新飛機也無助改善這個事實。他這次搭乘的是一架DC－9。飛機先是筆直往上爬升到一個習慣生活在地面的人無法理解的高度，接著以一種抽象難解的速度急速掠過大地，最後卻以單調的盤旋做為結束。紙杯中裝著號稱是咖啡的液體，喝了立刻令人做嘔。機艙裡的空氣混濁而黏稠，有礙健康。與他同機的少數乘客亦是痛苦不堪。這些乘客多是技術專家或生意人，他們不時緊張地看看錶，或是焦慮地翻動隨身小提箱裡的文件。

機場的入境大廳連不舒服都稱不上，奇醜無比，整體設計無疑是個大災難。相形之下，地處偏僻、灰塵瀰漫的公車站都比它來得生氣蓬勃且快活。大廳裡有個熱狗攤，賣著令人難以下嚥、又毫無營養的人造食品。售報攤上陳列著保險套和色情雜誌。行李輸送帶上空無一物，附近有幾把看起來像是西班牙宗教迫害興盛時期設計給犯人坐的椅子。此外，還有十來個打著哈欠的警察和海關人員，每個人無疑都是在違反個人意願下被派來此地上班的。外頭有輛計程車，司機在車裡睡著了，最新一期的某本色情雜誌就攤在他的方向盤上。

馬丁・貝克等了許久才等到他的小行李。他從輸送帶上提起行李，步入秋霧之中。有個旅客先一步上了計程車，車子開走了。

入境大廳裡沒人說半句話，或露出知道他是誰的表情。每個人似乎都冷淡至極，彷如失去了說話能力甚或運用語言的興致。

警政署刑事組組長來到機場，但似乎沒有人意識到這件事的重要性。就連最不上道的菜鳥記者也都懶得費事跑來這裡，拿紙牌、煮過頭的香腸以及有石化味的汽水來豐富他的生活。總之，所謂的名人是不會出現在這裡的。

入境大廳外頭停著兩輛橘色公車。塑膠標牌顯示出目的地：倫德和馬爾摩。司機沉默地抽著菸。

夜晚的氣溫暖和，空氣潮濕，神祕的光暈環繞著電燈。

公車開走了，一輛是空車，一輛只有一名乘客。其他旅客都匆忙地走向停車場。

馬丁．貝克的掌心還是濕的。他走回入境大廳，找到男廁。沖水設備壞了。小便斗裡躺著吃剩半條的熱狗和半瓶伏特加；洗手台裡油膩膩地一團髒，還黏著頭髮；紙巾架上空無一物。

這是馬爾摩的史特拉普機場。一個嶄新、尚未完成的機場。

馬丁．貝克懷疑是否值得將它完成。就某方面來說，它已經臻於極致——是所有失敗建築的縮影。

馬丁．貝克用手帕擦乾雙手，再度走到外頭，在黑暗中站了一會兒，覺得有些寂寞。

他沒有期待警察樂隊在入境大廳列隊歡迎，也不奢望地方警局的局長騎馬前來迎接。

但是他料想的也絕非空無一人。

他在口袋裡摸索銅板，想找一個電線沒被剪斷，或是投幣孔沒被口香糖黏住的公共電話。

燈光透過霧氣照射過來，一輛黑白二色的警車沿著坡路潛行，轉向銘黃色電話亭的門。它開得很慢。當它開到與這位形影孤單的旅客平行時才停下來。邊窗搖了下來，一位紅髮、腮鬍短疏的巡警冷冷盯著他。

馬丁・貝克沉默以對。

一、兩分鐘後，這人舉起手，以指頭做勢要他過去。馬丁・貝克走到車旁。

「你為何在這裡晃盪？」

「我在等車。」

「等車？還真的咧！」

「也許你可以幫我的忙？」

那警察一時愣住了。

「幫你？你什麼意思？」

「我飛機誤點，我想，也許能借用你的無線電。」

「你以為你是誰啊？」

他目光牢牢盯著馬丁．貝克，同時轉頭對著後方說話：

「你有聽到嗎？他說也許能借用我們的無線電。他以為我們是在拉皮條還是什麼的。你剛剛沒有聽到嗎？」

「聽到了。」另一名警察疲憊地說。

「你能證明自己的身分嗎？」第一位警察問道。

馬丁．貝克將手伸往後邊口袋，但隨即改變主意，放下手來。

「可以，但我寧可不要。」

說完他就轉身走回放行李的地方。

「你聽到了沒有？」那警察說，「他說他寧可不要。他以為自己很了不起呢！你說說看，他是不是自以為了不起？」

那些話極盡挖苦之能事，幾乎像磚塊一樣擲地有聲。

「算了，」開車的人說，「今晚別再惹事了，好不好？」

紅髮男人惡狠狠地盯著馬丁．貝克良久，接著是一陣含糊的對話。車子緩緩開了六十呎後再度停下來，員警因此可由後視鏡裡觀察他。

馬丁・貝克故意朝向另一個方向，沉重地嘆了口氣。

此時站在機場的他，確實很可能會被誤認為張三李四。

過去這一年，他成功地改掉了自己的一些警察習氣，例如雙手一成不變地背在身後；現在，他也能在一個地方靜靜地站上一陣子，不會前後晃動。

雖然他體重略有增加，但年屆五十一歲的他仍然高大、結實、體格壯碩，只是背略略彎曲。如今他的穿著也比以往舒適、隨性，但也不是刻意專挑年輕的衣服來穿——涼鞋、Levis牛仔褲、套頭衫，外加一件達克龍夾克。當然，從另一個角度看來，身為國家刑事偵查部門的行政首長，這樣的打扮可能相當有違慣例。

巡邏車裡的兩個警察顯然就不相信他是高階警官。當一輛深紅色的歐寶開到入境大廳門口停住時，他們仍在交頭接耳。有個人下了車，繞過車子。

「好啦。」

「貝克。」

「通常我報上姓名後，對方都會笑出來。」

「笑出來？」

「他們笑我竟把自己的名字——郝萊，說成那樣。」

「原來如此。」

但馬丁．貝克不是容易發笑的人。

「你也知道，警察有這種名字實在有點蠢，黑格特．郝萊。所以通常我自我介紹時就故意那樣唸，說的像個問句似的。『好啦？』，把人家搞得可亂了。」

他將行李放進車子後車箱。

「我來遲了，」他說，「沒人知道飛機會在那裡降落。我以為它會一如以往，降落在哥本哈根。我都開到林漢了，才聽說它降到這裡。對不起。」

他好奇地窺看馬丁．貝克，似乎想知道這位貴客是不是心情不好。

馬丁．貝克聳聳肩。

「沒關係，」他說，「我不趕時間。」

郝萊瞥了那輛巡邏車一眼。車仍停在原處，引擎開著。

「這裡不是我的轄區，」他露齒一笑，「他們是馬爾摩來的。我們最好在被捕之前趕快開溜。」

這個人顯然隨時都能咧開嘴笑。他的笑聲很柔和，富有感染力。

但馬丁．貝克還是連個微笑都沒有。一方面是因為其實沒什麼好笑的，另一方面是因為他正在分析這個人——想勾勒出一個初步印象。

郝萊的個子矮小，O型腿。說他個子矮小，是按警察的標準。他腳上那雙綠色橡膠長筒靴，身上那套棕灰色斜紋布西裝，再加上後腦勺那一頂被太陽曬到褪色的獵人帽，怎麼看都像是個農夫或地主。他的臉曬得很黑，有飽經風霜的痕跡。靈活的棕色雙眼，眼角滿是笑紋。他是某種鄉村警察的典型，不符合新的制式風格，會逐漸遭到淘汰，但尚未完全絕跡。

也許他比馬丁・貝克年長。但他比馬丁・貝克更具優勢的是，他工作的環境較為安靜、健康——但這絕對不代表工作者既安靜又健康。

「我在這裡已經快二十五年了，還是頭一遭碰到刑事組的人專程從斯德哥爾摩過來辦案。」

郝萊搖搖頭。

「我相信一切都能圓滿解決，」馬丁・貝克說，「不然……」

他在心裡將句子說完，「不然就是完全無法解決。」

「沒錯，」郝萊說，「你們刑事組了解這類案件。」

馬丁・貝克不太確定他口中這個「你們」只是禮貌上採用複數，還是指他和柯伯這個雙人組合。柯伯從斯德哥爾摩開車過來，明天會到。這麼多年來，他都是馬丁・貝克倚重的左右手。

「消息很快就會外洩，」郝萊說，「我今天在城裡看到幾個人，我想應該是記者。」他再度搖搖頭，「我們不太習慣這樣——這樣受人矚目。」

「有人失蹤，」馬丁·貝克說，「這也不是多特別。」

「沒錯，但重點不在此，完全不是。你要不要聽聽我的意見？」

「謝謝，如果你不見怪的話，現在先不要。」

「我從來不會見怪，那不是我的作風。」他再度笑起來，但隨即打住，接著嚴肅地加上一句，「不過，調查工作並不是由我負責。」

「也許她會自動出現。常常都是這樣。」

郝萊第三度搖頭。

「我不這麼認為，」他說，「要是有人問我。總之，大家都說這是個案情待查、但已知兇嫌的案子。他們的說法可能沒錯。他們還說太荒謬了，居然——原諒我這麼說——只因為情況不尋常，就找刑事組來。」

「誰說的？」

「老大，我們老闆。」

「特樂柏警局的局長？」

「就是他。不過你說得對，現在先不談比較好。我們目前在機場的新道路。等一下要接上從馬爾摩到西達特的高速公路，這條也是全新的。你有沒有看到右邊的燈光？」

「有。」

「那是史維達拉，還是隸屬馬爾摩轄區。那個轄區的面積真是大得不得了。」

他們已穿越霧區，那霧區顯然只侷限在緊鄰機場的四周。天空掛滿星星，馬丁・貝克早已搖下車窗，呼吸著車外的氣味。在石油與柴油味之外，混雜著肥沃的腐植土和肥料氣味。味道很重，有滲透性，營養極了。郝萊在高速公路上開了幾百呎就右轉出去。鄉村的味道越來越濃郁了。

其中有一股味道甚是特別。

「豆莖和甜菜漿，」郝萊說，「那讓我想起兒時。」

高速公路上轎車及大卡車不斷電馳而過，但這裡卻似乎只有他們倆。夜幕低垂，像一片天鵝絨鋪在起伏的平原上。

郝萊顯然在這條路上開過好幾百回，熟知路上每個轉彎處。他維持定速開著，幾乎不需看路。

他點起一根菸，遞過菸盒。

「不了，謝謝。」馬丁・貝克回絕。

過去這兩年他總共抽不到五根菸。

「我的理解要是沒錯，你想住旅館？」郝萊問他。

「對，那樣比較好。」

「我已經幫你在這裡訂了房間。」

「很好。」

小鎮的燈光出現在他們眼前。

「到了，前面就是，」郝萊說，「這裡是安得斯勒夫。」

街上空無一人，但街燈明亮。

「這裡沒有夜生活，」郝萊說，「安靜又詳和，很棒。我這輩子都住在這裡。在這件事發生之前，沒什麼可抱怨的。」

根本是一片死寂，馬丁．貝克心想，不過，也許本來就該如此。

郝萊將車子減速，指著一棟低矮的黃磚建築。

「警察局，」他說，「當然，現在關門了。不過，你想看的話，我可以為你開門。」

「不用麻煩了。」

「旅館就在轉角，我們剛才經過的花園就是旅館的花園。餐廳這時間已經打烊了，要是你願意，可以到我的住處吃個三明治，喝罐啤酒。」

馬丁・貝克不餓，搭飛機讓他倒盡胃口。他客氣地回絕，然後問道：

「這裡到海灘會很遠嗎？」

這問題似乎沒讓郝萊吃驚，或許他不是容易吃驚的人。

「不會，」他說，「我認為不遠。」

「開過去要多久？」

「大約十五分鐘，最多。」

「你介意去繞一下嗎？」

「完全不介意。」

郝萊將車轉到像是主幹道的街上。

「這是本鎮的主要觀光景點，」他說，「一條公路，很重要的公路。以前是由馬爾摩通往西達特的主幹線。我們右轉後，就會到公路南方，那就是斯堪尼省了。」

支線彎來彎去，但郝萊以一貫的從容與自信開著車。他們經過一座農場和白色的教堂。十分鐘後，開始聞到海的氣息；再過幾分鐘，就抵達了海灘。

「要我停下來嗎？」

「是的，麻煩你了。」

「要是你想涉水，車上行李箱裡有多一雙橡膠長筒靴。」郝萊邊說邊咯咯地笑。

「謝謝，我想試試。」

馬丁．貝克穿上靴子。靴子有點緊，但他沒打算玩太久。

「我們現在到底在什麼地方？」

「在博思特。右邊有燈光那一片是特樂柏，左邊燈塔是史密潔港。再遠就看不到了。」

史密潔港是瑞典最南的一點。

藉由燈光及天空的反光看去，特樂柏應該是一座相當大的城市。一艘燈火通明的渡輪正駛向海港，或許是由東德的薩斯尼茲開過來的火車渡輪。

波羅的海不停拍打著海岸，海水輕輕嘆息，沉入細沙中消失。

馬丁．貝克踩上隨浪搖擺的海草壁壘，往前走了幾步，步入海水中。一陣涼意透過靴子傳上來，舒暢無比。

他屈身向前，手掌彎成杯形，掬滿海水洗臉，再用力將水吸入鼻孔。那味道新鮮中帶著鹹味。

空氣很潮濕，有海草、魚和焦油的氣味。

他看得到幾碼外有魚網掛著在晾乾，還可看到漁船的輪廓。

柯柏常說什麼來著？

調查凶殺案最棒的一點，就是你常常能離開都市。

馬丁・貝克抬起頭來傾聽，入耳的唯有浪聲。

過一會兒，他走回停車處。郝萊靠在擋泥板上，抽著菸。馬丁・貝克朝他點點頭。

他準備明早再研究案子。

他對這件案子沒什麼期待。它們通常只是例行公事，只不過是老掉牙的故事一再重複，總是悲劇，令人沮喪。

微風從海面吹來，溫和而涼爽。

一艘貨輪沿著黑暗的海平線向西航行，他看得到右舷上懸掛的綠色燈籠及船身的燈光。

他渴望同帆遠颺。

4.

馬丁．貝克一張眼就完全清醒了。這房間雖然簡陋，但相當舒適。房裡有兩張床，窗戶朝北。兩張床並排，中間距離三呎。他的行李就擺在其中一張床上，他則睡在另一張。地上是他昨夜才讀了半頁及兩個圖說就睡著的書。那本書是「昔日的著名遊輪」書系之一，書名是《諾曼第——電動渦輪引擎暨四螺輪推動器遊輪》。

他看看時鐘，七點三十分。外頭傳來零零落落的聲音，有車聲，也有人聲，還有屋裡某處馬桶的沖水聲。有什麼事不太一樣，他很快就知道是什麼——他穿著睡衣睡覺。他現在只有旅行時才會穿睡衣。

馬丁．貝克起床走到窗邊向外看，天氣很棒，陽光照著旅館後面的草地。

他梳洗過後很快地穿好衣服下樓。突然間，他考慮吃個早餐，但隨即摒棄這個念頭。他很不喜歡在早上吃東西，兒時，每天離家上學前，他媽媽總會逼著他喝可可，吃下三個三明治，弄得他常在上學途中嘔吐。

省掉早餐，他在口袋裡摸到一枚一克朗硬幣，將錢幣塞進立在入口右側的吃角子老虎機。一拉之下，出現三顆櫻桃。他將贏得的錢放進口袋，離開旅館，走對角線越過鵝卵石鋪就的廣場，經過還沒開門的酒行，繞過兩個街角來到警局。義消隊顯然就在警局隔壁，因為一輛雲梯車就停在建物門前。他得從旋轉梯台下爬過去。一個穿著油膩連身工作服的男子正在修理車上的某樣東西。

「嗨，你好！」

這人愉快地打招呼，完全違反凡事拘束的瑞典人情。

馬丁・貝克嚇了一跳。這個小鎮顯然非常不同。

「你好。」他禮貌地回應。

警局的門鎖著，玻璃上面貼著一張卡紙，以原子筆寫著：

上班時間

週一至週五　上午八點半至十二點

　　　　　　下午一點至兩點半

週四　　　　增加晚上六點至七點

週六休息

時間表上沒提到星期日。或許在這裡，所有的犯罪活動在週日都會停息，甚至嚴禁發生。

馬丁．貝克饒有興味地看著這張時間表。對一個斯德哥爾摩來的人而言，這簡直如同天方夜譚。

也許他剛剛應該吃點早餐的。

「黑格特一會兒就回來，」穿連身工作服的男子說，「他十分鐘前剛帶狗出去。」

馬丁．貝克點點頭。

「你就是那個名警探嗎？」

這問題很難回答。因此，他沒有立刻答覆。

那人繼續修理消防車上的東西。

「我無意冒犯，」他沒有轉過頭來，「不過我聽人說，旅館裡有個很出名的警探入住，而我並不認識你。」

「是的，我想那應該是指我。」馬丁．貝克的語氣不太確定。

「所以這表示佛基就要入獄了。」

「你怎麼會這麼認為？」

「噢，這大家都知道。」

「真的？」

「實在糟糕。他的燻鯡魚超棒的咧。」

那人爬進消防車下，不見蹤影，談話也就此中斷。

如果一般人的看法都如此，那麼郝萊顯然沒有誇大其詞。

馬丁・貝克站在原地，搓著他的髮際，思索著。

幾分鐘後，黑格特・郝萊出現在消防車另一邊。他跟昨天一樣戴著獵獅帽，只不過今天穿了法蘭絨格紋襯衫，配上警察的制服褲，足蹬一雙鞣革皮鞋。身邊一隻大灰狗將狗鍊扯得緊繃。他們從雲梯下邊擠過來後，狗兒後腿站立，前腳搭在馬丁・貝克胸前，開始舔起他的臉。

「提米，下來！」郝萊喝道，「下來，聽到沒！真是的！」

那隻狗的噸位頗重，馬丁・貝克蹣跚地後退了兩步。

「提米，下來！」郝萊斥道。

狗四足著地，轉了三圈，然後不甘願地坐了下來，看著主人，豎起耳朵。

「牠大概是世界上最無能的警犬。不過這也是其來有自——沒有訓練就沒有服從。只因我是警察，牠也就順理成章成為警犬。」

郝萊又笑了起來，但在馬丁・貝克看來，這實在沒什麼好笑的。

「HSC來的時候，我帶牠去看比賽。」

「HSC？」

「『赫爾辛堡運動俱樂部』的簡稱，是個足球隊。你不是足球迷吧？」

「不算是。」

「當時牠跑離我身邊，跑進球場，把球從安得斯勒夫隊的一名球員那兒搶走，差點引發暴動。裁判簡直把我罵到臭頭。這裡好多年都沒發生過這麼勁爆的事了。當然，現在又發生了那件刑案。你說當時我該怎麼辦？逮捕裁判嗎？純由法律觀點而言，我對足球裁判的地位一無所知。」他又笑了起來，「難不成要走進球場，抓住他的衣領，跟他說：『好啦，我是警官，請跟我來。你的罪名是妨害警察執行公務。』但沒人會吃這一套。我只好像個白癡一樣站在原地。」

郝萊大笑，馬丁・貝克忍不住問他為什麼。

「呃，我當時想到，提米要是進球得分呢？會怎麼樣？」

馬丁・貝克完全無言以對。

「噢，嗨。」郝萊說。

「早啊，黑格特。」消防車下面一個聲音悶悶的說。

「喂，庸斯，你非得把那破車停在警察局前面不可嗎？」

「你自己都還沒開門咧。」庸斯回道，聲音還是悶悶的。

「我就要開了。」

郝萊搖搖手上的鑰匙，狗馬上跳了起來。

他將門打開，飛快地瞥了馬丁・貝克一眼。

「歡迎來到特樂柏管區的安得斯勒夫警局。這地方其實也是村公所、健保辦公室、郵局跟圖書館。我就住樓上。整棟建築還是新的，就像他們說的，新得發亮。監獄也棒得不得了，去年用過兩次。這是我的辦公室，請進。」

那是一間相當舒適的辦公室。有書桌和兩張給訪客坐的安樂椅，大大的窗子望出去是陽台。狗走到桌底下躺著。

書桌後面是擺滿厚書的書架，大多是瑞典法律條文，但也有許多別種書籍。

「特樂柏那邊已經來過電話，」郝萊說，「督察，還有警政署長打來的。你選擇住在這裡似乎讓他們很失望。」

他坐下來，從菸袋中抖出一根菸。

馬丁．貝克在一張安樂椅上坐下。

郝萊翹起腳，伸手戳戳放在桌上的帽子。

「他們今天鐵定會開車過來，至少那個督察會來。要不就我們自己多事，開車去特樂柏。」

「我寧可待在這裡。」

「好。」

他在桌上的文件裡一陣翻找。

「報告在這兒，你要不要看看？」

馬丁．貝克想了一下。

「你能不能為我做個口頭報告？」

「很樂意。」

馬丁．貝克覺得很舒適自在，他喜歡郝萊，事情進展應該會順利。

「你這裡有幾個人？」

「五個。一個祕書，是個好女孩；沒人辭職的話，三個巡警，一輛巡邏車。對了，你吃過早餐沒？」

「沒有。」

「要不要吃一點？」

「好。」

他開始覺得有點餓。

「很好，」郝萊說，「我來看看該怎麼進行……我們上樓到我住的地方好了。波莉坦八點半會來開門。萬一有什麼特殊狀況，她會讓我們知道。我有咖啡、茶、麵包、奶油、乳酪、橘子果醬和蛋，可能還有其他我不知道的。你要咖啡嗎？」

「我比較喜歡喝茶。」

「我自己也喝茶。我拿報告我們就上樓去，如何？」

樓上的房間舒適怡人，很有個性，相當整潔，但不是家庭式的。明眼人一眼就可看出住在這裡的是個單身漢，屋裡處處透著單身漢的習性。而且這種單身並非近期的事，而是長長一輩子了。牆上掛著兩管獵槍及一把舊式警用軍刀。餐桌上鋪著一塊油布，郝萊值勤用的手槍——一把七・六五口徑的華瑟型手槍，拆解開來散放在上面。

玩槍顯然是他的嗜好。

「我喜歡射擊，」他說完就笑了起來，「但不是射人，」他補充說明，「我從沒對人開過槍，事實上，連拿槍瞄準人都沒有過，所以我執勤從不帶槍。我還有一把左輪，比賽型的，不過鎖在樓下的貯藏室。」

「你的槍法如何？」

「噢，偶爾贏上一次，很難得啦。不過，當然是有獎章的。」

那還能是什麼？金質獎章囉。唯有頂尖的射擊好手才能贏得的獎章。

馬丁．貝克自己也是一等一的射手，得金質獎章或其他獎項從來不是問題。但他曾拿槍瞄準人，也對人開槍；不過，他從沒殺過人。算是在不幸中保有一點轉圜的餘地。

「我把桌子清一清，」郝萊不帶熱情地說，「我通常就在廚房裡吃。」

「我也是。」馬丁．貝克說。

「你也單身嗎？」

「算是吧。」

「這樣啊。」

馬丁．貝克已經離婚，有兩個已經成年的小孩，女兒二十二歲，兒子十八歲。

「算是吧」的意思是，過去這一年，他固定和一名女子同居。她名叫黎雅．尼爾森。他可能愛上她了，有她在，家裡的氣氛越來越好。

但郝萊關心的不是這個，他對警政署某刑事組組長的私生活毫無興趣。

廚房裡的現代化設備一應俱全，都很實用，也極具效率。郝萊將一壺水放在爐上，從冰箱取出四顆蛋，然後用咖啡壺泡茶——他先在壺中注水，加熱後再丟個茶包進去。用這種方法泡茶挺快的，雖然泡出來的味道教人不敢領教。

馬丁・貝克覺得自己好歹得幫點忙，於是放了兩片吐司到烤麵包機裡。

「這裡做的麵包確實不錯，」郝萊說，「不過我通常只買合作社裡的，我喜歡合作社。」

馬丁・貝克不喜歡合作社，但他沒說。

「那家店很近，」郝萊說，「這裡什麼都距離很近。我覺得安得斯勒夫應該是全瑞典商業區最集中的地區，不是第一，也是第二。」

他們吃完早餐、洗過盤子，然後回到客廳。

郝萊抽出折好插在後口袋的報告，說道：

「文件，我快被文件給煩死了，這簡直成了文件處理工作！弄來弄去全是些申請表、執照、謄本以及一些亂七八糟的東西。以前在這裡當警察可是件危險的工作。每年兩次的甜菜收成期，什麼三教九流的人都來了。有些酗酒後就打架，你絕對不相信打架居然可以打成那樣子，有時警察還得插手將打架的人分開。如果你不想讓自己的臉被打腫，那出拳非得又快又準不可。那差事苦是苦，倒也挺有趣的。現在可不一樣了。什麼都自動化、機械化了。」

他停了下來。

「話題扯遠了。其實也不需要這些文件，事實再簡單不過：出事的是一個名叫席布麗・莫德的女子，三十八歲，在特樂柏一家糕餅店工作。離婚，沒有小孩，自己住在多畝一棟小房子裡。那房子就位在通往馬爾摩的公路上。」

郝萊看看馬丁・貝克，表情陰沉，但仍充滿幽默感。

「往馬爾摩，」他重述一遍，「也就是說，在一〇一號公路的西邊。」

「你對我的方向感好像不怎麼有信心。」馬丁・貝克說。

「你不會是在斯堪尼平原上迷路的第一人。」郝萊說，「說到這個……」

「怎樣？」

「噢，上次我去斯德哥爾摩——上天保佑，希望那是最後一次——我在找警政署，結果卻跑到共產黨總部。我在樓梯上碰到他們的黨主席，我還納悶說他幹嘛跑來警政署。不過他還挺和氣的，親自帶我到過去，一路上就這樣牽著他的腳踏車。」

馬丁・貝克大笑。

郝萊也跟著大笑。

「不過事情還沒完。隔天我想去跟你們署長打個招呼。我是說舊的那一位，以前在馬爾摩任職的那一位——謝天謝地，新的這位我可不認識。所以我就到市政府。有個守衛一直要當我的嚮導，帶我參觀藍色畫廊。當我終於找到機會告訴他我來的目的後，他把我送到席樂街，我就晃進法院。守衛問我，我的案子在哪一間出庭？我犯的是什麼案子？等我終於摸到位在亞聶街的警局時，陸寧已經下班回家了。事情就這麼了結啦，我也就搭火車回家了。南下的一路上我都很快活。整整三百五十哩，兩地的差異還真是大！」他看來若有所思。「斯德哥爾摩，」他嘆道，「實在是很慘淡的都市。不過你好像很喜歡。」

「我這輩子都住在那裡。」馬丁・貝克回道。

「馬爾摩比較好，」郝萊說，「雖然也好得有限。我可不想在那裡工作，除非他們找我去當局長什麼的。算了，還是別說斯德哥爾摩了。」他大笑。

「席布麗・莫德——」馬丁・貝克提醒他。

「席布麗那天不必上班，她的車留在修車廠修理，所以她要搭公車到安得斯勒夫去辦點雜事。她去了銀行和郵局，然後就消失了。沒有搭公車，司機認得她，知道她沒上車。之後再也沒人見過她。那天是十月十七日，她大約在一點左右離開郵局。她的車子，一輛金龜車，還停在修車廠；車裡也找不到什麼，我自己親身檢查過的。我們蒐集了一些樣本，送到赫爾辛堡去檢驗，全是陰性反應。總之，一點線索也沒有。」

「你私下認識她嗎？」

「認識，當然認識。在這股『回歸自然』風潮興起前，管區裡每個人我都認識。但現在可沒那麼容易了，有人住在棄用的舊房舍和荒廢的庫房，這些人都不跟鎮公所登記。當你開車過去找人時，他們通常已經搬走，換了別人搬進來。唯一留下的是羊跟種養生蔬菜的菜圃。」

「席布麗不是這一夥的？」

「不是，她是一般人，在這地方已經住了二十年，原來是特樂柏人。她看來是很按步就班的那種人，工作穩定，正常得很。但生活裡也許有些挫折也說不定。」

他點起一根菸，仔細端詳之後說：

「不過，在這個國家，那是正常現象。」他繼續說，「像我就抽太多菸了，或許這也是一種挫折感的顯現。」

「所以她可能是離家出走？」

郝萊彎下腰去搔搔狗的耳後。

「對，」他過了一會兒終於開口，「有這種可能，但我不相信。這裡不是能神不知鬼不覺就離家出走的地方。而且要是離家出走，不可能什麼都不帶。我跟特樂柏過來的警探一起檢查過她的住處，所有東西，包括證件、財物，還有珠寶什麼的，全部都還在。咖啡壺跟杯子也還擺在桌上。看來她只打算出去一下子，很快就會回來。」

「那你的判斷是什麼？」

這次，郝萊花了更久的時間才回答。

他左手夾著菸，讓狗輕啃著他的右手玩，臉上的笑意已盡數褪去。

「我相信她死了。」他說。

那是他對此事唯一的評論。

遠處傳來重型車在高速公路上奔馳的聲音。郝萊抬起頭。

「馬爾摩到西達特的重型卡車大多還是會走這條路，」他說，「雖然走新的十一號公路快得多。卡車司機喜歡走熟悉的老路。」

「那班特森又是怎麼回事？」馬丁・貝克問道。

「他的事你知道的應該比我多吧？」

「說是也不是。十年前他因為強姦殺人被捕，當時案情有許多疑點。他是個怪人。不過後來這個人到底怎麼樣，我就不清楚了。」

「我倒是知道，」郝萊說，「鎮上每個人都知道。法庭判定他精神正常，將他關了七年半。他出獄後就搬到這裡，買了一間小房子。他應該有點錢，因為他還有一艘船跟一輛舊的休旅車。

他靠賣燻魚維生，有些魚是自己捕的，有些則是向沒參加公會、以打漁為副業的人購買。專業的漁夫不喜歡他這種作法，但那也不是什麼非法行為，至少我不認為。他會開車四處兜售燻鯡魚和新鮮雞蛋，通常賣給一些固定客戶。這裡的人已經接受佛基，認為他是個好人。他從沒傷害過誰。他沉默寡言，很少與人來往，是個孤癖的人。我遇見過他幾次，每次他都是一副要為自己居然活在這世上道歉的樣子。不過……」

「怎樣？」

「但是大家也都知道他是殺人犯，接受過審判，罪行確定。那顯然是一宗殘酷的謀殺案。被害者是個手無寸鐵的外國女子。」

「她叫羅絲安娜．麥格羅。那案子真的令人作嘔，手法非常變態。但照他的說法，是因為他被激怒才動手殺人了。所以我們為了證明他有罪，只好想辦法再激怒他。我很難想像他如何通過心理測試。」

「噢，算了吧，」郝萊的笑紋像蛛網般布滿眼角，「我也去過斯德哥爾摩參加法律心理學的密集課程。百分之五十的個案裡，心理學家比病人還瘋。」

「就我所知，佛基．班特森的精神狀態絕對有問題。混合了虐待狂、清教徒潔癖及仇女心態。他認識席布麗．莫德嗎？」

「認不認識？」郝萊說，「他的住處離她不到兩百呎。他們是住得最近的鄰居。她是他的常客。但這還不是最糟的。」

「是嗎？」

「重點是，她去郵局時他也在場，有目擊者看到他們在交談。他的車停在外面，排隊時他就站在她後面，她離開五分鐘後他也離開了。」

一陣沉默。

「你是知道佛基・班特森的。依你之見，他有沒有可能……」

「有。」馬丁・貝克回道。

5.

「我這個人一向有話直說。說真的，席布麗已經死了，而佛基嫌疑最大。」郝萊說。

「你剛才好像提過她先生的事？」

「對，沒錯。他是個船長，但酒喝得太凶，六年前得了一種奇怪的肝病，船公司將他從厄瓜多送回來。船公司雖然沒有將他解聘，但醫生不肯開具健康證明，所以他一直無法出海。他搬來之後酒就喝個不停，沒多久兩人就分居了。他目前住在馬爾摩。」

「你跟他接觸過嗎？」

「很不幸，有的──說好聽點，是近身接觸。事實上，要離婚是她開口的，他不想離，甚至激烈反對，但最後她贏了。他們已經結婚很久，但他大部分時間都在海上，一年只回來一次左右。這種相處平時似乎還不錯，但是當他們開始一整年都住一起，簡直就成了災難。」

「然後呢？」

「然後是──每當他喝得醉醺醺，就會來找她『談一談』。只是他們其實已經沒什麼好談的，所以通常到最後他就會給她『具體的拉警報』。」

「你說什麼？」

郝萊大笑。

「拉警報，」他說，「是我們這裡的說法啦。你們斯德哥爾摩是怎麼說得來著，『替她的皮膚加溫』？警察則說是『家庭滋擾事件』。這用辭挺爛的，什麼家庭滋擾？總之，我因此不得不去他們那兒兩次。第一次我說的話他聽了進去，第二次可就沒那麼簡單了。我得動拳頭，還把他關進我們美麗的監獄裡。席布麗那次看起來糟透了，兩眼瘀青腫大，脖子上也有難看的傷痕。」

郝萊摳著他的獵獅帽。

「柏諦・莫德這個人我是知道的，雖然老是酗酒，但我不認為他有外表看起來那麼惡劣。而且我認為他其實愛著席布麗。當然他會嫉妒，不過我不認為他有什麼實質的下手動機。我對她的性生活一無所知，要是她真的有。如果有，我應該會知道。在這裡，幾乎每個人都知道其他人的所有事情，而我可能是知道最多的。」

「莫德自己怎麼說？」

「馬爾摩那邊已經問過他了。十七日那天，他有不在場證明，說他那天人在哥本哈根，是搭乘一艘叫『馬爾摩赫斯號』的火車渡輪過去的。但是……」

「你知道詰問他的人是誰嗎？」

「知道，是一個叫梅森的探長。」

馬丁．貝克和梅森相識多年，深信他的能力。他清清喉嚨：

「換句話說，莫德也不是全無嫌疑？」

郝萊在狗身上抓了好一會兒才回答：

「是的，但他的嫌疑比佛基．班特森輕得多。」

「那是假設她確實出了事的話。」

「她人不見了，對我而言這就夠了。認識她的人，沒有一個能提出合理解釋。」

「她長什麼樣子？」

「我寧可不去想像她現在是什麼樣子。」郝萊說。

「你這結論會不會下得太早了？」

「當然有可能。不過我只是告訴你我的想法。一般狀況下，她是這個樣子。」

郝萊伸手到後口袋摸出兩張照片，一張是她護照的照片，一張是折起來的放大彩色照。

在將照片交給馬丁．貝克之前，他瞥了一下：

「兩張都照得不錯。她姿色中等，跟一般人差不多。當然，算滿有吸引力的。」

馬丁・貝克研究許久，他認為郝萊的審美眼光實在大有問題。

席布麗根本不是滿有吸引力，她是一個長相極其平凡、甚至可說醜陋的女人。她無疑努力想改善自己的外貌，然而結果只是更糟。她的五官不勻稱，臉太窄、太尖，妝又畫得太濃。那張護照相片不是以時下那些拍立得相機，或是在自動攝影棚裡拍的大頭照，而是典型的沙龍照。她的妝髮都是費心打點過的。攝影師一定也給了她一整頁的毛片去選，才挑出這一張來。另一張是業餘攝影師拍的，也不是那種機器印製的相片，而是動手修過的全身照。她站在碼頭上，背景是一艘有兩根煙囪的遊輪，她動作不自然地仰望太陽，擺出自認為美麗的姿勢，身穿一件薄的綠色無袖襯衫，以及藍色摺裙，露出小腿；她右肩上揹著一只大大的橘黃二色夏日提包；腳穿高底涼鞋，右腳略往前，腳跟離地。

「那一張是近期的照片，」郝萊說，「去年夏天拍的。」

「誰拍的？」

「一個女性朋友，她們一起去旅行。」

「應該是去路根吧？後面那艘火車遊輪不就是薩斯尼茲號嗎？」

郝萊顯然大為佩服。

「你怎麼知道？」他驚呼，「護照管理局缺人手時我還去幫忙過，但連我都搞不清那些船了。沒錯，那正是薩斯尼茲號，她們是去路根玩。大家去那裡除了看白堊岩壁之外，大概只有跟共產黨員大眼瞪小眼的分。那地方很普通，沒什麼看頭，很多人去過都很失望。不過，一整天的旅遊行程花費也不過幾克朗。」

「你這相片是從哪裡取得的？」

「我們去搜她家時拿到的，就貼在牆上。我想她很滿意這張相片。」他偏著頭審視，「我的天，拍得實在不錯，她就是長這個樣子。好女人哪。」

「你結過婚嗎？」馬丁．貝克突然問他。

郝萊非常開心他這麼問。

「你要開始盤問我了嗎？」他笑著說，「你可真徹底哩。」

「對不起，」馬丁．貝克說，「一個蠢問題，不相干。」

這是個謊言。這其實並不是不相干的問題。

「不過我不介意回答。我在阿貝卡時曾有個女友，都訂婚了。但是天哪，她簡直像棵食人樹，訂婚三個月我就受夠了，但六個月後她還是沒完沒了。從那時起，我就只願與狗為伴了。聽我這個過來人的話準沒錯，男人不需要老婆。只要習慣，就能得到大解脫。我每天早上醒來都有這種想法。目前為止，她已經讓三個男人過得很悲慘。當然，她現在至少也已經當了祖母。」

郝萊靜默了一會兒後說：

「沒有小孩是有那麼一點遺憾。有時候會這麼感覺。只是我有時又有截然不同的看法。即使這裡的環境相當好，這整個社會還是不對勁。我可不想在這種社會裡生養小孩。不過話又說回來，真的有好的社會存在嗎？」

馬丁・貝克也沉默了。在養育小孩方面，他的貢獻大概只侷限在閉嘴不說話，讓小孩自己長大。結果只稱得上成功了一部分。他有個女兒，優秀，獨立，而且好像還喜歡他這個老爸；但是他從來無法了解他兒子。坦白說，他不怎麼喜歡這個兒子。而他兒子現在十八歲了，對他一向只有不信任和欺瞞，近年來更是擺明了不把他放在眼裡。

他兒子名叫洛夫。他們父子之間的對話，常常以這樣的句子收場——「天哪，爸，跟你說根本沒用，反正你從來聽不懂我在說什麼！」或者，「如果我老個十五歲，你還有點機會。現在已經不是十九世紀了，拜託！」再者，「如果你不是他媽的警察就好了！」

郝萊剛才一直忙著逗狗，現在他抬起頭來，略帶微笑地說：

「可以問你一個問題嗎？」

「當然。」

「你為什麼想知道我有沒有結過婚？」

「不過是個愚蠢的問題。」

自從他們見面後，這是郝萊第二次顯露出全然嚴肅的表情——嚴肅中帶點受傷。

「你沒說實話，我知道那不是真的。我想我知道你為什麼會問那個問題。」

「為什麼？」馬丁·貝克放下相片。認識黎雅之後，他發現自己越來越能對人坦誠。「好吧，你說的沒錯。」

「很好，」郝萊心不在焉地點起一根菸，「這樣就夠了。謝謝。你可能是對的。我私生活裡沒有女人，當然，除了我母親還有阿貝卡那個漁村女孩。我一向把女人當成一般人看待，她們基本上和我及其他男人沒什麼兩樣。所以，如果男女之間有什麼細微差別，我大概也不會察覺。我知道自己在這方面很無知，所以也讀了不少關於婦女解放運動的書跟文章，但那些內容大多是胡說八道。至於不是胡說八道的部分卻又那麼粗淺，連南非的哈騰托族*都能懂。例如同酬同工跟性別歧視。」

「為什麼扯上南非的哈騰托族？」

郝萊縱聲大笑，狗跳了起來，開始舔他的臉。

＊　哈騰托族（Hottentot）南非用語，意指非洲一些部族。

「鎮議會裡有個傢伙說，哈騰托是唯一生存了兩千年，卻發明不出輪子的人類。這當然是屁話。我也不必告訴你他是那個黨的。」

馬丁・貝克不想知道，他也不想知道郝萊屬於那個政黨——只要有人一開始談政治，他就像蛤蠣一樣緊緊閉上嘴。

三十秒後，當電話鈴聲響起時，他仍像蛤蠣一樣靜靜坐著。

郝萊拿起話筒。

「好啦？」

不管電話是誰打來的，對方的回應顯然很有趣。

「是的，是我，應該是吧。」

接著，他在明顯的遲疑了一下後說：

「是——他就坐在這裡。」

馬丁・貝克接過電話。

「貝克。」

「你好，我是雷納森。我們為了找你，恐怕打了不下一百通電話。出了什麼事？」

擔任警政署刑事組組長的壞處之一，就是大報會派人盯住你，看你去了什麼地方，又為了什麼。為了達到目的，他們會付錢給警局的內線。這令人非常不快，但也是沒辦法的事。警政署長對這一點尤其生氣，但他也很怕外界知道此事。警察局的內務理應做到滴水不漏才是。

雷納森是報社人員，是那種素質較佳、比較正派的媒體人。但這不表示他的報紙格調比較高，或是比較正派。

「你還在聽嗎？」雷納森問。

「有人失蹤了。」馬丁・貝克說。

「失蹤？每天都有人失蹤，他們不會為這種事派你出來。而且，我也聽說柯柏已經出發過去跟你會合。這件事頗有玄機喔！」

「也許有，也許沒有。」

「我們要派幾個人過去，你最好有點心理準備。我打來就是要告訴你這件事，你知道我不喜歡背著你做些有的沒的。這一點你可以信任我。再見啦。」

「再見。」

馬丁・貝克按摩著頭皮。他信任雷納森，但不信任他手下那批記者，更不信任他的報紙。

郝萊露出深思的表情。

「報社的人？」

「對。」

「斯德哥爾摩的？」

「對。」

「也就是說，事情已經傳開了？」

「絕對是。」

「我們這裡也有地方記者，這件事他們都知道，但他們都遵守規則，算是某種忠誠吧。《特樂柏街訊》還不錯，但是馬爾摩的報紙，像《晚間郵報》，那是最爛的。此外，還有《晚訊》和《特快報》。」

「事情恐怕就是這樣了。」

「混球！」

「混球」在斯堪尼是一個溫和的日常用語，但在北邊，這可是一個很重的髒話。

郝萊可能不知道。又或許他知道，但不在乎。

馬丁・貝克很喜歡郝萊。

這是一種很輕易、很自然成形的友誼。事情會進行得十分順利的。

「現在要幹嘛？」

「隨你，」馬丁·貝克說，「你是專家。」

「到安得斯勒夫走一趟。對，就這麼辦。要不要我為你導覽一下？開車去，但是不要用巡邏車，就用我的車比較好。」

「番茄色的那一輛嗎？」

「對。當然，大家都知道那是我的車。不過我開那輛感覺比較舒服。」

「隨你怎麼做都好。」

他們在車裡談了三件事情。

第一件，郝萊在這之前不知為什麼沒有提起。

「那邊有個郵局，我們現在開到公車站了。席布麗最後現身就是站在那裡。」他慢下來，將車停住。「我們有一個看到其他事情的證人。」

「什麼？」

「佛基·班特森開著他的休旅車過來，當他看到席布麗時，他慢慢將車停住。這似乎很自然，他正要開車回家，他們是隔壁鄰居，彼此認識，他知道她在等公車，就讓她搭便車。」

「什麼樣的證人？」

郝萊的手指在方向盤上敲著。

「住這裡的一個老女人，名叫西格妮・波爾生。她聽到席布麗失蹤的消息後，就到局裡來告訴我們，她當時從對街走過去，看到了席布麗。就在那時，班特森由另一個方向開過來，將車停下。她來說這件事時局裡只有波莉坦在，所以波莉坦告訴她，她得再跑一趟親自跟我說。隔天她果然來了，我跟她談。她告訴我，佛基把車停下來。我問她她有沒有真的看到車子停下來，而且席布麗坐了進去？」

「她怎麼說？」

「她說她沒有回頭，因為不想讓人以為她要多管閒事。這個回答實在很蠢，因為這位老太太恐怕是這地方最好管閒事的一號人物。經過我略加哄誘之後，她承認說她有回頭看了一下，但席布麗跟車都不見了。接著我們又聊了一下，東扯一點西扯一些的。她說她其實不太確定，說她不想在人家背後道人長短。但隔天她在合作社遇到我一位手下時卻又斬釘截鐵地說，她看到班特森停車，接著席布麗就坐進他的車裡。如果她維持這種說法，佛基・班特森鐵定會跟這起失蹤案扯上關係。」

「班特森自己怎麼說？」

「不知道，我還沒跟他談過。兩個由特樂柏過來的偵查員去找過他，但他不在家。後來他們決定打電話找你來，要我先別採取行動。反正擺明不要我自己先行處理，耐心等專家來就好。我甚至都還沒動手寫我跟西格妮．波爾生的對話報告呢。聽起來我很懶散吧？」

馬丁．貝克沒答腔。

「我覺得是挺懶散的，」郝萊帶著笑說，「但是我對這個西格妮．波爾生實在不太信賴。我這輩子辦過最扯爛的案子，就是跟她有關。應該是五年前的事吧，她指控說住她隔壁的女人毒死了她的貓，還正式提出告訴，我們只好進行調查。然後另一位老太太也反告西格妮．波爾生，說她的貓殺了她的鸚鵡。我們挖出貓屍，送去赫爾辛堡檢驗，但他們驗不出任何毒素。於是西格妮又說對方曾在雪茄店裡買了兩根雪茄，用水煮沸——她曾在某本雜誌上讀過，說如果將雪茄煮得夠久，就會得到顆粒狀的尼古丁結晶，而這種結晶有致死的毒性，又不會留下任何痕跡。她隔壁的太太雖然的確曾經買過兩根雪茄，但她說是用來招待客人用的，是她弟弟把雪茄給抽了。我問她，那隻貓怎麼有辦法殺了她的鸚鵡，因為鸚鵡一直關在籠子裡。她說是西格妮故意放那隻可惡的貓來嚇死她的鸚鵡，因為鸚鵡會說話，牠說了一些可怕的實話。西格妮說那隻鸚鵡罵她是娼妓不下五次。當時在場的有一個警校實習生，這個人非常有企圖心，他真的去研究這個雪茄的理論，結論是這個理論說得通，假如受害者本身已經是個老菸槍，那麼屍體就驗不出毒素來。所以，當西格妮．波爾生在第十一、二次走進局裡抱怨時，我就問她，她的貓是不是老菸槍？那次之後，她有好幾年看到我根本就不打招呼。我們把案子結了，那個警校生則悶在家裡煮雪茄，因此被學校開除。後來他搬去艾斯盧，成了發明家。」

「他發明了什麼？」

「我知道他唯一申請到專利的發明，是一個邊緣發光的小東西，以及一個尼古丁偵測器——將它放到有毒的菜湯裡，就會發出貓叫聲。那東西毫無市場，所以他又將它改成用電池發電的機器貓。」

郝萊看看錶。

「所以，這就是第一個現場：公車站。加上我們的證人西格妮・波爾生，以及一個被一隻抽雪茄的貓給毀掉一生的人。老實說，一想到案子的主要證人是西格妮，我就高興不起來。我們得走了，公車很快就會來。」

他發動車子，看看後視鏡。

「我們後頭有人，是一輛綠色的飛雅特。我們停車之後他們就一直坐在那裡。要不要跟他們玩一下？」

「我不反對。」

「被跟蹤滿有趣的，」郝萊說，「是種全新的經驗。」

他的車速低於二十哩，但另一輛車並無意超車。

「前頭右邊那些建築就是多畝，席布麗和班特森就住在那裡。要不要開過去？」

「現在不要。有沒有人去做過正式的化驗採樣？」

「席布麗的住處嗎？沒有，我們沒有。我們是去了，四處看了一遍，我從她床頭取下那張照片。我想我們自己倒是到處留下不少指紋。」

「假如她已經死了……」

馬丁．貝克沒再說下去，這是一個很蠢的問題。

「而我是兇手，我會怎麼處理她的屍體？我也想過這個問題。但是可能的地點實在太多。這地區有許多坑洞、坍塌的舊屋、臨時建屋、倉庫、傍著波羅的海的長岸、無人居住的夏日別墅；還有森林、落葉層、草叢、壕溝，以及一些他媽的亂七八糟的地方。」

「你是說森林？」

「對，在波靈潔湖那邊。以前警方每年都會在湖東的空地舉辦射擊比賽，但是一九六八年下過那場暴風雨之後，那裡就變得一片狼藉，開坦克都過不去，大概要一百年才有辦法清除被颶風掃落的樹木。還有……對了，手套箱裡有張地圖。」

馬丁．貝克拿出地圖，將之攤開。

「我們現在在雅爾史達，沿著一〇一公路往馬爾摩走。這樣你應該可以找到我們的位置。」

「你打算一路都開這麼慢嗎？」

「不，老天！我根本沒用心在開。我只想確定後面那些好手不會把我們跟丟。」

郝萊向右轉，那輛綠車也跟了過來。

「現在我們離開安得斯勒夫轄區了，但很快又會開回來。」

「你剛剛本來要說什麼？還有什麼？」

「噢，對了。還有，一般人都認為她是被車子接走的，甚至還有證人這麼指證。如果你看地圖，可以看到有三條幹道通過本區。我們剛剛離開的那條是舊公路。然後是十號公路，它沿著海岸由特樂柏到西達特，然後一直開到西畝立山。此外，還有一段新的歐洲十四號公路，在西達特連接從波蘭過來的渡輪，接著經過馬爾摩和天知道什麼其他地方。此外，我們還有全國最最密集的地方小路。」

「這樣啊。」馬丁・貝克應道。

老實說，他已經開始暈車了。

不過，這並不妨礙他研究沿路的地形與景觀。他沒來過這個地區，除了有一點得自艾德瓦・裴爾森*的老電影裡的印象之外，他對這個地區實在所知不多。斯堪尼的平原有一種起伏柔和的美感，是人口稠密的普通鄉下田園景觀，展現的是一整片帶著天然和諧之美的鄉野。

他突然想起眾多抱怨瑞典現狀的說法之一：「瑞典是個爛國家，但是一個很漂亮的爛國家。」他想不起來這究竟是誰說的，還是誰寫的。

郝萊繼續說道。

「安得斯勒夫區有點奇怪，我們沒忙著處理公文時，就忙著處理交通。比方說吧，我們的巡邏車一年要跑五萬哩，而我們鎮裡不過才一千人口，整個轄區則有一萬人。但是我們有十五哩的海灘。夏天時人口會暴增到三萬多。所以你能想像，目前這個季節裡會有多少空屋。我說的還只是我們知道、或大約找得到的人口。但我估計還有五、六千人是完全沒有戶籍記錄的。這些人就住在舊房舍或野營車裡，隨搬隨走，走後又立刻會有人搬進去住。」

馬丁・貝克轉頭回望一間異常美麗、漆成白色的教堂。郝萊的目光跟了過去。

「達科平教堂，」他說，「要是你對漂亮的教堂感興趣，我可以列出至少三十間給你。當然，我是指這整個區域。」

他們接上通往海岸的公路，轉往東邊。海很寧靜，呈現灰藍色，貨輪點綴著遠處的海平線。

「我要說的是，席布麗如果真死了，她的藏屍處有好幾百個可能。如果佛基或是誰用車將她

＊ 艾德瓦・裴爾森（Signe Persson,1888-1957），馬爾摩市出身的知名喜劇演員，

載走，那她很可能根本就不在這個地區。要是這樣，藏屍地點可能就要以千計了。」他看著海岸景觀，嘆道，「實在很棒吧！」

郝萊很顯然以自己的家鄉為傲。

馬丁·貝克覺得他驕傲得有道理。

他們經過史密潔港，綠色的飛雅特忠實地跟在後頭。

「史密潔港區，」郝萊說，「以前叫東托普。」

這裡的村莊彼此離得很近。貝汀潔海灘。然後是史卡特島，它們原本都是漁村，有部分改建為濱海度假村，但依舊美麗。沒有高樓大廈，也沒有時髦的旅館。

「我的管區只到史卡特島，」郝萊說，「現在要進入的是西達特警局的轄區。我會帶你去阿貝卡，現在是在戴貝克。很多沼澤，可怕的地方，整個海岸就屬這裡最糟。搞不好她就在這裡的爛泥裡。好，這裡是阿貝卡了。」

郝萊慢慢開過村莊。

「是的，她就住在這裡。」他說，「那個讓我對女人死了心的女人。你想看看海港嗎？」

馬丁·貝克懶得回答。

那是一個小小的海港，港邊擺著幾把凳子，供人坐著吹噓釣魚的故事，椅子上坐著幾個頭戴棒球帽的老人。此外有三艘釣魚船、堆疊的鯡魚箱子，以及一些掛起晾曬的漁網。

他們下車，在不同的繫船柱上坐下，海鷗在防波堤上方尖叫著。

綠色的飛雅特在六十呎外停下。裡面兩個人坐在前座，沒有下車。

「你認得他們嗎？」馬丁．貝克問。

「不認得，」郝萊回答，「不過是孩子罷了，還嫩得很。真要什麼消息，直接過來問就是了，光坐在那裡盯著一定無聊得要死。」

馬丁．貝克沒說話。他發現自己越來越老，而記者卻是越來越年輕。他們之間的關係一年壞過一年。此外，警察再也不受歡迎（假如他們曾經受人歡迎過的話）。馬丁．貝克從來不以自己的工作為恥，但他知道不少同僚有那樣的感覺，許多警察確實該感到羞恥。

「你幹嘛問我跟女人的事？」郝萊問道。

「因為我想我們對席布麗．莫德的所知其實不多。我們知道她的長相、工作地點，也知道她從來不惹麻煩；我們還知道她離了婚，沒有小孩。這就是我們所知的全部。你有沒有想過，她已到達許多女人會覺得挫折的年齡？尤其當她們沒有生育小孩，沒有家人，而且沒有任何特殊興趣時。她們開始接近更年期，覺得自己老了，覺得自己的人生走錯了方向，性生活尤其不正常，於是她們常會做出愚蠢的事，可能受到年輕男子吸引，捲入愚昧的外遇事件，導致人財兩失。」

「多謝你的諄諄教誨啊。」郝萊說。

他從地上撿起一片板子，丟進海裡，狗馬上奔入水中咬回來。

「這下好了，車子後座會被牠弄得更髒。所以，你認為席布麗可能有個祕密情人什麼的？」

「我認為有這個可能。我是說，我們得盡可能深入她的私生活。也許——我是說也許——她只是跟一個小她七、八歲的男人跑了；她只是想逃離一切，過一段快樂的時光；即使是兩個禮拜或幾個月也好。」

「好好享受性生活。」郝萊說。

「或是跟一個她認為能了解她的人談心。」

郝萊頭偏一邊，微笑道：

「那是一種推論沒錯，但我不信。」

「因為跟事實不搭調。」

「對，完全不搭調。你有什麼計劃嗎——我這樣問會不會太冒昧？」

「我打算先等萊納。他到了之後，就先非正式地約談佛基・班特森和柏譎・莫德。」

「我很樂意陪你去。」

「這點我不懷疑。」

郝萊大笑。他站起來，走向那輛綠色車子，拍拍車窗。駕駛是個留著紅鬍子的年輕人，他將車窗搖下，帶著詢問的眼光看著郝萊。

「我們要回安得斯勒夫了，」郝萊說，「我會開過科爾斯托普，去我弟弟那邊拿些雞蛋。不過，你要是走經過史濟瓦普的那條路，倒是可以幫你的報社省點油錢。」

飛雅特還是一路跟著他們，監視了整段拿雞蛋的過程。

「他們還真是一點都不信任警察！」郝萊嘆道。

•

除此之外，當天，十一月二日星期五，沒有發生什麼特別的事。

馬丁·貝克禮貌性地拜訪了特樂柏警局，見到局長和掌管刑事組的督察。他很羨慕局長的辦公室，因為它面對著海港。

沒有人能對這個案子提出看法。

席布麗·莫德已經失蹤十七天了，大家知道的也只是安得斯勒夫鎮上的傳言。

但話說回來，傳言往往有其根據。畢竟無風不起浪。

馬丁・貝克當晚接到柯柏的電話。他說他討厭開車，打算在維克休過夜。

「安得斯托普那邊進行的怎麼樣？」

「是安得斯勒夫。」

「噢，好吧。」

「這裡的環境很愜意，不過記者已經跟過來了。」

「把制服穿上，這樣人家會比較尊敬你。」

「別耍嘴皮！」馬丁・貝克頂了回去。

接著他打給黎雅，但是電話沒人接。

一小時後他又打了一次，就寢前再試一次。

這次她在家。

「我整晚都在找你。」他說。

「真的？」

「你都在幹嘛？」

「不干你的事，」她的語氣愉快，「你事情辦得怎麼樣？」

「還不清楚，有個女人失蹤了。」

「人不會憑空失蹤的。你是偵探，你應該知道。」

「我想，我愛你。」

「我知道你愛我。」她開心地說，「我去看了電影，而後到巴特樂餐廳吃飯。」

「晚安。」

「就這樣？」

「不只，但是其他的得先等一等。」

「親愛的，好好休息。」她掛上電話。

馬丁・貝克邊刷牙、邊哼著歌。此時若是有人在場聽到，一定覺得很奇怪。

隔天是假日：全聖日。但他還是找得到人一起把假日糟蹋掉——例如住在馬爾摩的梅森。

6.

「我這輩子見過不少像大猩猩一樣粗壯凶惡的人，」裴爾．梅森說，「但柏諦．莫德是最壞的一個。」

他們坐在梅森的陽台上，俯瞰著聯隊街，享受美好的一天。

馬丁．貝克是搭公車來到馬爾摩的，主要是因為好玩，這樣他就可以說他確實走了一段席布麗．莫德顯然不曾走過的路。

他向司機探問一些事，但一無所獲。因為這位是代班司機，出事那天沒開車。

梅森個頭高大，態度從容，總是悠閒度日，說話很少吹噓誇大。但現在他卻說：

「我覺得那個人非常暴力。」

「很多船長個性都有點怪，」馬丁．貝克說，「他們通常都很孤獨。如果本來就愛逞威風，那之後個性會越來越粗暴、專制，變成你說的那種粗壯、凶惡的大猩猩。他們只肯跟他們的老軌說話。」

「什麼老軌？」

「輪機長。」

「噢。」

「他們有很多人都酗酒，像個暴君似地對待自己的船員。要不就根本當他們不存在，甚至連跟大副都不說話。」

「你對船務懂得可真不少。」

「這是我的嗜好。我辦過一起跟船有關的案子，一件謀殺案，發生在一艘印度洋貨船上。那是我辦過算很有趣的案件。」

「呃，我認得馬爾摩赫斯號的船長。他人挺好的。」

「客船通常不一樣，船東會找不一樣的幹部，因為船長在船上得跟旅客交際，尤其是大船上還有所謂的船長餐桌。」

「那是什麼？」

「餐廳裡專屬船長的桌子，用來招待重要的貴客。」

「原來如此。」

「但莫德管的是不定期貨船，當然就不一樣了。」

「對啊，他非常傲慢，」梅森說，「對我大吼大叫，又罵他老婆。下流的王八蛋！自以為高人一等，真是無禮又傲慢。連我脾氣這麼好的人都差點發火，這可不簡單。」

「他靠什麼過活？」

「他在林漢有間啤酒屋。你也知道的，他因為喝酒，喝出了肝病，在厄瓜多還是委內瑞拉的醫院裡待了一陣子。然後船公司讓他搭飛機回來。可是後來體檢一直過不了關，無法出海跑船，所以就搬回安得斯勒夫和太太一起住。但這兩個相處得很不愉快。他老是喝得爛醉，酒後家暴；她想離婚，但他不肯。但最後她還是離成了，沒費多大功夫。」

「郝萊說他十七日那天有不在場證明。」

「對，差不多。他搭渡輪到哥本哈根喝酒。但那個不在場證明在我看來其實很薄弱。他說他坐在船首的大廳。那渡輪以前是中午十二點起航，現在改成十一點四十五分。他說廳裡只有他一個乘客，侍者還宿醉，另外有個船員站在那裡玩吃角子老虎。我自己常搭那班渡輪，那個侍者名叫史都爾，老是宿醉，眼袋浮腫；那個船員也總是站在那裡，拿一克朗的硬幣往吃角子老虎嘴裡塞。」

梅森用力吸了一口飲料，嘖嘖有聲。他喝的總是同樣的東西，一種琴酒混葡萄汁的調飲。「吉本伯格」，一種芬蘭和瑞典的特殊飲料，這名稱是其發明者、一個低階軍官兼貴族的名姓。

馬爾摩的天氣很好，整個城市看來相當適合人居。

「我想你應該親自跟柏諦・莫德談一談。」

馬丁・貝克點點頭。

「渡輪上的證人認出了他，」梅森說，「他的長相任誰看了都過目難忘。問題是，同樣的事情每天都會發生。渡輪每天同一時間出發，載的通常又是相同的客人，雖然船員記得幾個星期前的某位船客，但那可信度真的夠嗎？何況我們也無法確定他們是不是記對日期。你自己去跟他談談，再說說你是怎麼個看法。」

「你盤問過他了嗎？」

「盤問過，但我不太相信他的說法。」

「他有車嗎？」

「有。他住在西邊，如果你的手臂夠強壯，從這裡用力丟顆石頭出去，就是那個距離。瓊斯爵士街二十三號。他開到安得斯勒夫大約要半小時。」

「你特別指出這一點的用意是？」

「呃，因為他似乎偶爾會開車出門。」

馬丁・貝克沒再繼續追問下去。

那天是十一月三日，星期六，全聖日。儘管如此，馬丁・貝克還是打算去打擾莫德船長的寧靜假日。他大概也不是一個虔誠信教的人。

柯柏沒跟他聯絡。也許他發現維克休很迷人，打算多待一天。但維克休到底有什麼吸引人的？或許有人拿非法的新鮮螯蝦誘惑他。當然，現在也買得到冷凍螯蝦了，但柯柏可沒那麼容易上當。起碼在吃螯蝦這件事上絕對不會。

黎雅那天早上來過電話，她的來電總能令他快樂起來。才不過一年，她已經改變了他的生活，帶給他的滿足感大過一個他一度愛過、而且共度了二十年婚姻生活，給了他兩個孩子和許多快樂時光的人。憑著這些，「給了」其實是一個相當差勁的用詞。他們難道不曾一起生活、經歷一切嗎？也許吧，但他從來未曾有那樣的感受。

但是跟黎雅・尼爾森在一起，每件事都不一樣。當然，他們彼此都能自由而坦誠地相待。有時，對他而言，毋寧太自由、太坦誠了點。但最重要的是，他感受到兩人之間已延伸出某種綿長的一體性，遠超過他對這個美妙女子的愛。跟她在一起，他開始能以一種過去絕對辦不到的方式與人互動。她在斯德哥爾摩的住處和一般公寓大樓非常不同，幾乎可以稱之為人民公社，但是完全沒有公社的負面意涵。「公社」這個信用破產的名詞的負面意涵，經常有跡可循，但經常也是人們憑空想像而來的。住在公社裡的人不是抽大麻，就是跟兔子一樣雜交，其餘時間則是盡談論一些廢話。吃的是有機飲食，全都不事生產，仰賴社會福利過日子。公社份子自認是邪惡社會的受害者，常服用迷幻藥，以為自己可以飛翔；或是為了增加人生經驗，將錐子刺進好朋友的肚子，再不就是自殺。

馬丁・貝克不久前還有這樣的想法，至少有時這麼認為。當然，如此看法確實有些許真實性，甚至可說是完全正確。

馬丁・貝克的職務讓他有機會先讀到機密文件——這不是個會令人快樂的差事。這些文件大多都很政治性，所以他通常會直接丟進機密文件「外送」的籃子裡，送交下一個有審核資格的機關處理。但文件要是與他的工作有點關聯，他就會閱讀。例如「自殺」就是一個讓他越來越感興趣的題目，而相關備忘錄也出現得越來越頻繁。論爭的出發點總是千篇一律：瑞典自殺率高於其他國家。而且，根據報告，差距越來越大——然而就跟許多其他的事情一樣，警政署長規定，所有情資一律不准外洩。大家對這現象提出的解釋又各自不同。例如，有人就指控他國在統計資料上造假，所以有很長一段時間，天主教國家特別被挑出來當代罪羔羊。但在總主教和警界某些宗教要人開始抗議後，矛頭又改指向具有社會主義形態的各國政府。但是瑞典情報單位馬上發難，理由是他們再也無法用神父來擔任間諜工作了。自從祕密警察的地下工作轉而歸屬於那個打死都會外洩的部門後，警政署因此大大鬆了口氣。據說署長本人對於瑞典神父（有些公然具有紅軍身分證）是否有能力監視瑞典共產黨員，甚或令可怕的對手（諸如蘇聯）屈服，曾表示相當的疑慮。

不過，一如既往，這些不過是未經證實的傳言。就像他們有時故意開玩笑，或故意將話說顛倒一樣——「外頭什麼都不准拿」。不過，忠實的擁護者當然不能忍受這種扭曲，「什麼都不准拿去外頭」才是正確的說法。

現在言歸正傳。

最近一份自殺報告的要點如下：因為大部分自殺者既非以槍枝自戕，亦非跳下西橋，而是喝個醉爛後吞下一整瓶安眠藥，所以可以被視為意外中毒，而不計入自殺的統計數字。如此一來，數字突然就變得好看多了。

馬丁．貝克常想到這一類的事。

梅森在酒裡又多倒了些葡萄汁。

他已經有好一會兒沒說話了，而且從他的衣著研判，他沒有打算出門。

他穿著睡衣、法蘭絨褲、厚絨布拖鞋，以及一件似乎是同一套睡衣的浴袍。

「我太太一會兒就來，」他說，「她通常三點到。」

梅森顯然又回復到他七分之五的單身漢生活——週一到週五自己過，週末則與太太共度。

他們各有自己的家。

「這樣的安排很好。」他說，「沒錯，我在哥本哈根曾經有個女友，交往了一年左右。她很棒，只是後來我不太吃得消，我已經沒像以前那麼年輕了。」

馬丁・貝克將他的話在心裡咀嚼了一下。

梅森的年紀確實比他大，但也不過大了幾歲。

「不過，我們在一起時，她對我真的很好。她叫娜嘉。不知道你有沒有見過她？」

「沒見過。」馬丁・貝克回道。他突然想轉變話題。

「對了，班尼・史卡基還好嗎？」

「還不錯，他現在是偵查員了，娶了他的物理治療師。他們去年春天生了一個小女娃，星期日生的，比預產期早。當時他正在米尼斯堡踢足球——他說他生命裡所有重要的事都是在他踢足球時發生的，天知道那是什麼意思。」

馬丁・貝克很明白史卡基指的是什麼，但他沒說話。

「總之呢，他是個好警察，」梅森說，「這樣的人現在越來越少了。不幸的是，我覺得他在這裡過得不快樂，好像就是沒辦法適應這地方。他也來五年了，但我認為他對斯德哥爾摩還是念念不忘。那麼墮落的地方！」他頗有哲理地補上一句，接著將杯中酒液一飲而盡。他故意看看錶。

「我看我得走了。」馬丁．貝克識趣地說。

「對，」梅森說，「我才要說，要是你想趁莫德還清醒時跟他談，最好現在就去。不過那其實不是真正的原因。」

「哦？」

「是呀，因為你要是再多留個十五分鐘，就會遇到我太太；那樣的話，我就得換衣服。她這個人有點保守，絕對無法忍受我穿這樣跟重要的警察首長坐著聊天。要不要我幫你叫計程車？」

「我寧可走路。」

他來過馬爾摩許多次，認得路，至少市區的路沒問題。

而且，今天天氣晴朗，他也想在跟柏諦．莫德談話前先整理自己的思緒。

他意識到梅森提供了他一個假設。

這是那種「假設」將會扮演重要角色的案子。

但是預設立場並不是好事。讓預設立場影響到辦案者的判斷，跟完全忽略它們一樣，都相當危險。辦案者必須謹記在心的是，雖然「假設」可能有主觀上的偏差，卻也有可能是對的。

馬丁．貝克急著要親自對莫德做個判斷。他知道他們很快就會面對面。

啤酒屋假日休息。梅森費心派出一名菜鳥警員監視莫德位在瓊斯爵士街的住處，指示他，莫德若是出門，就馬上通報。

7.

那位菜鳥警員若是上電視模仿假裝沒在監視，包準一炮而紅。那房子很小，兩旁的建築都被拆除了。他站在對街，雙手揹在身後，注視著前方的空曠處，但不時瞥眼回看身後那棟監視住房的大門。

馬丁．貝克在稍遠處停下，看著。過了一分鐘左右，菜鳥警員慢慢走過街，仔細檢查那扇大門，還用手去摳了一下名牌。接著，他故做冷淡地踱回崗位，接著又轉身確定一下背後沒發生什麼不對的事。跟許多執行祕密任務或重要勤務的警察一樣，他穿著黑皮鞋、深藍色襪子、制服警褲及淺藍色襯衫，還打著一條深藍色領帶。此外，他還加上一頂黃色毛線帽，一件釦子又大又亮、袖上繡有紅黃花紋的皮夾克，脖子上則圍著一條連馬丁．貝克都認得的馬爾摩足球俱樂部專屬白藍色圍巾。他夾克右邊鼓鼓的，彷彿口袋裡藏了一瓶酒。

馬丁．貝克朝他走過去時，菜鳥警察好像被蛇咬到一樣跳了起來。他的手迅速舉到其實不存在的帽沿，敬禮，並且報告狀況。

「長官，沒人離開過這棟建築。」

馬丁・貝克靜靜站了一會兒，很訝異自己竟會被認出來。他伸手捏起圍巾一角，問道：

「是你媽媽織的嗎？」

「不是，」年輕人紅著臉答道，「是我小妹的男朋友，他叫艾諾克・楊森。他很會織東西，雖然他只是郵局的員工。他甚至可以邊看電視邊織東西。」

「莫德要是從後門溜出去，那怎麼辦？」

這隻菜鳥的臉更紅了。

「什麼？但這是不可能的。」

「是嗎？」

「可是，長官……我無法同時站在前門又站在後門，那是辦不到的。您……您不會因為這樣將我報上去吧？」

馬丁・貝克搖搖頭。他越過街道，心裡想著警方怎麼有辦法找到這些奇怪的年輕人。

「但一定是這棟沒錯，」男孩跟著他，「我檢查過三遍，門牌上就寫著莫德。」

「門牌沒換過嗎？」

「沒有，長官。要不要我陪你進去？我是說，萬一有需要的話，我有帶槍跟所有配備。襯衫裡還塞著無線電，沒人看得到。」

「再見。」馬丁．貝克說著，伸手按下門鈴。

莫德幾乎在門鈴響起前就打開門。

他也穿著某種制服褲，黑色的；他上身套著內衣，足蹬木鞋，全身瀰漫著隔夜的酒臭，酒氣中還混雜著刮鬍水的味道。他一隻大手握著一瓶佛羅里達牌刮鬍水及一把折疊剃刀，對著那名菜鳥警員搖晃著。

「那個混蛋小丑是幹嘛的？」他吼道，「在那裡站了兩個小時，一直盯著我的大門。」

「你污辱執法人員。」菜鳥警員的語氣趾高氣昂。

「你這個便衣小鬼，要是讓我再看到你，我就把你的耳朵給割下來！」莫德大聲咆哮。

「你威脅執法人員……」

「才沒哪，」馬丁．貝克說著，將門在身後關起。「才沒哪……」

「你說『才沒哪』是什麼意思？你們到底在搞什麼鬼？」

「你先別激動。」

「我偏不！誰都別來煩我！別派個穿戲服的小鬼來監視我。還有，我一向說了算數。你他媽的是誰？操他媽的警察頭子本人嗎？」

「正是。」馬丁・貝克回答。

他往前走了幾步，越過莫德，環視這個房間。房裡散發出彷彿有五十個人在這裡睡過的氣味，而且這些人都非人類。窗前釘著沾有油漬和破絮的舊被褥，只有些許陽光透進來。不過屋內的人倒是可以掀起被角往外窺看。靠牆處有一張床，但顯然有好幾個星期、甚至幾個月沒整理過。家具包括四把椅子、一張桌子和一座衣櫥。桌上有一只玻璃杯和兩瓶酒精濃度六十度、走私進來的俄國伏特加，瓶上貼有藍色標籤，一瓶已經空了，另一瓶則剩下一半。有一個牆角堆了一大堆髒衣服。透過後面的門，他可以看到廚房，裡頭髒亂的程度簡直難以想像。他也看到浴室燈泡亮著，顯然莫德剛才正在刮鬍子。

「我去過一百零八個國家，」莫德說，「還沒見過這麼爛的地方。警察找你的碴，健康保險找你的碴，還有查稅的、戒酒協會、社福機構，以及他媽的一堆叫不出名字的東西。還有，電力公司、海關、戶籍事務所及衛生局，甚至連混蛋郵局也來插一腳！我才不想收什麼鬼信！」

馬丁・貝克更近身地打量莫德。他體格高大，足足有六呎二，體重至少有二百七十五磅。黑髮、有雙暗棕色、殘暴的眼睛。

「告訴我，莫德，你怎麼知道是整整一百零八個國家？」

「少叫我莫德！別跟我稱兄道弟，至少也得加個『先生』。我怎麼知道？當然是因為我有記錄。第一百零八國是上伏爾塔*。我是由卡薩布蘭加飛過去的。第一百零七國是南葉門。不過，我可以發誓，瑞典是最爛的。我待過北韓、宏都拉斯、澳門、多明尼加共和國還有巴基斯坦和厄瓜多的醫院，但是沒有一個會比去年夏天我在馬爾摩住的那個差勁。我被塞進一間搞不好是一八九〇年代建造的病房，裡面塞了二十九個病人，其中十七個還是剛開過刀的。那些來視察的社工殺千刀的居然還奇怪我們是在抱怨個鳥。我們是該閉嘴，因為這是免費的——免費？國稅局可是跟狼一樣緊跟著你的屁股。你能不能告訴我，這個超爛的政府為什麼不會倒台？這種事在很多我去過的國家裡可是要被吊死的。」莫德說完，環目四望，「這裡簡直一團糟。我不會清東西，不知道怎麼弄。」

他撿起伏特加空瓶，拿進廚房。

「好，這樣好多了。現在，我倒是想問你，這他媽的到底出了什麼事？外面那個白癡為什麼在我刮鬍子的時候來刮我的門？我每天要刮兩次，早上六點跟下午三點，我一向自己刮。我喜歡折疊剃刀，刮得比較乾淨。」

馬丁．貝克沒說話。

---

* 上伏爾塔（Upper Volta），非洲布吉納法索在一九五八至一九八四年間的舊國名。

「我在問你問題咧，你還沒回答。還有，你是誰？你他媽的在我家裡幹嘛？」

「我叫馬丁・貝克，我是警察。正確來說，是刑事組長，警政署刑事組組長。」

「你的出生日是？」

「一九二二年九月二十五。」

「好吧，我就來問些他媽的問題樂一樂。你找我幹嘛？」

「你太太從十月十七日起就失蹤了。」

「然後呢？」

「我們很納悶她去了那裡。」

「很好。不過，看在老天的份上，我已經說過了，我不知道。十七號那天，我坐在一艘叫做馬爾摩赫斯號的火車渡輪上喝酒——好吧，喝醉。那是這城裡唯一的好船。這個國家根本不是人住的，所以我大多數時間都在哥本哈根的船上喝酒。」

「莫德船長，你是不是有經營某種餐館？」

「對，我有請幾個女人幫我經營。那地方乾淨得不得了，所有銅製品都擦得發亮，否則我會把她們踢進海港裡。我不時會去抽查，她們不會知道我什麼時候會去。」

「這樣啊。」

「你剛才喃喃自語說了凶殺什麼的？」

「對，有這個可能。看來她似乎被人綁架了，而你的不在場證明又很薄弱。」

「我的不在場證明可是真他媽的好，我就在馬爾摩赫斯號上。她隔壁可是住了個性變態耶，如果他對席布麗做了什麼，我會親手將她掐死。」

馬丁・貝克看看莫德的雙手。一雙孔武有力的大手，恐怕連熊都掐得死。

「你剛剛說『她』，你會掐死『她』？」

「我不是那個意思，我愛席布麗。」

馬丁・貝克突然了解了許多事。柏諦・莫德是個危險人物，脾氣火爆難測，多年來早已習慣發號施令，自己卻很少動手。也許他是很好的航海員，但對陸地生活卻適應困難；他顯然什麼都做得出來，包括最惡劣的那種。

「我人生最大的悲劇，就是生在特樂柏，」莫德說，「這個國籍根本不是我自己要的。對這個國家，我每次只能忍受一個月，最多最多待上兩個月。即使如此，在我生病之前，事情也都還好好的。我喜歡席布麗，幾乎每年都會回來看她。我們處得很好。我出海之後，接著就發生這件可惡的事。我的肝出了問題，他們體檢不讓我過。」

他靜靜站了一會兒。

「你可以走了，」他突然說，「否則我會生氣，打爛你的下巴。」

「好，」馬丁・貝克說，「如果我再回來，可能就是來逮捕你了。」

「你下地獄去吧！」莫德詛咒道。

「你太太是什麼樣子？她是個什麼樣的人？」

「那干你屁事？滾！」

馬丁・貝克往門口跨了一步，「莫德船長，再見。」

「等等——」莫德突然開口。

他放下手中的刮鬍水，收起剃刀。

「我改變主意了。我也不知道為什麼。」

他坐下來，給自己倒了一杯伏特加。

「你喝酒嗎？」

「喝，但不是現在，而且絕對不是沒調過、溫溫的伏特加。」

「我也不愛這樣喝，」莫德說，「除非我咳一聲就立刻有服務生或小弟帶著萊姆和碎冰跑過來。有時我會想，是不是該將啤酒屋賣掉，離開這地方，從巴拿馬或利比亞出航。」

馬丁・貝克在桌邊坐下。

「唯一麻煩的是，那我就不會是發號施令的船長了，頂多成為某個像我這種人的大副。這我可無法忍受，我會把那狗娘養的給掐死。」

馬丁．貝克還是沒答腔。

「但在空曠的海上我至少還能把自己喝到掛。我想要席布麗，也想要一艘船，而現在我卻兩頭落空。這地方，連我想把自己喝到死，都有各種好管閒事的人來囉嗦。」

他看看四周。

「你以為我想過這種生活嗎？」他問，「你以為我喜歡住在這堆垃圾裡嗎？」

他重重拍了一下桌子，杯子幾乎被打翻。

「我知道你在想什麼，」他大吼，「你認為我對席布麗做了什麼。但是我沒有。你難道聽不懂嗎？混蛋警察！走遍全世界，都全一個樣。警察根本是沙灘上的豬。他們只會上船來要菸要酒，這樣才不來找麻煩。我記得我跑密爾瓦線*時有個王八蛋，是個一般警察，每次我們靠岸，他都像個雕像站在那裡。他會敬禮，客氣地說：『是的，先生。』『很高興看到你，船長。』等他離去時，帶走的菸跟酒多到幾乎無法走下舷梯。在這裡也一樣。」

---

* 密爾瓦線（Millwall），英國泰晤士河沿岸。

「我沒有要你的菸，也沒有要你的酒。」

「那你他媽的到底要什麼？」

「我想知道你的前妻究竟出了什麼事，所以我才會問你她的樣子，是個什麼樣的人？」

「很好，她很好。你要我說什麼？我愛她。不過你就是想抓我吧？安得斯勒夫那個警察是不是告訴你我揍了她幾次？你知不知道他也揍了我一次？我沒想到他會有那個膽。我這輩子打架只輸過一次，那次是四個打我一個。在安特衛普。不過他說的對，是我自己不對，我也知道。」

馬丁・貝克若有所思地看著莫德。

這個人很可能試著想呈現自己比較良善的那一面。

「你們結婚很久了。」

「對，我們結婚時，席布麗才十八歲，兩個月後我就出海跑船了。在那之後，我一直都在海上。但是每年都會回來一兩個月。我們處得很好。」

「你是指性生活？」

「對，她喜歡我，她常說好像被火車輾過一樣。」

「那麼，一年當中的其他日子呢？」

「她說她都很忠實，我也沒有理由好懷疑。不過，我常覺得很有意思，她居然可以在那一個月裡那樣饑渴，其他十一個月卻完全禁慾。但她說這沒什麼稀奇，只要不想就沒事。」

「你自己呢？」

「呃，當然啦，每次船一靠岸，我就會去妓女戶。」

「到一百零八國都這樣？」

「不，我沒去記錄妓女的事，不過應該很多啦。你要的話，我可以給你幾個地址。不過有些國家是沒有妓女的。我就記得一個——羅馬尼亞。我跟一些爛船在康斯坦塔留置了三個月。整個鎮上沒半個妓女。我搭火車去布加勒斯特*，那裡也沒有。我還真沒見過那樣的地方！」

「後來你怎麼辦？」

「我就去皮拉斯。那裡有幾千個妓女。我拚命喝酒、做愛，整整兩個星期沒下床。天啊……」莫德盯著杯子，但沒有喝。

「現在你大概覺得海員每次靠岸除了跑妓女戶之外什麼都不做了？若是這樣，那只顯示一件事。」

「什麼？」

* 布加勒斯特（Bucharest）是羅馬尼亞首都，康斯坦塔（Constanta）羅馬尼亞東南部的海港。

「你不懂跑船的人。我跟同一個輪機長跑了七年的船，他在博克瓦拉有家室，我可以發誓，他整整七年都沒碰過任何女人。我覺得那真的很好，人應該要這樣。我還認得很多這樣的人。」

「你回家時是怎麼跟她說的？」

「席布麗？我當然跟她說我忠實得不得了，一直在等假期。我只要不把性病和身上的傷痕、齒痕帶回家就好。這要感謝盤尼西林，我總是乖乖服用。不過，我跟席布麗說我從來不會瞧別的女人一眼，還指天立地發過誓呢。就算到現在，我也不會向她承認。不過現在當然太遲了。承不承認都不重要了。」

「你是說，因為席布麗已經死了？」

馬丁・貝克要是以為對方因此會露出口風，那他錯了。莫德喝了一口酒，手非常穩定。

「你那句話只是要誘我上當，」他的語氣冷靜，「不過，沒用的。首先，我那天人在火車渡輪上。再來，我不認為席布麗已經死了。」

「不然你認為怎樣？」

「我不知道。不過我倒是知道一些你不曉得的事。」

「例如？」

「席布麗很虛榮，她認為當船長的太太有好房子住是很棒的事。她的薪水加上我的，生活可以過得很好。而且我手邊一直有一點自己的錢。然後，嗯，我們分手了。我認為，既然是她將我一腳踢開，她也就不該拿我一毛錢，所以我沒有給她贍養費什麼的。我想離婚後她在經濟上大概很困難。」

「你們為什麼會分開？」

「我無法忍受待在那個幹他娘的鄉下地方，整天無所事事。所以我只好喝酒，將她呼來喚去，命令她擦亮我的皮鞋、打掃房子等等的。我也常常揍她。後來她受不了了，我懂，我自己也難過得不得了。所以現在我整天坐在這裡自憐，自怨為什麼過去十五年每天要灌兩瓶酒。祝你健康！」

說著，他一口喝光杯中的酒液。那裡面可是有十盎斯六十度的烈酒，他卻像喝水一樣一口喝光，連氣都沒喘一下。

「我想知道一件事。」馬丁．貝克說。

「什麼？」

「你離婚後跟她還有發生性關係嗎？」

「當然，我開車過去睡了她幾次。但那已經是好一陣子之前，至少一年半以前了。」

「當時她說什麼？」

「她還是覺得像是被特快車輾過一樣，很爽。她年紀越大，那地方也越來越大越濕。我當時還一直希望能破鏡重圓。但現在太遲了。」

「為什麼？」

「很多理由啦，其中一點是因為我有病。再來就是，其實我們並沒有真正值得挽回的東西。一個大部分依賴謊言和欺騙建構起來的婚姻，到底是有什價值？就算說謊的只是我這一方。不過，我真的很愛席布麗。」

馬丁・貝克想了一下。

「莫德船長，根據你自己說的，你在女人方面的經驗似乎相當豐富？」

「沒錯，你可以這麼說。好的妓女都知道一件事——如何做愛。怎麼著？」

「你太太在性事上是不是很容易興奮？」

「沒錯。我幹他娘的每年至少在安得斯勒夫晃上一整個月，可不是為了搞笑。」

馬丁・貝克覺得有點困惑。談話持續得越久，他越無法確定什麼是可信的，他甚至不太確定他仍然討厭莫德。

「關於你說的一百零八國，」他說，「我很佩服你居然記得……」

莫德伸手從後口袋抽出一樣東西。那是一本皮面小筆記本，幾乎與讚美詩集一樣厚。

「我說過我對事情都有記錄。你看。」

他翻著，每頁似乎都做了些筆記。那些紙印有格線，線與線的間距很小。

「這裡，」莫德說，「這是全部的國名。從瑞典開始，接著是芬蘭、波蘭、丹麥、最後是拉斯海瑪*、馬爾他、南葉門和上伏爾塔。其實我很久之前就去過馬爾他，但我一直到它獨立之後，才放進這名單裡。這本筆記本真是他媽的棒，二十年前在新加坡買的，後來都沒再見過像這樣的東西。」他把筆記本放回口袋。「這很像是我這輩子的航海日記。」他說，「人的一生其實只需要這樣一本小本子。對大部分的人而言，小本一點的也就夠了。」

馬丁．貝克站起來。

莫德也跟著像顆砲彈似地迅速起身，一雙大手向外伸出。

「但是，如果有人膽敢對席布麗怎麼樣，就讓我來收拾他。最好沒人碰她，她是屬於我的。」莫德的黑眼珠閃閃發亮。「我會將他撕成碎片，我這雙手以前可是曾把人撕成碎片過的。」

馬丁．貝克看著他的手。

---

* 拉斯海瑪（Ras Al Khaimah）阿拉伯聯合大公國的七個成員國之一。

「莫德船長，也許你該花點時間想想你十七號那天做了什麼事。你那個不在場證明似乎無法證明什麼。」

「不在場證明！」莫德嗤之以鼻，「能幹嘛？」

他大步走過房間，打開前門。

「去死吧，」他吼道，「快滾！在我發火之前！」

「再見了，莫德船長。」馬丁・貝克禮貌地說。

在陽光下看到對方的臉時，他發現他的眼白是黃色的。

「沙灘上的豬！」莫德罵道。

他砰一聲用力將門關上。

馬丁・貝克朝鎮上走了大約一百碼的路。接著他改變方，往港口走去。他走到薩伏大飯店前，跨步進去，坐了下來。

「午安。」酒保跟他打招呼。

馬丁・貝克點頭回禮。

「威士忌。」他說。

「跟以前一樣，旁邊放杯冰水嗎？」

馬丁・貝克再度點頭。

上次他來這裡至少是四年前的事了。這世上確實有記憶力超強的人存在。

他在酒吧坐了許久，思索著。

他實在不知道該怎麼看待莫德。他認為這個人多少對他有所欺瞞，但他又實在想不透他怎麼騙他。

莫德若非誠實得要命，不然就是狡猾無比。不論是哪一種，他對於殺人的事談得都稍微多了些。

一會兒後，他開始想些別的事。對於這間旅館，他存有一些回憶，而且至少有一項是很愉快的經驗。

他又叫了一杯威士忌。

喝完後，他付帳離開。越過渠道，走向在火車站前排隊候客的計程車，坐進隊伍最前頭的那一部。

「安得斯勒夫。」他說。

這趟車程花了整整二十九分鐘。

8.

當晚，柯柏從一個叫做加特的地方打來。

「我找你找了一整天，你跑哪兒去了？」

「馬爾摩。」

「去裴爾·梅森那裡？」

「去了一下。你在哪裡？」

「我在維克休遇到一個老朋友，他在艾斯能湖畔有棟夏日別墅，有自己的沙灘，還有三溫暖和所有設備。如果我明天才過去，你會不會很失望？」

「你就待在那裡享受三溫暖吧，」馬丁·貝克說，「這個時候還能在艾斯能湖游泳嗎？」

「呃，我洗過三溫暖後想去試試。你猜我們今晚要吃什麼？」

馬丁·貝克微微一笑。

「我猜不到，」他不怎麼真心地問，「吃什麼？」

「螯蝦！」

柯柏的聲音聽來像就是耶誕夜裡的小孩。

「看來你這朋友挺值得交往的。晚安，明天見了。」馬丁・貝克說。

他掛斷電話，回到房間。他站在窗前凹室，俯瞰下方的花園。餐廳的光線灑落在下頭的碎石路和草地上。他不餓，也無意下樓。郝萊去克斯托普探望弟弟，他在安得斯勒夫又不認識其他可以共度傍晚時分的人。佛基・班特森的事可以等柯柏來了再處理。反正他今天話也說得夠多了。黎雅說過她要去鄉下拜訪朋友，所以他也沒辦法打給她。獨自漫步穿越村子十分無趣，所以他決定採行唯一的選擇——上床，讀那本關於諾曼第號的書。

柯柏直到星期天下午很晚才出現。他的理由相當合情合理——配螯蝦的生命之水他多喝了些，因此得以蒸氣跟冷水將酒氣逼出體外，待血液中沒有酒精後才能安心開車。

那天傍晚，他們一起在郝萊家裡煮晚餐。不出馬丁・貝克所料，柯柏跟郝萊也一見如故。

星期一一早，郝萊熱心地再度當起導遊，柯柏也毫不掩飾他對這個愛說話的導遊和他美麗家鄉的喜愛。馬丁・貝克跟提米一起坐在車子後座，跟暈車搏鬥。他很驚訝郝萊居然能以截然不同的詞彙描述他們逛過的地方，也訝異他對這地方和居民有說不完的奇聞軼事。

到了多畝之後，他們開到佛基・班特森的住處。他的休旅車不在。他們敲門時也無人應門。

「他去釣魚了，」郝萊說，「不然就是去送貨，今晚應該會回來。」

他們在警局外面道別。郝萊有例行任務要做。馬丁．貝克跟柯柏悠閒地漫步走向公路。空氣清爽又新鮮，陽光溫暖。

「光是這些就讓人很羨慕黑格特了，」柯柏嘆道，「這裡跟斯德哥爾摩實在很不一樣。」

「也許你應該請調到小鎮。」馬丁．貝克說。

柯柏瞇眼看著陽光，搖搖頭。

「沒辦法，」他說，「看到黑格特，你會認為這是個好主意，但要是真在這裡待上兩個星期，我準會發瘋。你也一樣，所以你應該懂我的意思。更何況，葛恩想去工作，如果找不到工作，至少也要繼續唸書。」

柯柏跟葛恩結婚七年了，有兩個孩子，一個六歲的女兒跟一個三歲的男孩。馬丁．貝克一直認為他們的婚姻十分美滿，他在認識黎雅之前，很羨慕柯柏。葛恩既聰明又充滿活力，為人親切，相當幽默，是很好的伴侶。而且，據他觀察，也是很棒的母親。此外，她還長得漂亮，看起來比三十五歲的實際年齡還年輕。他可以想像，在安得斯勒夫這樣的地方，葛恩會跟這裡的太太一樣，在西班牙文、爵士芭蕾等各種她們想學習的課程間忙碌，她一定會找到讓自己忙碌的事，但是，跟柯柏一樣，她在這裡不會快樂，她也是那種徹底的斯德哥爾摩人。

一輛車身以紅字寫著「晚間郵報」的黃色貨車從合作社的路邊開走。車子往斜坡開上來，一個女人走出售報亭，掛出一張寫有頭條新聞的報紙廣告。

廣告單上，寫成兩行的「女子遭人謀殺」就占去半頁版面。下面又以小字寫道：「在安得斯勒夫？」

柯柏立刻抓起馬丁・貝克的手臂走到街上，但馬丁・貝克卻對著那輛新聞車點點頭。那車子現在正停在旅館對街的藥房前。

「我通常會在廣場那家菸店買報紙。」他說。

「通常？」柯柏說，「你已經在這裡養成一些習慣了？」

「總之，那是一間不錯的店，」馬丁・貝克說，「鄉下小店，貨很齊全。他們甚至還賣玩具——如果你想幫波荻和尤書亞買的話。」

拿著報紙廣告單的店東就站在櫃台後面。

「所以你找到席布麗了？」她問。

馬丁・貝克已經很出名了。

「可憐噢。」她說。

「別相信報上的報導，」柯柏說，「她目前只是失蹤。這件事其實還有疑點，雖然只是很小的疑點。」

「噢，真是的，這些報紙現在這樣惡搞，我都不想賣了。寫的全是謊話、齷齪勾當和悲傷的事。」

他們買了《晚間郵報》和《特樂柏街訊》。柯柏順便看了一下他們的玩具部，貨色確實相當齊全。他找到一些他在NK、PUB、歐聯和其他斯德哥爾摩大百貨公司裡從沒見過的東西。他決定過幾天再來為小孩挑幾樣。

柯柏的車旁停著一輛打開篷頂的敞篷跑車，車尾朝著國營酒行。那是一輛舊款車，線條簡單、流暢，看來保養得很好，深綠色烤漆在陽光下閃閃發光。馬丁・貝克平常對車子有點興趣，於是駐足觀看。

「是Singer，至少二十五年了。好車，但冬天冷得跟鬼一樣。」柯柏說。

柯柏的特長是無所不知。

他們走進旅館的餐廳。時值午餐時間，幾張桌位都坐了人。他們選了角落的位子坐下，面對陽台，翻開手中的報紙。

《特樂柏街訊》頭版有一則關於席布麗・莫德失蹤的簡短報導，占了大約兩欄的篇幅。內容很客觀、正確，帶有郝萊那種中庸、節制的風格。該文只提到三個人名：失蹤者、郝萊以及馬丁・貝克。雖然文章起頭跟中段都提到刑事組已參與此案調查，記者卻竭力避免給予讀者預設立場。文中沒出現「謀殺」、「兇手」等字眼。這篇報導附有席布麗的護照相片，照片底下的說明是，徵求任何在該女子失蹤後曾見過她的人出面提供線索。

《晚間郵報》就沒這麼自制了。頭版光是席布麗・莫德的相片就占了兩欄。相片上是時值雙十年華的席布麗，綁著馬尾，戴著白色大耳環。報上還有其他相片：席布麗・莫德的房子；羅絲安娜案兇手的房子；席布麗最後被人看到的公車站；一張佛基・班特森八年前的舊照，當時他站在警車旁、一臉害怕的樣子。以及一張馬丁・貝克的相片，他張著嘴，頭髮凌亂。

該篇文章大肆報導席布麗・莫德住在一名強暴殺人犯隔壁。還有一篇幫讀者重溫九年前的羅絲安娜案。還有幾位安得斯勒夫居民對這名失蹤女子的印象——聰明、討人喜歡、總是掛著微笑，對人親切問候，以及對佛基・班特森的印象——怪人，孤僻、令人不快，以及西格妮・波爾生，說她「可能是最後見到莫德太太活著的人」，活靈活現描述她看到席布麗在站牌前等車，然後「據推斷」很可能上了佛基・班特森的車。

另有一篇介紹馬丁・貝克。「著名的偵探及警政署刑事組組長」，但當馬丁・貝克看到「瑞典的馬格雷」*這字眼時，他忍不住一把將報紙丟向旁邊的空位。

「噁。」他嫌惡地嘆了一聲，同時四下搜尋侍者的身影。

「沒錯，」柯柏說，「還有《特快報》和《晚訊》等等，全都會撲上來，要你發表聲明。」

「我不打算發表聲明，」馬丁．貝克說，「但我想最後免不了還是得開記者會吧。」

女侍走過來。他們點了斯堪尼亞燉牛肉，外加甜菜和醃黃瓜。

他們安靜地吃著。柯柏一如以往，先吃完了。他擦擦嘴，環目四顧，餐廳裡差不多都空了。除了他和馬丁．貝克之外，只剩一個客人，坐在通往廚房門邊的桌位。

他桌上擺著一瓶礦泉水及一只杯子。他邊吸著菸斗，邊翻閱報紙，不時瞄向這兩位探員。

柯柏隱約覺得這個人似曾相識，忍不住暗中打量。

這男人看來年約四十，一頭濃密的深色金髮，後邊的頭髮留得很長，蓋過了他淺棕色皮夾克的領子。他戴著鋼絲框眼鏡，鬍子刮得相當乾淨，只有鬢邊留著濃密、鬈曲的短腮鬍鬚。他的臉很瘦削，顴骨突出，嘴角線條流露著苦澀、甚或嘲諷感。他皺著眉清理菸斗，將餘灰挖到面前的菸灰缸裡。他的十指長而有力。

他突然抬起頭，直視柯柏的眼睛，目光沉著而穩定，非常湛藍。柯柏來不及轉開視線，有那麼一會兒，他們就這樣直視著對方。

＊ 梅格雷（Jules Maigret），比利時推理作家西默農（Gerorges Simenon, 1903-1989）筆下的名警探。

馬丁・貝克將盤子推到一旁，喝光杯中的啤酒。

就在他放下杯子時，那人摺起報紙，起身走到他們桌邊。

「還認得我嗎？」他問。

馬丁・貝克以目光搜索他的臉龐，搖搖頭。

柯柏等著。

「亞克・葛那森，不過我現在改姓玻曼。」

他們當然記得他。六年前，他在打架時失手殺了人，死者是跟他同齡、一個名叫阿爾夫・麥森的記者同事。兩人當時都喝醉，麥森再三挑釁，那起死亡事件幾乎可歸為意外。葛那森清醒後非常冷靜，並且以高明的手法掩去所有證據。馬丁・貝克負責查案，還特別為此到布達佩斯待了一整個星期，才追到葛那森的蹤跡。葛那森被捕當時，柯柏也在場。他們兩人那時都沒有因為破案而感到喜悅，他們相當同情葛那森，認為他同為不幸的受害者，而不是冷血的兇手。

當年葛那森留著鬍子，蓄著短髮，而且相當健壯。

「坐吧。」馬丁・貝克將報紙從椅子上挪開。

「謝謝。」葛那森坐了下來。

「你變了，」柯柏說，「至少變瘦了。」

「不是刻意的。不過我確實努力改變外表。我想，衝著你們兩位沒認出我這一點，我是該恭喜自己，當然了，也許你們本來就認不出我。」

「為什麼用『玻曼』？」柯柏好奇地問。

「那是我媽媽娘家的姓，這樣似乎最好。我已經習慣了，幾乎忘了自己的本名。如果你們也忘了我的本名，我會很感激。」

「好的，玻曼。」柯柏說。

馬丁・貝克心想，世事未免太過巧合。這麼多年過後，他、柯柏，以及他們經手兩件最棘手案件的兩位肇事者，居然又在安得斯勒夫這地方重逢。

「你在安得斯勒夫幹什麼？」他問道，「你就住這裡嗎？」

「不是，」玻曼說，「其實我是來看看能不能採訪你們。我住在特樂柏，目前在為《特樂柏街訊》工作。你剛剛在讀的那篇頭條新聞就是我寫的。」

「你以前寫的不是車訊相關的新聞嗎？」柯柏問。

「對，但在省級報社，什麼都要做一點。我能得到這份工作算是相當幸運，是我的假釋官幫我安排的。」

女侍過來清理桌子。

「要喝咖啡嗎？」柯柏提議。

「好。」玻曼和馬丁・貝克異口同聲答道。

「還是你比較喜歡干邑？」

亞克・玻曼搖搖頭，女侍走回廚房。

「工作時不喝酒？」柯柏問他。

「我完全不喝了，」亞克・玻曼說，「自從……」

他沒把話說完，拿出一罐絞盤牌菸草，開始填塞菸斗。

「你進這報社多久了？」馬丁・貝克問。

「一年半了。你也知道我被判刑六年，二等謀殺。我坐了三年牢，然後獲得自動減刑及假釋。剛出來那幾個月簡直糟透了，幾乎比坐牢還難過，完全無法形容那種感覺。我不知何處可以容身，只知道我得離開斯德哥爾摩。一方面是因為那裡有太多人認識我，一方面是很容易又會陷入……呃，你們知道，喝酒、酒吧等惡性循環。最後，我在特樂柏的修車廠找到工作，也配到一個很棒的保釋官。她說服我再執筆寫作，而後我就得到這份工作。鎮上只有總編跟少數幾個人知道我的……其實，我實在相當幸運。」

但他看起來並不特別開心或喜悅。

他們一語不發地喝了一會兒咖啡。

「外面那輛Singer是你的嗎？」柯柏問。

亞克．玻曼回答時，臉上散發著驕傲的神情。

「對，那也是好運。去年夏天，我因為工作去了厄聶斯達德近郊，那輛車就停在一處私人土地的穀倉裡。車主一年前過世，他的遺孀一直將車擱在那裡。」

他吸了幾口菸。

「它看起來非常破舊，但要修好很簡單。我當場就將車買下。我偶爾會兼差寫點別的東西，像是賽車雜誌的特約稿，有時也寫寫短篇故事，所以存了一點點錢。」

「你還在假釋中嗎？」馬丁．貝克問。

「沒有，九月那時就期滿了，」亞克．玻曼回道，「不過，我還是偶爾會和保釋官見面，還有她的家人。她有時也會找我去她家吃飯。你知道，我單身，她料想我不會自己煮飯。」

馬丁．貝克想起六年前他在玻曼的公寓裡看到的相片，是一個年輕的金髮女子，那是他計劃結婚的對象。

亞克．玻曼吸著菸斗，若有所思地看著馬丁．貝克。

「其實，報社派我來是要問你關於這起失蹤案件，」他的語氣帶著歉意，「我卻坐在這裡一直聊自己的事。」

「我們掌握到的消息和你們報上登的那些差不多，」馬丁・貝克說，「你跟黑格特・郝萊談過了吧？」

「談過了，不過你們兩位居然會一起過來，就表示你們一定在懷疑什麼。」亞克・玻曼說，「說真的，你們認為是不是佛基・班特森殺了她？」

「現在還沒有任何想法，」馬丁・貝克答道，「我們甚至都還沒跟班特森談過。我們唯一確定的是，席布麗・莫德從十月十七日起就沒回家了，而且似乎沒有人知道她的下落。」

「你讀過《晚訊》了？」亞克・玻曼問。

「對，但他們最好為自己的猜測負責。」柯柏說，「你的這個報社似乎挺正派的。」

「我們在想，該開個記者會，」馬丁・貝克告訴他，「但目前開的話沒有多大意義，因為真的沒什麼可說。不過，給我們一點時間，一有消息我就會通知你。如何？」

「很好。」亞克・玻曼說。

兩位警探都覺得自己似乎對他有所虧欠。但虧欠了什麼，又為了什麼，他們也說不上來。

9.

馬丁・貝克一直無法不去想柏諦・莫德的那雙大手。午餐後，他決定到特樂柏，發一封電報到巴黎的國際刑警組織，查問莫德的事。

大多數人，甚至大部分的警察，都以為國際刑警組織是一個沒有效率的國際機構，組織龐大，極為官僚，做的只是表面工作，背後實則空空如也。

柏諦・莫德的案子證明這些說法全是誤解。

馬丁・貝克想不出特別聰明的問題，因此只是詢問莫德是否在哪裡留有犯罪記錄？有的話，是為了什麼？

六個小時後答覆就送到了，而且資料詳盡。

當天下午他們坐在郝萊的公寓裡，仔細研究這份文件，並為內容感到震驚。

他們吃著三明治，邊喝啤酒。

他們在郝萊的住處多少還能保有些許寧靜。因為警察局一如以往，在每天這時關門。

自動答錄機讓所有打進來的電話全轉到特樂柏警局。那裡的總機現在可不輕鬆了。旅館裡滿是記者。

為了安全理由，郝萊也拔掉了私人電話的插頭。

他們審視電報交換機的帶子。

千里達的警察報告說，柏諦・莫德在一九六五年二月六日，因為打死一名巴西籍的油商而被捕，當天就被帶到警察法庭受審，遭判「妨礙安寧」之罪。他的行為被認定是「正當殺人」——這在千里達是不必受刑坐監的犯行。至於「妨礙安寧」罪，他被罰了四英鎊。該名油商當時向莫德身邊的女伴求愛，因此被認為他的死是自找的。莫德隔天就離開了千里達。

「五十克朗，」柯柏說，「殺人就付這點錢，未免太便宜了。」

「正當殺人，」郝萊說，「這在瑞典話該怎麼說？當然，我們有正當防衛的權力，兩者原則相通，但意義又不同，無法就這樣翻譯。」

「那是無法翻譯的。」馬丁・貝克說。

「沒有那樣的概念。」柯柏說。

「這點你可就錯了，」郝萊大笑，「相信我的話，在美國就有。警察開槍打人永遠都是『正當殺人』，合法謀殺。至於在瑞典，就隨我們怎麼說囉。這些事每天都會發生。」

房間裡一片死寂。

柯柏不悅地將還剩半個三明治的盤子推開。

他的雙目空茫，沉坐在椅子裡，前臂靠在大腿上，雙手垂在兩膝之間。

「怎麼了？」郝萊問道。

「你笑錯場合了。」馬丁．貝克回答。

郝萊不知道自己做錯什麼，但他知道不宜再多言。至少現在不宜。

馬丁．貝克擔心地看著他的老友，但他自己也沉默不語。

郝萊將菸抽完，再點一根，繼續抽完。接著好一會兒他什麼事也沒做。

馬丁．貝克還是看著柯柏。

最後，柯柏聳聳他胖胖的肩膀，坐直身體。

「抱歉，黑格特，我有時會這樣，有點像是發癲癇。但是沒辦法。」

他喝了一大口啤酒，用手背抹掉泡沫。

「剛說到哪兒了？」他問，「莫德的不在場證明很遜，或者，根本沒有不在場證明。而且他有一連串的暴力記錄。但是動機呢？他有動機嗎？」

「嫉妒。」馬丁．貝克說。

「嫉妒誰？」

「柏諦·莫德可能會妒嫉貓吧？」郝萊說完，試探性地笑了幾聲。「所以，他們家當然是不養貓的。」

「沒什麼可追查的線索。」柯柏說。

「唉呀！」

郝萊叫了一聲。提米叼走了他手中的三明治，囫圇吞下。

馬丁·貝克放聲大笑。

「躺下，提米！」郝萊命令道，「這警犬還真是出色！可以創世界記錄了。你們看到沒？牠就這樣走過來叼走我的三明治。萊納，你是足球迷嗎？」

「不是。」柯柏回答。他笑得太厲害，肚子跟著一鼓一鼓。

「好，那我就省略那個故事了。」郝萊說，「我們接著討論佛基·班特森吧。」

「佛基·班特森完全沒有不在場證明，而且他有暴力記錄。可是他有動機嗎？」

「動機是他神志不清。」郝萊說。

「在羅絲安娜·麥格羅謀殺案裡，他的殺人動機相當深層，而且複雜。」馬丁·貝克說。

「胡說，馬丁，」柯柏插嘴，「有件事我們從沒討論過，但我常想到。你相信佛基·班特森有罪，我也相信。但是我們握有什麼證據？當然，他跟你招供了。不過那是在我打斷他的手、我們使盡手段誘惑他，而且設了陷阱套住他之後。他到了庭上全部翻供否認。我們唯一能證明的，是他企圖強暴，或者可能——記住，只是可能——掐死一位奉命去引誘他的偽裝女警。當他進入她的住處時，她幾乎全裸。我常在想，要是在一個法治社會，佛基．班特森絕對不會在羅絲安娜謀殺案中被判刑，因為證據不足。更何況，他的精神有問題。但他們沒送他去醫院，反而送他去坐牢。」

「你要說的是——」

「難道你還不明白？你、我還有其他幾位，例如將他判罪的法官，都認定他是兇手。但我們卻沒有任何真正的證據。這中間是有天大地大的差別的。」

「他持有她的墨鏡和其他東西。」

「這些證據在一個好的辯護律師看來都不堪一擊。真正公正的法庭也會判這個案子不成立。在一個有法治的國家裡……」柯柏停下來，沒再說。

「也許千里達是個有法治的國家。」郝萊說。

「毫無疑問。」柯柏說。

「總之，我們明天得跟佛基．班特森談談。」馬丁．貝克彷彿刻意將話題轉到較輕鬆的地方。

「對，」郝萊說，「我想也該是時候了。」

「我們也應該開個記者會，」柯柏說，「不管那會有多可怕。」

馬丁．貝克沮喪地點點頭。

「我從來沒開過記者會。我們要怎麼處理佛基．班特森？叫他過來嗎？」郝萊問。

「我寧可去他家談。」馬丁．貝克說。

「然後開車過去，後面跟著一大群記者？」柯柏問。

「對，我想那是免不了的。」馬丁．貝克答道。

「我們要在事前、還是事後開？」

「之後吧，我認為。」

「我們怎麼知道班特森何時會在家裡？」柯柏又問。

「這個我知道，」郝萊說，「他早上六點出門，下午一點回來，傍晚會再出門去撒網。他一向遵循固定的作息。」

「好，那我們就一點十五分開車過去，然後三點跟媒體談話。」柯柏說。

郝萊顯然很期待這種有趣又刺激的日子。

馬丁・貝克和柯柏則不以為然。

「有沒有膽子溜回去睡覺？」柯柏邊打呵欠邊問。

「餐廳已經打烊好幾個小時了，」馬丁・貝克樂觀地說，「那些還醒著的人，或許都到什麼地方去打牌了。」

10.

整個遊行隊伍居然相當優雅有序。他們在一九七三年十一月六日下午一點整，從安得斯勒夫警局出發，領路的是一位穿制服的警官。柯柏跟在馬丁·貝克身後，隨著隊伍前進，警犬提米則繞著他的腳跟嗅來嗅去，柯柏覺得自己彷彿成了亞伯特和科思特羅*的混合體。郝萊穿著他常穿的綠色橡膠長筒靴殿後，獵帽戴在後腦勺，拉著被狗兒扯得緊緊的皮帶。他忽然想到應該帶小國旗出門的，因為今天正好是古斯塔夫二世亞道夫在盧仁戰役中壯烈犧牲的三百四十一周年紀念日。

「我們最好慢慢開，免得有人跟不上。」郝萊笑著說。

柯柏和馬丁·貝克坐上巡邏車，郝萊則是把狗塞進他那番茄紅色的車裡，坐上駕駛座，帶頭開車。

* 亞伯特（Bud Abbott）及科思特羅（Lou Costello）為美國早期著名的諧星搭檔。

不過，柯柏要是覺得這樣就叫荒謬，那這跟某些人的感覺相比，簡直不值一提。事前誰都沒想到，他們選定的出發時刻，對大部分記者而言正好是個祭典時段。午餐時間。

然而，顯然有人通風報信，因為消息像野火一樣傳了開來。只見男男女女跌跌撞撞地從旅館的餐廳裡衝出來，嘴裡塞滿鮮魚沙拉、豬腳或蘿蔔泥。其中一人還一手拿著相機，一手拿著盛了生命之水的高腳杯。他們後頭跟著一群搞不清狀況的女侍，想知道這集體閃人的行動究竟是怎麼回事。還有一些客人可能認為失火了，由於他們有的把車停在廣場上，有的則停在旅館花園後方的長形停車場，混亂情形更是誇張。

但是郝萊遵照承諾，開得非常緩慢從容。經過教堂時，柯柏四處望了望，發現在他們的巡邏車後跟了不止十輛車。他猜那些全是過去大家稱為「第四階級」的那些人（指新聞記者）。只有一輛車的缺席顯得特別突兀。那就是亞克・玻曼的綠色敞篷車。原因很簡單，柯柏信守前天的承諾，已先打到特樂柏，把時間表給了玻曼。

在往多畝的半路上，郝萊慢了下來，在路肩停車。他下車，跳過水溝，消失在一間小棚屋後面。過了大約一分鐘才又出現，若無其事地當著所有車隊成員的面，拉上褲子拉鍊。有些隊員猶疑不決，不知是不是該有樣學樣。

郝萊面無表情地走到巡邏車旁，彎身隔著窗子說話：

「此行動純屬轉移注意力，以確保無人擾亂行列。」

他板著臉，審視後頭車隊，然後回到自己的車裡繼續上路。柯柏和馬丁・貝克看得到他的肩膀在抖動。顯然他自己在車裡笑個不停。

「天啊，我真羨慕黑格特！」柯柏說，「真是亂有幽默感的！」

「是啊，」那警官忽然開口，「他這個人非常有意思，能當他的屬下真是福氣，而且你不會覺得自己是個下屬。雖然我的薪俸比他低四級，但沒人把這當回事。沒錯，他確實是好啦——我這可不是故意要一語雙關。」

馬丁貝克認得駕駛的名字——艾維特・姚韓森，但僅止於此。

「你當警察多久了？」他問道。

「六年了。這是我唯一能找到的工作。也許我不該這麼說，不過我以前在馬爾摩的警局工作，那根本是人間煉獄。別人看到我就好像見到鬼，而且我發現自己開始變得怪怪的。一九六九年，在一場示威行動中，我們用警棍打人。我自己打了一個女孩，再怎麼看，她也沒超過十七歲，而且不止如此，她還帶著小孩。」

馬丁・貝克看了艾維特・姚韓森一眼。他是個有著聰明、開朗臉孔的年輕人。

柯柏嘆了一口氣，沒說話。

「事後我甚至還在電視上看到自己。這真夠讓我直想吊死謝罪。我當晚就決定辭職，但是……」

「但是怎樣？」

「呃，我有幸娶了個非常賢慧的妻子。她建議我申請外調到其他地方。我運氣好，派到這個工作，否則今天絕對不可能還在當警察。」

郝萊轉到右邊，停了下來。到了。

房子又小又舊，但是看起來整理得很好。

亞克・玻曼把跑車停在大門附近。他坐在駕駛座上讀書。

佛基・班特森正拿著鏟子站在雞舍旁，他穿著連身褲和皮靴，戴著一頂格紋帽。

郝萊繞到他的車箱旁，取出一個合作社的白色塑膠袋。

馬丁・貝克心想，不知裡面裝的是什麼？

「艾維特，把狗看好，」郝萊吩咐，「我知道那非常不容易，但我們這邊的工作也不見得輕鬆。還有，要那些人別亂踏他的地方。」

接著，他打開大門，馬丁・貝克和柯柏跟了過去。柯柏小心翼翼關上身後的門。

佛基．班特森放下鏟子，迎了過來。

「嗨，佛基。」郝萊說。

「嗨。」

「我們進屋裡談一談好嗎？」

「談一談？」

「是的，」郝萊說，「有一大堆文件要填。你也知道，我這個人沒必要的話是不會來的。」

「好吧，那麼請進。」

「謝謝。」馬丁．貝克說。

柯柏沒說話。

一進門，郝萊就從塑膠袋裡拿出一雙鞋，並在門邊把靴子脫下。

馬丁．貝克覺得懊惱。

天啊，他實在太不懂鄉村的禮節習俗了！而且，他的推理能力也不夠高明。你穿了靴子去拜訪人家，當然得隨身帶上一雙鞋。

佛基．班特森也脫了靴子。

「我們坐在客廳裡好了。」他的聲音不帶任何情緒。

馬丁・貝克四下打量，屋裡沒什麼家具，但很整潔，勉強稱得上豪華的只有一個大水族箱和電視。

外頭傳來停車聲，隨後是低沉的談話聲。

班特森的外表在過去這九年裡沒有多大變化。總之，就算牢獄生活曾在他身上留下什麼痕跡，那也不明顯。

馬丁・貝克的思緒拉回到了一九六四年的夏天。

當時，班特森三十八歲，看來健康，沉著，而且強壯。藍眼睛，頭髮摻點灰色。身材高大，相當英俊，給人整潔、乾淨的可親印象。

現在他四十七歲，老了一些。

除此之外，沒什麼不同。

馬丁・貝克撫著臉，一下子全回想起來了。當年要攻破這個人的防衛，令他解除警戒，或是失口認罪，有多難啊。

「呃，這個，」郝萊說，「要談話的人不是我，不過我想你知道我們要談什麼。」

佛基・班特森點點頭——也許吧，總之，他的頭微微動了一下。

「我想你認得這兩位。」郝萊說。

「認得，」班特森說，「我的確認識貝克組長和柯柏偵查員。你們好嗎？」

「要說有什麼改變的話，他們現在已經是督察了。」郝萊說。

「啊，」柯柏說，「技術上來講，我只是代理督察，正確職稱其實是偵查員。但就像黑格特說的，這其實不重要。總之，我們就互相直呼名字如何？」

「非常樂意。這裡的人都不拘小節。比方我就注意到，孩子們都會直呼牧師的名字。」班特森說。

「對啊，正是如此，」郝萊說，「牧師穿著佈道服迎面走來，小孩子會對著他喊『克勒』。他記得每個人的名字，所以總是會馬上喊回去。比方說『嗨，彥斯』。」

「監獄裡也是不拘小節的。」班特森說。

「你不覺得提起那段時間會不好受嗎？」馬丁．貝克說。

「完全不會。我在牢裡過得很好，生活規律又有秩序，大部分時間過得比在家裡還好。我對刑事體制沒什麼好抱怨的，那種生活很不錯，可說相當單純。」

柯柏一屁股坐上圓形餐桌旁的一張高背椅，臉埋在雙手中。

他想，這傢伙瘋了，接下來他又要開始做惡夢了。

「好，那麼，請坐吧。」班特森說。

馬丁．貝克坐了下來，郝萊也是。

沒人注意到總共只有三張椅子。

「我們要談的是關於席布麗．莫德的事。」馬丁．貝克說。

「我明白。」

「你認識她吧，佛基……先生？」

「當然認識。她的住處離這裡不過幾百碼，就在車道對面。」

「她失蹤了。」

「我聽說了。」

「自從上個月十七日下午一點過後就沒人見過她。當天是星期三。」

「是，別人也是這麼告訴我。」

「她去了安得斯勒夫的郵局，本來要搭公車回到街尾這裡。」

「對，那個我也聽說了。」

「有目擊證人說，你們兩人在郵局說過話。」

「對，確實說過。」

「你們談了些什麼？」

「如果我星期五有雞蛋，她想買一些。」

「然後？」

「我說，我保證她可以買到一打。」

「然後呢？」

「那是她要的數目，一打。」

「她怎麼說？」

「多謝，或是類似的話。其實，我不記得她確實說了什麼。」

「席布麗．莫德那天沒開車。」

「沒開車，我也聽說了。」

「那麼，告訴我……佛基，你知道她沒開車嗎？當你在郵局碰到她的時候？」

佛基．班特森沉默許久。

「知道。」他終於開口。

「你怎麼會剛好知道？」

「住久了，就會注意到鄰居的這些事，不管你要不要。」

「但你那天去安得斯勒夫是開休旅車吧？」

「對，就停在郵局門口。」

「佛基，那裡是禁停區耶。」郝萊露出淘氣的表情。

「我真的不曉得。」

「那裡有標示。」郝萊說。

「我從沒注意過，真的。」

郝萊掏出一個銀色的老懷錶，啪地一聲打開來。

「席布麗・莫德都在差不多這時候等公車，」他說，「當然，除非有人載她一程。」

佛基・班特森看看他的手錶。

「是的，」他說，「大概是這樣。我也聽說是這樣。」

「報上也這麼說，」馬丁・貝克說，「對吧？」

「我從不看報紙。」佛基・班特森說。

「雜誌也不看嗎？男性雜誌，或是運動報刊？」

「男性雜誌變質了，我覺得現在的男性雜誌毫無品味可言。運動報也停刊了。而且，雜誌太貴了。」

「那麼……佛基，既然你們在郵局碰了面，而且她沒開車，順便載她一程不是挺自然的嗎？

你們又同路。」

馬丁．貝克越來越不自在，他發現他很難直接稱呼班特森的名字。

又是一陣長久的沉默。

「是的，」班特森終於開口，「我想這似乎很自然，但事實不是這樣。」

「她有開口要你載她嗎？」

這回，班特森停頓了好久，久到馬丁．貝克最後決定再問一次。

「席布麗．莫德有沒有提議要搭你的便車回家？」

「我不記得有這回事。」

「她有沒有可能這麼做？」

「我不知道。我只能告訴你這麼多。」

馬丁．貝克看看郝萊。郝萊揚揚眉，聳了聳肩。

「會不會正好相反，是你提議載她一程？」

「絕對不是。」班特森立刻答道。

這一點他顯然比較肯定。

「所以說，那是絕不可能的？」

「不可能，」佛基・班特森說，「我從來不給人搭便車，只讓跟我工作有關的人搭，而且總共也沒幾次。」

「真的？」

「是真的。」

馬丁・貝克又看了看郝萊，郝萊做了個鬼臉。他的庫存表情顯然取之不盡，這位安得斯勒夫警局的局長無疑可以當個出色的默劇演員。

「所以我們可以排除那個可能？」

「絕對可以，想都不用想。」班特森說。

「為什麼絕對想都不用想？」

「我想是個性的關係。」

馬丁・貝克考慮了一下佛基・班特森的個性。這一點的確是值得詳加考慮。

但現在不是思考的時候。

「怎麼說？」馬丁・貝克問道。

「我是那種生活一定得非常規律的人。我的客戶可以向你證明我特別注重守時。如果有什麼事耽擱，我一定會盡力趕上進度。」

馬丁．貝克看看郝萊，他又做了個鬼臉，幾乎可與諧星一較高下。班特森的守時性格顯然不容懷疑。

「要是有事情打亂我的生活節奏，我會很煩躁、不安。好比說，這番談話就大大惹煩了我。當然，這與個人無關，但很多瑣事會因此耽誤。」

「了解。」

「所以，就像剛才說的，我從不讓人搭便車，尤其是女人。」

柯柏把手從臉上移開。

「為什麼？」他問。

「我不懂你的意思。」

「為什麼你說『尤其是女人』？」

班特森的臉色變得更嚴肅了，不再是一副漠不關心的樣子，但他雙眼裡的神色是憎恨？厭惡？慾望？還是嚴厲？

也許是瘋狂。

「回答我，佛基。」柯柏說。

「女人造成我許多不快。」

「我們知道，可是那不表示你可以忽視她們。事實上，她們占了這世界上超過二分之一的人口。」

「女人有很多種，」班特森說，「我遇過的幾乎都是壞的。」

「壞的？」

「沒錯，就是爛人，不配稱為女性。」

柯柏洩氣地望向窗外。這個人瘋了。但這又能證明什麼？話說回來。那像隻蜘蛛猴似地倒掛在屋外梨樹上的攝影記者，難道就可說是完全正常嗎？不過是假設正常而已。

柯柏深深嘆了口氣，像洩氣的風向球般癱了下來。

馬丁・貝克重新繼續他那著名的條理性質詢。

「我們現在暫時不討論那個好了。」

「好，謝謝你。」佛基・班特森說。

「我們不亂猜，只說事實好了。你們前後相隔不到幾分鐘離開郵局，是嗎？」

「對。」

「然後呢？」

「我就開車回家。」

「直接回家嗎？」

「對。」

「好……班特森先生，再來要問一個問題。」

「是的？」

馬丁．貝克真受不了自己。為什麼他就是無法直呼「佛基」？柯柏可以，而對郝萊來說，這根本是世上最容易的事。

「你一定有開車經過席布麗．莫德身邊，不是在公車站，就是在公車站附近。」

佛基．班特森沒回答，馬丁．貝克聽到自己說：

「回答我，班特森先生。你當時見到莫德太太了嗎？」

太好了，最佳答案當然應該是：「沒有，她是隱形的。」

但是佛基．班特森似乎沒覺察到馬丁．貝克的尷尬。他什麼話都沒說，只是空洞地看著自己那雙曬黑的大手。

馬丁．貝克不知道該再說什麼。他方才提問的方式，蠢得讓自己無法再重問一次。

最後是郝萊拯救了他。

「那個問題是他媽的再簡單不過了，佛基。你是看到了席布麗還是沒看到？」

班特森終於說：「看到了。」

「請說大聲點。」馬丁・貝克說。

「看到了。」

「到底在哪裡看到的？」

「在公車站，也許離個幾英尺。」

「有目擊者做證，說當時你的車慢了下來，甚至完全停住。」

幾秒鐘過了。時光飛逝，他們都老了一分鐘。最後，班特森低聲回答。

「我看到她，很可能我也有減速。她沿著路的右邊走。我開車一向謹慎，經過行人時通常會減速，但也可能是因為要會車。我記不得了。」

「你慢到停下來了嗎？」

「沒有，我沒停車。」

「也許看起來像是車子停下來？」

「我不知道，真的不知道。我只知道我沒停車。」

馬丁・貝克轉頭問郝萊。

「他剛才不是說他一遲到就會開快車嗎？」

「是的，」郝萊說，「沒錯。」

馬丁．貝克回過頭來面對兇手。該死，他居然想到了那個字眼——兇手。

「去郵局辦事不會耽擱你的時間嗎？所以你事後得加快腳步？」

「我一向在星期三上郵局，」佛基．班特森的語氣冷靜，「我得先給我在索德拉來的老媽寄封信，而且通常會有其他事情要辦。」

「席布麗．莫德沒上你的車？」

「沒有，她沒有。」

這是個導引性的問題，但方向不太正確。

「席布麗．莫德有沒有坐上你的車？」

「沒有，絕對沒有，我沒停車。」

「還有一件事。席布麗．莫德有沒有向你揮手，或是示意你停車？」

接著又是一陣痛苦、難以理解的停頓。

班特森沒有回答。他直視著馬丁．貝克，但是沒有出聲。

「席布麗．莫德看到你的車時，有沒有做出任何動作？」

他們的生命又在沉寂中流逝片刻。馬丁．貝克想到女人，以及當時的可能狀況。

郝萊再次打破沉默。他笑了起來。

「你他媽的怎麼不回話呀，佛基？席布麗有或是沒有對你揮揮手？」他說。

「我不知道。」班特森說。

那聲音低得幾乎聽不見。

「你不知道？」馬丁・貝克問。

「對，我不知道。」

柯柏向馬丁・貝克投了一個無奈的眼神。

他不需說出口。但意思很明顯：「放棄吧，馬丁。」

但是問題還很多，困難的問題。

「我還記得九年前我們坐在克里斯丁堡的情形。」馬丁・貝克說。

「我也記得。」

「我們談了很多有關女人的事，發表了某些看法，有的還相當另類。」

「我不這麼認為。」

「對我來說是。你對女性還是抱持同樣的看法嗎，班特森先生？」

一陣長久的沉默。

「我試著不去想她們。」

她們。

「你認識席布麗．莫德，是不是，班特森先生？」

「她是我的老客戶，也是我距離最近的鄰居。但我試著不把她視為女人看待。」

「試著？你說『試著』是什麼意思，班特森先生？」

郝萊動了一動。他們認識這六天以來，現在是他看起來最悶悶不樂的時候。倒不是說他真有多麼悶悶不樂，而是沒那麼愉快。

「你為什麼不叫他佛基？叫先生聽起來真他媽的正經八百。」

「我辦不到。」馬丁．貝克說。

這是實話，他辦不到。他也很高興自己能實話實說。

「我明白了，」郝萊說，「那也就沒什麼好說的。說實話可被責備，但不能被羞辱。」

柯柏看來有點驚訝。

「地方諺語。」郝萊笑著說。

佛基．班特森沒有笑。

「總之，你認識席布麗．莫德，而且你一定有把她視為女人的時候。我要問你一個問題，班特森先生，而且我要你老實回答。你認為她做為一個女人怎麼樣？」

一陣沉默。

「回答他，佛基，你得回答，要誠實。」郝萊說

「我有時會把她視為女人，但不是很常。」

「然後呢？」馬丁·貝克說。

「我認為她……」

「她怎麼了？」

佛基·班特森和馬丁·貝克彼此互看著。班特森的眼睛是藍色，馬丁·貝克的是灰藍。他回想起來了。

「令人厭惡，」佛基·班特森說，「下流，就像禽獸，又臭。我常看到她，但只有兩、三次這麼認為。」

神經病，柯柏心想。

「馬丁，算了。」

「你就是希望我這麼說，對吧？」佛基·班特森說。

「你後來有把蛋送過去嗎？」

「沒有，我知道她走了。」

走了。

他們一語不發地坐了一會兒。

「你在折磨我，」佛基．班特森說，「可是我不討厭你。這是你的工作。我的工作是賣魚和雞蛋。」

「是呀，」柯柏沮喪地說，「我們以前也折磨過你，現在又再來一遍。我曾經多事地打斷了你的肩膀。」

「哦，那個傷很快就復原了。我完全康復了，真的。你們現在就要帶我走嗎？」

馬丁．貝克還有最後一個問題。

「你見過席布麗．莫德的前夫嗎？」

「有，見過兩次。他開了一輛灰褐色的富豪汽車來。」

郝萊做了個神祕的鬼臉，但是沒說話。

「我們今天就問到這裡為止吧？」

馬丁．貝克站了起來。

郝萊脫下鞋子，放回塑膠袋，然後穿上靴子。

他是三個人當中唯一懂得說：「再見，佛基，對不起。」的人。

「再見。」柯柏說。

馬丁・貝克沒說話。

「我想，你們還會再來吧？」佛基・班特森說。

「看情況。」郝萊說。

大門外，Nikon相機的快門聲開始像下冰雹似地響起。

一輛配有短波無線天線的車上傳來一陣聲音：

「警政署刑事組組長和他的左右手正步出羅絲安娜案兇手的住處。本地警方和馴犬人員都正看守著屋子。看來不像已逮捕羅絲安娜案的兇手。」

玻曼走到柯柏身旁。

「情況如何？」他問。

柯柏搖搖頭。

「葛那森，」一個刺耳的聲音忽然說話，「你要是拍警方馬屁，我們就把你的髒事在頭版上全給抖出來。你是可以改名換姓叫玻曼，但叫到臉色發青也沒用。我只是提醒提醒你。」

「我猜你無論如何還是會照做不誤吧？」玻曼回說。

馬丁・貝克朝開口的那人看了一眼。那個記者挺著大肚皮，留著濃密的灰鬍子，一臉有恩於人的樣子。他叫墨林，當然是替某家八卦晚報工作的。自從馬丁・貝克在一九六六年見過他之後，他似乎老了至少十五歲。可能是啤酒喝太多了。

「他是阿爾夫的死黨。」玻曼幽幽地說。

郝萊清了清喉嚨。

「記者會延後半小時舉行，地點在村公所。我想圖書室會是最佳選擇。」

11.

距離記者會還有半個小時，他們利用這段時間試著分析佛基．班特森說了和沒說出的話。

「他的行為和以前完全一樣，」馬丁．貝克說，「對明知我們能查證的問題答得清清楚楚。」

「這人是個神經病，」柯柏沮喪地說，「就這麼簡單。」

「然而有時又完全不答話，」郝萊說，「你指的就是那個嗎？」

「是，大致是。當你問到真正重要的問題，他就變得怪裡怪氣，顧左右而言它。」

「身為這方面的業餘……」郝萊接著突然大笑出聲。

「你在狼嚎些什麼？」柯柏有點生氣。

「呃，我不是指我喜愛謀殺之類的事物，」郝萊說，「不過，業餘者的意思，應該是愛好某種事物的人，對吧？從拉丁文的『愛好』這個字……」

「哲學的部分要是能略過，」柯柏說，「那麼分析我們的心得會比較有意義。」

「是的，」馬丁・貝克說，「我想你是對的。你自己怎麼看？」

「啊，如果我們冷處理班特森對女人的看法……他那些看法，依我看來，只表示他精神不正常……」

「性異常。」郝萊說。

「正確。但假如我們不去考慮……」

「不能不考慮。」馬丁・貝克插嘴說。

「是。總之，有兩個問題讓他非常猶豫。首先，他在郵局裡到底說了什麼？再者，席布麗・莫德有沒有在他開車經過公車站時做出搭車手勢？」

「這兩個問題涉及的其實是同一件事。」馬丁・貝克說，「他到底載了她一程沒有？如果她在郵局裡和他談過雞蛋之外的話題，那最有可能的就是要求搭便車回家。這樣說或許太過牽強？」

「完全不會，畢竟他們是隔壁鄰居。」郝萊說。

「但她真的會那麼做嗎？」馬丁・貝克問，「席布麗・莫德和村裡其他人一樣，知道班特森坐過牢、為何被定罪、曾經強姦殺人等等。」

「是啊，」柯柏說，「說得也是，但事實上偏又不是這樣。她畢竟是他所謂的老客戶。意思就是他每星期都會送貨到她家。」

「大部份是魚，」郝萊說，「價錢低，品質又好。蛋的生意通常是兼著做。他沒養那麼多雞。」

「要是她真的怕他，絕對不會讓他上門。」柯柏說。

「是啊，」郝萊說，「我想，席布麗並不怕佛基。我沒看過有誰怕他的。大家都知道這個人有點怪，喜歡清靜。」

「根據我對班特森的了解，他現在是典型的反應。」馬丁．貝克說，「他對他們在郵局的談話和公車站的事情，懷有高度戒心。他知道可能有人聽到他們的談話，也知道可能有人看到她要求搭便車。」

「但是，如果她沒要求搭便車，他根本也沒必要說謊，」郝萊說，「尤其他要是沒在公車站停車的話。」

「你要記得，他和警方及法院打交道的經驗可是相當慘痛的。」柯柏說。

馬丁．貝克的右手拇指和食指搓著鼻梁。

「我們來想像一下當時的情境好了。」是這兩個人在郵局巧遇，而席布麗．莫德恰好沒開車，所以她要求搭他的便車回家。他編了個理由——比方說他還有別的事要辦——拒絕了她。她辦完事之後，走到公車站，當她看到班特森開著車過來時，她對他揮手想搭便車；他慢了下來，但沒有停車。」

「或許他有停車載她。」柯柏傷感地說。

「對呀。」

「可是只要沒找到屍體，謀殺案就不能成立，更別說起訴班特森。」

「但是你無法不注意到他的表現確實很奇怪。」馬丁・貝克說，「我發覺還有第三點不對勁的，就是他沒把那一打雞蛋送過去。離她失蹤不過才兩天，而且席布麗・莫德的工作時間那麼不定，即使他星期四沒見到她，應該也會假設她週五會在家吧？」

「她失蹤的消息傳得非常快，」郝萊說，「當她星期四沒去上班、也沒接電話時，很多人就開始納悶人到哪兒去了。我星期四就聽說她不見了，但我想管他的，一個人有權利失蹤個一兩天。可是，修車場想知道她為什麼不依約在星期四早上取車。那個問題問得好。」

他拿出懷錶，啪地打開。

「時間到了嗎？」柯柏問。

「快了，」郝萊說，「我只想指出一個小地方，一個你們幾乎都沒注意到的細節。」

「什麼細節？」柯柏垂頭喪氣地問。

「那個，」郝萊說，「佛基說他見過柏諦．莫德，有兩次見到他開著灰褐色的富豪汽車，那與我所知的不符。莫德很久沒來了。在佛基搬進那棟舊房子之前，他就沒再來看過席布麗了。」

「是的，」馬丁．貝克說，「我也注意到了。因為莫德告訴我，他有時會過來與席布麗睡，但他至少有一年半沒過來了。」

「有可能是船長在說謊。」柯柏說。

「那次談話，有很多內容我不確定該不該相信。」

「我們得下樓了。」郝萊說。「莫德的事要提嗎？」

「不要。」馬丁．貝克說。

•

記者會十分即興，搞得馬丁．貝克和柯柏很不愉快，因為他們實在沒什麼好說的。但這場記者會確實有其必要。因為這是確保他們日後可順利工作的唯一機會。

郝萊冷靜輕鬆多了，他似乎覺得這好玩得很。

第一個問題簡單而殘酷，也決定了記者會的氣氛。

「你認為席布麗・莫德被殺了嗎？」

馬丁・貝克不得不回答：

「我們不知道。」

「你們的出現——你和你的同事——不就足以表明你們懷疑席布麗・莫德遭人謀殺了嗎？」

「是，沒錯，不能排除這個疑慮。」

「所以，是不是可以說你們已掌握了嫌犯、但還沒找到屍體？」

「我不會採用這種說法。」

「那要怎麼說？」

「我們不知道莫德太太人在何處，也不知道她發生了什麼事。」

「已經有一個人被問過話，對嗎？」

「我們和一些人談過，以便找出莫德太太的下落。」

馬丁・貝克最討厭記者會，記者提出的常是未經大腦、惹人發怒的問題，不但難以回答，而且一切都可隨意曲解。

「立刻就要逮人了嗎？」

「不。」

「但是有在考慮拘捕人犯，是嗎？」

「不是。我們甚至還不知道有沒有罪案可言。」

「但你怎麼解釋警政署刑事組人員出現在此的事實？」

「有個女人失蹤了，我們正設法找出她的下落。」

「我倒覺得警方是在耍嘴皮子。」

「要是這樣，那媒體顯然不是囉。」柯柏想讓氣氛輕鬆一點。

「我們記者的責任，是把事實提供給大眾。如果警方不願公布消息，我們只好自己發掘了。你們為何不乾脆開誠佈公呢？」

「沒什麼好公布的，我們正在尋找席布麗．莫德。你們要是真想幫忙找人，很好啊，非常歡迎。」柯柏回道。

「如果假設她是性犯罪的受害者，合不合理？」

「不合理。」柯柏說，「只要我們沒找出她的下落，任何假設都不合理。」

「我想知道警方目前的結論為何。你們介不介意談一談？」

柯柏沒回答。他看著提問的女孩，一個年約二十五歲的金髮女孩。

「可以嗎？」

柯柏和馬丁・貝克都沒說話。郝萊看了他們一眼，接著開口：

「我們知道的很簡單。」他說，「莫德太太大約在十月十七日星期三中午離開安得斯勒夫郵局，從此就沒人見過她。有個證人表示她看到她在公車站，或是正要去公車站。就這樣，這是我們知道的全部。」

那個曾在多畝威脅玻曼的記者清了清喉嚨。

「貝克？」

「是的，墨林先生。」

「我們受夠這種無聊的小鬧劇了。」

「什麼鬧劇？」

「這個記者會真是滑稽。你是警政署刑事組組長，但是你不好好回答我們的問題，反而老是躲在下屬和本地警方後面。你到底有沒有打算逮捕佛基・班特森？」

「我們跟他談過。就這樣。」

「談話結果呢？你們在裡面談了都快兩個小時。」

「目前我們沒有掌握任何嫌犯。」

馬丁・貝克在說謊。他不喜歡說謊，但他又能說什麼？

下一個問題更令他不悅。

「身為警察，你置身在一個你得在十年內兩次逮捕犯下相同滔天罪行的同一犯人的社會，你做何感想？」

是呀，感想？不必媒體開口，馬丁・貝克就已經對分析自己與社會的關係分析得頭都大了。

他唯一的答覆是搖搖頭。

柯柏應付了其他問題，那些問題既無聊又牽強，他也很無聊兼牽強地答了回去。

記者會快結束了，每個人都看得出來——唯獨黑格特・郝萊。

「既然大家都在場，」他突然說，「各大報社、廣播電台都派了人來，大家何不藉此機會，寫點關於安得斯勒夫的報導？」

「你是在開玩笑嗎？」

「完全不是。大家老是抱怨這國家有多糟，大城市又如何如何——如果新聞報導可信的話——好像大家連鼻子都不敢伸出門外，免得被人給割了。但是這裡的一切那麼安靜詳和，我們甚至沒人失業、沒人吸毒，住在這裡真是心曠神怡。此地居民大多都很和氣，還有呀，景色也相當優美。開車四處跑跑吧，例如參觀參觀本區的教堂之類的。」

「等等，」墨林說，「我們的專題記者自然會去看教堂。不過我倒是喜歡剛才有個人提出的問題：追捕十年內犯了兩次同樣性謀殺的兇手，感想如何？你的回答是什麼？」

「不予置評。」馬丁・貝克說。

在安得斯勒夫村公所召開的記者會就這麼結束了。

柏諦・莫德的名字沒被提及。

亞克・玻曼是現場唯一沒開口的人。

12.

假如說週一和週二這兩天的新聞報導引起了相當的恐慌，那麼相較於週三在村裡刮起的颶風，那恐慌也只算得上微微海風了。

不論是黑格特樓上的電話，或樓下辦公室的電話都響個不停，更不用提特樂柏警局的情形。據報席布麗．莫德曾經現身的地方，包括亞畢斯科、思卡諾、馬約卡、羅德島、加納利群島。有一通電話甚至信誓旦旦說她昨晚才剛在奧斯陸的色情俱樂部裡表演脫衣舞。

根據這些密報，她搭過的交通工具包括由西達特到波蘭的汽車渡輪，以及由特樂柏到薩斯尼茲的火車渡輪。也有人在馬爾摩、斯德哥爾摩、哥登堡及哥本哈根等不同的地方見過她。最熱門的謠言則說，她曾出現在卡斯特洛和史特拉普機場的候機室。

唯獨在安得斯勒夫沒人見過她。

有七個人打給警方，宣稱曾看到她跟佛基．班特森在一起，提及的地點都讓人匪夷所思，而且沒有一個能正確描述她當時的穿著——因為警察並未公布這方面的訊息。報社派來採訪的記者於是自己閉門造車，報出完全相互矛盾的穿著打扮。有的說她穿紅長褲，搭配白色連帽羊毛衫；有的說她穿黑洋裝、黑絲襪、黑鞋。登出這則報導的報紙甚至還給她取了個「黑衣女子」的綽號。

但所有對於佛基・班特森的描述都很一致。只有那種不知節制的報紙直接指名道姓，而且刊出他的近照。其他報紙提到他時，只說「戴帽子的男子」或「賣鯡魚的性謀殺者」。

下午三點，馬丁・貝克坐在黑格特的辦公室裡，頭痛欲裂。他剛去藥局買阿斯匹靈時引起了一陣騷動。他已經可以預見明天的報紙頭條會怎麼寫：「安得斯勒夫令人頭痛」之類的。他也差點想去酒行買個一品脫的威士忌，但一想到可能導致的後果：「組長在安得斯勒夫宿醉？」就克制住了。

電話鈴聲響起。惡魔般的電話。讓他今早和昨夜都聯絡不上黎雅的電話。

「郝萊。什麼？……沒有，我整個下午都沒見到他。」

這位安得斯勒夫的局長知道，對付警政系統的人，有時要撒點無關痛癢的謊言。

但這次顯然行不通。

「你說什麼？……誰？……好，等等，我看能不能找到他。」

郝萊蓋住話筒，問道：

「警政署一個叫莫姆的督察。要不要接？」

耶穌基督！馬丁．貝克心中暗叫一聲，雖然他沒什麼特別信仰。對他來說，莫姆就像是鬥牛時的那塊紅布。

「好吧，」他嘆了口氣，「我接。」

不然可憐的公僕還能怎麼辦？

「貝克。」

「馬丁啊，事情進行得如何？」

「目前很糟。」

莫姆語氣不變。

「我得跟你說一件事，馬丁，這案子已經成了不折不扣的鬧劇。我剛剛才和署長談過。」

其實他們可能就坐在同一個房間裡。警政署長不愛和會發問或會頂嘴的人說話是出了名的。

他尤其討厭和馬丁．貝克說話，因為這些年來，馬丁．貝克的聲譽高了點。

此外，署長大人還有嚴重的被害妄想。長久以來，他一直相信警察之所以越來越不受歡迎，以及這種趨勢持續延燒，不見改善，全是因某些「有心人」對警政署長個人有意見所致，現在他相信這些「有心人」也包括了警界人士。

「你逮捕兇手了嗎？」

「還沒。」

「但是警方已經完全淪為笑柄了。」

確實如此。

「我們派出最能幹的偵查員特地去處理這個案子，卻是毫無作為，竟放任兇手四處晃蕩，接受報社採訪，而且警方居然還全力護衛他。人家報紙連埋屍地點都照出來了。」

莫姆的資訊全來自八卦新聞，這跟他對警務工作的理解完全來自電影一樣。

馬丁・貝克聽到電話那頭有人放低聲音在說話。

「什麼？」莫姆說，「噢，對了，我可以告訴你，我們這邊可是盡了力。我們認為你是自赫伯特・索德斯壯以來最能幹的刑事偵查員。」

「赫伯特？索德斯壯？」

「對呀，大概是那個名字之類的。」

莫姆指的應該是哈利・塞德曼，著名的瑞典犯罪專家。他在坦吉爾警察局長任上過世。賽德曼曾經自願請求去暗殺希特勒，以終止第二次世界大戰。

話筒中傳來更多耳語，隨後莫姆將嘴巴移開話筒，喃喃說了些什麼。他又回來，聲音刺耳依舊。

「這讓警察的臉丟光了。兇手居然在報上訴說他的生平。搞不好他接著都會出書爆料，說他怎樣騙過刑事組。光是目前這樣就夠麻煩了。」

至少最後這句說對了。警方是有麻煩。

大致說來，麻煩始自一九六五年警政國家化之後。由那時起，警方就在這個國家裡自成一國，越來越不受百姓喜愛。在國家行政支援下，八年來，警界資源增加了好幾倍，警察權力在瑞典歷史上達到史無前例的高峰。這也意味瑞典維持著一個這世上最昂貴的警察體系。以個人平均收入而言，瑞典納稅人每人每年要負擔六十五美元的警力開銷，美國人則僅需負擔二十五元。相叫於斯堪地那維亞其他國，那差異更是難看。尤其，在挪威和丹麥，警察可是相當受到民眾歡迎的。

然而，犯罪率持續攀升，暴力事件逐年增加，警政系統裡似乎沒有人能抓到那最簡單的重點——暴力會催生暴力。帶動暴力風潮的正是警察。

所以，單就這點而言，莫姆說的沒錯，大眾開始覺得受夠了，不解為何一名瑞典警察耗費納稅人的錢會比鄰國芬蘭的警察超出三倍有餘。

「你有在聽嗎？」莫姆問道。

「有。」

「你必須逮捕這個佛基・班特森，把人關起來。」

「但是並沒有對他不利的證據。」

「那些細節以後再說。」

「這點我不能確定。」馬丁・貝克說。

「算了吧，如果不提一年前保斯街那件案子，你破案的成功率可是很驚人的。更何況，這件案子根本就清清楚楚啊。」

馬丁・貝克忍不住偷笑。他偵破了保斯街那件案子，但是另一項不圓滿的調查卻造成犯人因一宗他沒有犯下的謀殺案而被判刑。那件事情對馬丁・貝克的影響，是他因此有藉口不申請升任處長。他對那個職位根本毫無興趣。那個職位現在是由史提格・莫姆擔任。

「他在笑嗎？」

這一聲聽得可就清楚了。莫姆後面那位大人顯然脾氣失控了——這是常有的事。

「你在笑嗎？」莫姆問他。

「沒有，」馬丁・貝克故做無辜，「這電話有點奇怪的雜音。你的電話會不會被監聽了？」

這是另一個很敏感、最好別碰觸的話題。

想當然，莫姆被激怒了。

「這不是開玩笑的時候，」他說，「是行動的時候。立即給我動起來！」

馬丁．貝克沒回答，莫姆改採懷柔政策。

「馬丁，你若是需要支援，我們隨傳隨到。我們的新集中策略可以……」

馬丁．貝克知道那個「新集中策略」是什麼。那表示有三十輛公車的警察可以在不到一小時內湧進一個村莊；那還代表自動武器、狙擊手、催淚彈、直昇機、鎮暴盾牌以及防彈衣。

「不必，」他說，「我完全不需要。」

「我想，你今天就會逮捕他？」

「不，我沒這麼想。」

電話另一頭傳來悶悶的討論聲。

「你應該認知現實，」莫姆終於說，「會有來自其他地方的壓力。」

馬丁．貝克沒接腔。

「你就是要把自己搞得很難看是吧？」

他很清楚他們會怎麼做。署長只要打個電話給州檢察官就可以——他甚至不必親自打，那通電話也許莫姆就可以打。

「我不認為目前有足夠證據可逮捕佛基・班特森。」馬丁・貝克說。

「我們必須叫那些報紙閉嘴。」

「我們的證據太薄弱。」

「證據！」莫姆嗤之以鼻，「這又不是福爾摩斯的電影。」

莫姆可能偶然在電視上看過福爾摩斯的電影。不過，也不能就此認為他了解那套文學作品的背景。

「怎樣？」莫姆盛氣凌人，「你要不要逮捕那個殺人犯？」

「我想我會先找出那女人究竟出了什麼事？如果是謀殺，我希望有證據能把佛基・班特森跟本案連在一起。」

「看來我們得幫你開個頭了。」

「我寧可不要你們的幫助，謝謝。」

斯德哥爾摩那端傳來摔門聲，馬丁・貝克聽得一清二楚。

「下決定的人不是我，」莫姆抱歉地說，「你要是馬上拘留佛基・班特森，你在面子上也會比較好看。」

「我沒那樣的打算。」

「現在，馬上，」莫姆催他，「在署……」

「絕對不是現在。」

「那這樣你只能怪自己了。」莫姆平靜地說，「至於證據，我相信你會找到你要的證據。祝你好運。」

「彼此彼此。」馬丁．貝克說。

談話就這樣結束了。

通常，要經過司法系統的層層關卡，非常瑣碎又麻煩，需要許多公文往返和繁文縟節，可是這些有時卻又好像不需存在。只需要某個要人打通電話，說：「事情就這麼辦」，一切就可塵埃落定。

馬丁．貝克跟莫姆談完還不到半小時，消息就來了。

必須馬上拘捕佛基．班特森。

柯柏已經花了不少時間試圖解開星期天報上的棋局。聞訊後，他將筆一摔，說：

「我不去！」

「你可以不用去。」馬丁．貝克說。

他跟郝萊一起開著巡邏車到佛基．班特森的住處，後邊跟著好幾個記者，而班特森的住處外早就有更多記者守候著。此外，很多的外地人也不怕麻煩，開車過來看熱鬧。

其實根本沒什麼好看的。

不過是薄暮、一棟小木屋、一個木頭圍成的雞舍，起皺的鐵皮車庫，和一個平靜地將甜菜葉鏟進堆肥裡的男人。

佛基・班特森穿著和他們上次來訪時相同的衣服。

他看到他們，似乎並不驚訝、害怕、混亂或生氣。他就是一如平常。

這根本是荒謬的舊事重演。郝萊在後座一陣翻找，拉出裝著鞋子的合作社塑膠袋。

馬丁・貝克注意到袋子裡還有別的東西。是什麼？

他努力地想了幾秒鐘後問道：

「黑格特？」

「什麼？」

「你那個塑膠袋裡是不是放了手電筒？」

「沒錯。這在鄉下是必需品。沒有月光時，可是連伸手都不見五指的。」

佛基・班特森放下鏟子，走過來打招呼。

「嗨，佛基。」郝萊說。

「嗨。」

「你得跟我們一道走，是時候了。」

「知道了。」

但他也不是毫無感覺。他看看逐漸昏暗的四周後說：

「這裡好多人。」

「是啊，真糟糕。」郝萊說，「要不要進屋子裡？」

「好的，當然。」

「我們不趕時間。你可以換個衣服，準備一些要用的東西。看需要什麼就帶什麼。如果你需要，我可以借你一個塑膠袋。」

「謝謝，不過我有一個公事包。」

郝萊換過鞋子，說：

「慢慢來，我跟馬丁可以在這裡等，我們可以玩剪刀石頭布。」

馬丁．貝克對這個高尚的遊戲毫無概念。但這個遊戲只需要用到人手，他花了三十秒就學會。

兩根指頭代表剪刀；張開的手掌是布，拳頭代表石頭。剪刀剪布，布包石頭，石頭敲壞剪刀。

「十一比三，我贏。」玩了一會兒後，郝萊說，「你出手太快，所以才會輸。你得跟我同時出手。」

你就是想得太快，馬丁・貝克暗忖。

但是，大概就是因為這樣，他不論玩什麼遊戲總是輸，不管是下棋、玩紙牌、抓烏龜都一樣。

幾分鐘後，佛基準備好了。

但是他臉上首度現出不安的神情。

「佛基，怎麼了？」郝萊問。

「得有人餵魚和照顧雞，魚缸每隔一陣子還得清洗。」

「我會幫你照顧，」郝萊說，「我以人格保證。」接著他露出不太自然的微笑說，「佛基，還有一件事你可能會不太高興。明天會有幾個人來挖你的花園。」

「為什麼？」

「呃，我猜他們是要來找屍體。」

「可惜了那些翠菊。」班特森簡潔地說。

「我們會盡量小心。別太擔心。」

「我猜應該會由你來偵訊我對嗎，督察？」

「對，」馬丁．貝克說，「但不是今天。可能也不會是明天。除非特樂柏那邊想馬上開始。不過我不認為會這樣。」

「好——啦，」郝萊說，「我們先到安得斯勒夫，到我那裡。我們可以吃個三明治配茶，除非你比較喜歡喝咖啡。」

「是的，我比較喜歡喝咖啡，謝謝。」

「我們可以去自助餐廳買，他們也賣肉桂捲。可以走了嗎？」

「好。」

佛基．班特森似乎很猶豫。

「雞蛋怎麼辦？」

「我會處理。」郝萊笑著說。

「再度以我人格保證。」

「好。黑格特，你是個好人。」班特森說。

郝萊顯得很驚訝，但是很開心。

「我們不過是盡個本分。」他說。

「我現在是被逮捕了嗎？」班特森問。

「不完全是。我們先開車到我那裡小聊一下。他們大約半小時後會從特樂柏過來接你，帶你去特樂柏。就技術層面而言，我們可以說你是被拘留，但其實沒那麼正式。我們會陪你過去特樂柏。他們會將你收押，然後會有好一陣子啥事也沒有。」

離開家的時候，佛基·班特森的表情似乎有些冷漠。他將門鎖上，把鑰匙交給郝萊。

「你能幫我保管這個嗎，如果我要離開很久的話？反正你來照顧魚也要用到。」

郝萊把鑰匙放進口袋。

天已經黑了。他們在鎂光燈群光閃爍中上了巡邏車。

一路上，三個人都不發一語。

郝萊在合作社旁的自助餐廳買了些咖啡和丹麥捲。他自己一如平常，只喝茶。

柯柏早已回頭繼續苦思他的棋局。馬丁·貝克一行人進門時，他幾乎看都沒看佛基·班特森一眼。

馬丁·貝克一句話都沒說。他們被迫接受了一個他們都不喜歡的作法，而他們處理這個案件的權限也因此受到很大限制。

但是郝萊一向不喜歡安靜跟沉寂地打坐。他將一杯塑膠杯裝的咖啡推給他的囚犯。

「佛基，自己來。在這裡，你還是可以當自己是個自由人。」他大笑，「多多少少啦，因為你要是打算逃跑，我們還是得阻止你。」

柯柏咕噥了一聲。他清楚記得上一次佛基・班特森試圖逃跑的情景。當時是前傘兵及徒手制敵專家萊納・柯柏阻止他的。

「我想回家。」柯柏突然說。

他這是未經思索的自然反應。

他確實很想念太太和孩子，但其實也因為他實在不想和佛基・班特森及這個案件扯上關係。若再往更深層探討，那是出於他對生活的不滿。

他在斯德哥爾摩的住處離地鐵站不過一石之遙，沒什麼好思念的。他當然也不想念鎮日跟其他同僚因為應付那些反抗法律的民眾所產生的衝突。他常覺得，他生活中唯一正常的是他的妻子跟孩子，除此之外，他的世界似乎就都是警察跟罪犯。而在他人生這個階段，他對兩者同樣反感。

這是不對的，他想，人生不可能像警匪片那樣，只有兩種人存在。

電話響了，郝萊接起來。

「沒有，沒有，沒有人招供任何事……是的，我們拘留了一個人。我只能告訴你這麼多。」

他掛上電話，看了一下他碩大的銀色懷錶。

「佛基，我們時間不多了，」他說，「如果你知道席布麗・莫德任何事，何不現在就告訴我們？這樣的話，事情會簡單許多。」

「我真的什麼都不知道。」佛基・班特森說。

馬丁・貝克看著他。「我真的什麼都不知道，」班特森完全沒變。他們一直問他，一小時又一小時，一天又一天，但他什麼都不肯承認，只有在他們出示絕對證據時才鬆口。又或許，那時其實也沒有鬆口？

「我只知道我不喜歡她。」

「你的辯護律師不會喜歡這個回答的。」郝萊說，他拍拍躺在腳邊的狗。「佛基，除非我瘋了，才會想為你辯護。」

在特樂柏的警官過來正式逮捕班特森之前，電話又響了一次。

「是你在斯德哥爾摩的朋友。」郝萊用手掩住話筒告訴馬丁・貝克。

馬丁・貝克接過來。

「聽說事情進行得很順利。」莫姆說。

「你這麼認為？」

「講話口氣別這麼差。你自從升遷不成後，就變得有點怪。」

怎麼有人會笨成這個樣子？馬丁・貝克暗暗嘆氣。

「不過，這不是我打給你的原因。」莫姆居心不良地說，「有件事似乎透著古怪，上級對這件事有些批評。」

「什麼事？」

「報紙說，你對一個目前在當記者的前殺人犯似乎特別偏心。一個叫葛那森的。」

「他叫玻曼，」馬丁・貝克說，「我湊巧幾年前就認識他。」

「他掐死人被判刑，最近出獄，在當警政署刑事組的幫手──報上這麼說。我想我不必告訴你，這看來有多糟糕！」

莫姆的一切都很荒謬，包括他使用的感嘆詞。

「我想我也不必告訴你，我根本不在乎你在想什麼。」馬丁・貝克直接頂了回去。

「再見。」

當晚隨後，他們就在特樂柏度過。但那完全是浪費時間。

馬丁・貝克說他之後再審問嫌犯。

佛基・班特森正式遭到拘留。

隔天早上，警方開始挖掘他的花園。

13.

星期四一早，當馬丁・貝克和柯柏步下旅館前門的台階時，並沒有記者在一旁虎視眈眈。當時剛過八點，太陽才勉強爬上地平線不久。空氣冷洌，廣場上的圓石仍覆著白霜，閃閃發亮。

他們上了柯柏的車，往多畝駛去。柯柏開得很小心，偶爾會窺看一下後照鏡。公路上只有他們倆。

郝萊給了他們席布麗・莫德房子的鑰匙。先前他曾找鎖匠去開門，進了門後，他沒收了廚房裡一把掛在釘子上的備用鑰匙。

他們沉默地開著。這兩個人早上都不愛說話，而且柯柏也因為沒吃到早餐而一肚子不高興。

當他們下了公路、行經佛基・班特森的住處時，看到院子裡已經停著一輛特樂柏警車。那部警車顯然剛剛才到。車子後門開著，兩個穿橡膠長筒靴和藍灰色連身工作服的男子正在將十字鎬和鏟子從車上卸下。

第三名男子則站在院子中央，搔著後腦勺，研究情況。

柯柏再往前開了數百碼，停車。馬丁・貝克下車，打開通往席布麗・莫德家的大門。柯柏將車開到車庫門口停下。車庫傍著房子側面。

進屋之前，他們先在外頭繞了一圈。前院除了正對大門的一片圓形草地和玫瑰花叢外，其他都是小碎石。沿著房子正面的圍牆，鋪有一條大約三呎寬的沃土，上面空無一物，也許是明年春天要種花用的。

她房子的占地不算大，屋後主要是一大片草地，上邊有幾棵蘋果樹和幾叢莓果樹。院子一角的樹籬間，還闢有一個小小的菜圃。在通往廚房的碎石路和地下室的出入口之間，架有晾衣服用的輕型金屬架。

架上掛著幾個粉紅色的曬衣夾。

馬丁・貝克和柯柏繞回前門。這房子稱不上漂亮——水泥地基加黃色磚房，屋頂是紅瓦綠邊，看來就像一個不加裝飾的盒子。

走上三級階梯，經過一道綠色鐵欄杆，就到了前門。馬丁・貝克拿出郝萊給的鑰匙，將門打開。

他們走進鋪了石地板的玄關，玄關裡有一張白色大理石桌面的小桌，鍍金桌腳彎彎的，桌子倚牆而立，上方掛著一面鑲金框的鏡子，鏡子兩旁各有一個水晶燭台襯托，桌子兩側皆立著一張鋪上繡花布墊的凳子。

客廳有兩扇窗戶面對馬路，還有一扇窗在側面牆上，位置在高於車庫屋頂處。

馬丁．貝克環顧這個房間後，明白了柏諦．莫德說他太太「虛榮」是什麼意思。這整個房間的布置是為了突顯優雅，而非為了舒適。

地上鋪著貌似真品的東方地毯，天花板掛著一盞水晶吊燈。沙發跟椅子都是酒紅色的厚絨布，那張低矮的橢圓形茶几則是硬木打磨而成。

牆上的擺飾比較儉吝。幾幅小尺寸的暗色油畫，幾只手繪瓷盤，和一個飾邊的寬弧形大鏡子。

廳裡有一座桃花心木的展示櫃，裡頭擺滿柏諦．莫德從世界各地帶回來的物品和紀念品。

柯柏走進廚房，開抽屜，開櫃子，一陣翻找後，回到客廳跟馬丁．貝克會合。馬丁．貝克正站在桃花心木展示櫃前，研究櫃內的陳設品。

「她房子整理得真是相當整潔，」柯柏說，「簡直一絲不苟。又乾淨又整齊，東西全都擺得好好的。」

馬丁．貝克沒接腔，他聚精會神地在欣賞一艘在窄口寬腹玻璃瓶內的帆船，它正在石膏做出的藍海上破浪前進，帆、樟等組件一應俱全。而在這只玻璃瓶後面，有一個淺盤，盤裡那藍綠二色的蝶翅正閃閃發亮。

他小時候也有過一個同樣的蝴蝶標本淺盤。是某個從南美洲旅遊回來的親戚送他的。對他而言，那代表了冒險、外國港口、原始森林、長江大河、七海以外的神祕境地，是他迫不及待、長大後一定要去探索的遙遠國度。有那麼一會兒，這些失落的夢想和期待，突然非常清晰地從記憶中浮現，幾乎讓他覺得自己背叛了童年的自己。

他搖搖頭，轉身背對櫃子和過往的記憶。

「這客廳挺有趣的。」柯柏說。

「怎麼說？」

「沒有半本書，沒有收音機，沒有電唱機，甚至沒有電視。」

「屋頂有天線，」馬丁・貝克說，「電視一定放在別的房間。」

「黑格特說過，她通常晚上上班，」柯柏說，「但偶爾晚上還是會在家裡吧？你認為，她自己在家時都在做什麼？」

馬丁・貝克聳聳肩。

「走，我們去看看其他房間。」他說。

在廚房跟客廳之間有個小飯廳，很傳統地放了一張漆白的圓形餐桌和四把椅子，另有四把靠牆放著；兩個餐具架及一個角櫃內擺滿玻璃杯和瓷器，窗台則掛著白色蕾絲窗簾和盆栽。

他們走過廚房回到玄關，打開一兩扇門，後面是櫥櫃及廁所。他們接著進到臥室。臥室跟客廳一樣，面對前院，但是房間小小的，只有一扇窗戶。

透過這扇窗，可以看到他們忘記關上的大門，以及一段通往佛基·班特森住處的路。

臥室後頭是一間寬敞的浴室，浴室有另一扇門與另一個房間相連。那房間有個面對屋後花園的窗子。席布麗·莫德每日傍晚的閒暇時間顯然就是在這裡度過的。

這房間一角立著一台電視機。電視前面是一張舒適的安樂椅及一張小桌子。桌上有一個菸灰缸、幾本雜誌和一個銅質菸盒。一座書架靠著另一面牆，架上藏書實在乏善可陳，大約三十本平裝書，一打左右讀書俱樂部的精裝本，一本黑色的聖經，一本世界地圖和幾本食譜。

書架其他空間則被幾疊雜誌、一個縫紉籃、一台收音機、幾個陶碗和一對白鐵燭台占據。

房間裡還有一張寫字桌，一張扶手椅，一張放了許多靠枕的沙發。沙發前面有一張矮桌。窗前也有張桌子，桌上擺著縫紉機。

柯柏打開縫紉桌的抽屜。裡面是一些時尚雜誌及薄紙裁就的衣服版型。另一個抽屜裡則放著文具、信封、幾枝原子筆和一疊撲克牌。

他檢查寫字桌的抽屜和隔間。裡面滿是信件、收據及各種文件，全都仔細地分門別類放進檔案夾，而且上頭清楚地貼了標籤。

馬丁・貝克回到臥室。他面對窗外站著，站了許久，直直望向幾乎完全被樹木掩住的佛基・班特森的房子。他只能看到一點屋頂和煙囪。他聽到柯柏走出廚房，一會兒過後，又聽到他腳步沉重地走下通往地下室的階梯。

臥室跟家中其他地方一樣整潔。

在床跟床頭几旁邊有一個衣櫥，梳妝台，一把低矮、鋪了厚墊的安樂椅、幾把直背椅，還有一個鄉村風格的箱子。

安樂椅旁邊的地上有一只籃子，裡面裝著各色的毛線球，以及一片剛開始織打的毛織品。

馬丁・貝克轉身離開窗前，正好瞄到自己在鏡中的影像。那面鏡子就掛在浴室門和櫥櫃之間的空牆上。他很少照鏡子，尤其是這種全身鏡。他免不了注意到自己看起來其實挺邋遢的。

他的Levi's牛仔褲皺巴巴的，鞋子沒擦亮，藍色的達克龍夾克也已破舊、褪色。

他離開鏡前，開始很有系統地搜索這個房間。首先從梳妝台下手。

梳妝台滿是各種瓶瓶罐罐以及管子。席布麗・莫德顯然會花很多時間打扮，她的化妝品收藏量頗為驚人。此外，還有一個紅色的皮革珠寶盒，盒內有許多手鐲、戒指、胸針、耳環和護身符。此外，化妝台鏡子旁的木釘上還掛有項鍊、墜子，以及成串的珠鍊。

馬丁・貝克雖非珠寶專家，但也看得出來，這些大都是價值不高的廉價首飾。

他查看衣櫥。裡面滿是洋裝、襯衫、裙子和套裝。有一些還套在防塵套裡。

衣櫥底是排放整齊的鞋子。架上有一頂黑色獸皮帽，一頂蠟染棉布做的遮陽帽，還有一個鞋盒。

馬丁・貝克將鞋盒拿下來。盒子用麻線綁著。他解開繩結，打開盒子。

盒裡滿是信件和明信片，他只稍微瀏覽，就看出字跡都出自同一人，而且這些信件全貼著外國郵票。

他看看上面的郵戳，發現這些信都按照日期排放。最底下那封厚厚的信寫於一九五三年，最上面則是一張六年前寄自南葉門的風景明信片。

這些是柏諦・莫德在這十四年的婚姻，以及十四年海上生涯中寫回來的所有家書。

馬丁・貝克沒有細讀這些信。信的字體根本難以辨認。他將繩子綁好，把盒子放回原位。

他聽到柯柏從地下室走上來的聲音。沒一會兒，他就走進來了。

「下面大多是一些沒用的舊物。一些工具，一輛舊腳踏車，獨輪手推車之類的東西。還有擺在花園的家具，一間洗衣房及水果貯藏室。你有找到什麼有趣的東西嗎？」

「有個鞋盒，裡面全是柏諦・莫德寫回來的信。除此之外，沒什麼。」

他走向衣櫃，打開抽屜。最上層的抽屜放的是內衣褲、手帕和睡衣，全疊得好好的。中間抽屜放著上衣、薄毛衣和T恤。最下層則有幾件厚毛衣，一本藍色封面的小書，上面以金橘色的字體寫著「詩集」；一本厚厚的日記本，配有釦子及一個小小的心形鎖。

此外，在一些折好的圍巾下面，有兩本相簿。

這些文件的日期都可回溯到席布麗·莫德的青春時期。

詩集裡是二十五年前女性朋友之間交流的典型詩句。

馬丁·貝克翻到最後一頁，上面的句子與他料想的無差：

儘管在這裡
在書的最後一頁
我卻是汝
第一名的朋友
——安·莎樂特

柯柏用在梳妝台上某個容器裡找到的髮夾挑開了日記本上的鎖。

親愛的日記：

昨夜你被當成耶誕禮物送給了我。從今以後，我會對你傾吐我內心深處所有心聲。

柯柏唸了幾頁。

整本日記大約三分之一都是同樣孩子氣、圓圓的筆跡。但到了同年的三月十三日，記事就戛然而止。顯然席布麗．莫德已經厭倦了對日記傾吐心聲。

相簿裡貼著業餘拍攝水準的相片——同學、老師、父母、兄弟姐妹以及男友。其中一本的最後面夾著一些較近期的相片。當中有一張結婚照，年輕的新郎用水順過頭髮，旁邊是更年輕的新娘，有雙清澈的眼睛和紅潤的蘋果雙頰。

「是柏謫．莫德。」馬丁．貝克說。

「那時他個頭就已經大得不得了了。」柯柏說。

此外，還有幾張柏謫．莫德的護照相片和席布麗的快照，顯然是去薩斯尼茲旅遊時拍的。

他們把所有東西放回原位，關上抽屜。

柯柏進到浴室。

馬丁・貝克聽到他打開洗手檯上方櫥櫃的聲音。

「好多化妝品！還有髮捲之類的東西。但除了阿斯匹靈和制酸劑之外，就沒有其他藥品。真奇怪！現在怎麼這麼多人都在吃鎮定劑跟安眠藥。」

馬丁・貝克走到床頭几前，拉開抽屜。

同樣沒有藥物。不過，在一些雜物當中，有一本口袋型行事曆。

馬丁・貝克拿起來翻閱。

裡面記的大多是備忘事宜——與美髮師的約定時間、洗衣服、牙醫門診等等。除此之外，就只有她的月事時間，以小小的X為記，還有一個字母C，出現得很規律。馬丁・貝克逐頁翻看。在一月和二月時，C很規律地在每個星期四出現，三月也是。不過，在三月第二週的星期五也出現一次，三月最後一週，則是星期三和四兩天都有。四月裡，有洗足禮日*的那個星期四沒有。五月則是基督升天節（也是個星期四）那天沒有。但是在八月，一週裡出現了三、四次。九月和十月則又恢復單調的規律，一直到十月十一日為止，每星期四上頭都有個C字。

馬丁・貝克聽到柯柏走回後面房間的寫字桌前。他慎重地將行事曆放進口袋，接著再次檢視這個抽屜。一罐冷霜底下壓著一小疊摺起來的紙。

他將紙拿出來放在桌上。然後一張張攤開來看。大多是收據，還有幾張尚未繳付的帳單，都是最近的日期。

在這疊紙張的下面，有兩張內容完全不同的東西。是幾封短信或者短訊，寫在薄薄、印有格線的淺藍色紙上。

第一封信內容如下：

最親愛的：

別等我。希希的弟弟來訪，我走不開。今晚可以的話再打給你。

愛與親吻。

克拉克

馬丁．貝克將這封短信讀了兩次。

字體略微傾斜，但是流暢易辨，幾乎像是刻印而成，非常整齊。

他接著看了另一張紙。

＊羅馬天主教節日。教友為貧民洗腳，並贈送物品。

親愛的席杰：

你能原諒我嗎？我失去理智，說的那些話都不是我的本意。你星期四一定要來，好讓我補償你。我渴望你，愛你。

克拉克

他拿著這兩封信去找柯柏。柯柏正站在寫字桌前研究幾本銀行存摺。

「她銀行裡沒多少錢，」他頭也不回地說，「存進去又提領出來，周而復始，好像想存錢、卻偏偏又存不住。她的財務狀況在離婚前就好得多。你找到什麼？」

馬丁・貝克把那兩張紙放在柯柏面前的寫字桌上。

「也許是情書。」

柯柏將信讀過一遍。

「確實像是情書。也許她跟這個叫克拉克的私奔去了。」

馬丁・貝克從口袋裡拿出行事曆給柯柏看。柯柏吹了一聲口哨。

「定期見面的情人！不知道為什麼特別選在星期四？」

「也許他的工作只允許他在星期四開溜。」馬丁·貝克說。

「也許是開啤酒車的，」柯柏說，「每週四開卡車送啤酒到啤酒屋之類的。」

「很奇怪，黑格特居然完全不知道。」

馬丁·貝克從縫紉桌的抽屜拿出一個空白信封，將行事曆和那兩封信放進去，再將信封插入後口袋。

「你弄完了沒？」他問。

柯柏四處看看。

「弄完了，」他說，「沒什麼重要的，稅單、出生證明、無趣的信、收據等等。」

他將東西逐一放回原處。

「要走了嗎？」他問。

他們開車出去時，看到佛基·班特森的房子外頭停了長長一排的車。當時是早上九點半，記者們顯然全都出來工作了。

柯柏踩下油門，飛快駛過這群記者，開上高速公路。在那之前，他們注意到還有幾輛警車也停在房子旁邊的院子裡。整個院子都用繩子圍起來了。

開往安得斯勒夫的路上，他們有好長一段時間都沒說話。

最後是馬丁・貝克打破沉默。

「其中一封信裡寫說『你一定要來』，這表示他們一定不是在她的住處見面。」

「我們得跟黑格特談談，」柯柏很有信心地說，「也許他會知道些什麼。」

黑格特對馬丁・貝克的發現大感訝異。

他不認識任何名叫克拉克的人。

全安得斯勒夫都沒有人叫這個名字——等等，有一個，可是他才七歲，剛上小學。而且，據他所知，席布麗星期四晚上都在特樂柏的糕餅店上班。

當她上夜班時，不到十一點通常是回不了家的。

「他叫她席杰，」他說，「我從來沒聽人那樣叫她，聽來怪怪的。那是小男生的名字，跟席布麗這樣的女人一點也不搭。」

他看著那兩張淺藍色的信紙，搔搔後頸，接著咯咯笑了起來。

「如果她是跟情人私奔，那就盡量讓那些人挖個過癮，佛基也可以順便把花園變成馬鈴薯園了。」

14.

溫和的南風吹拂著，在土地的環護下，小小的河灣光滑如鏡，閃爍著光芒。但再遠些，仍可見疾風在平靜的湖面畫出暗色的水紋。沼地上，午後斜陽照射不到的地方，時有冷氣升竄上來；沿著湖岸則有一層薄霧籠罩著蘆葦叢。

那是十一月十一日，星期天，時間是下午一點三十分。天空依舊是茵藍無雲，在傍晚到來前，陽光仍會提供幾個鐘頭的溫暖，隨後夜晚的寒氣就會接手。

有一群人正沿著湖泊西南岸的小徑走著，六女、五男，再加上兩個八到十歲左右的男孩。他們全都穿著橡膠長筒靴，長褲塞進靴子裡；大多數都帶著背包或肩袋。他們成縱隊在小徑上疾行，因為這條小徑硬是在一叢叢高大的黃色蘆葦和濃密的赤楊木及榛木林之間砍闢出來的，所以無法讓兩人並肩同行，大家都只顧看著腳下被攪起的滑溜黑泥。

這麼走了相當一段路後，旁邊再無草叢，小徑沿著一片由腐柱和鐵絲刺網築成的圍牆前行。牆的另一邊是休耕中的田，田再過去則是一片濃密的針樅樹林。

隊伍領頭的男子停下來，瞇著眼睛，研究周遭的地勢。這男人瘦瘦的，身材卻很結實，個子很矮，外貌不像五十歲，反倒像是個小男孩。他的臉曬得黝黑，一頭棕髮相當凌亂。

其他人過了一會兒才在他身邊聚齊。

一個鬍子灰白參雜的高個兒男子邁著長而悠閒的步伐最後抵達。他雙手插在擋風夾克口袋裡，眼神平靜，但略帶戲謔地看著矮個兒男子。

「現在要幹嘛？該換路線了嗎？」

「我想我們應該可以直接穿越田地，到那邊的樹林。」矮個子似乎是負責帶頭探險的。

「但那樣就離湖更遠了。」一個女人說。

她重重地坐上一塊岩石，翹腳，點起一根菸。

「我是說，本來不是打算繞湖一圈嗎？」她繼續說，「結果你一直帶錯方向。總之，我餓了。我們是不是快要用餐了？」

其他人紛紛表示同意。大家都餓了，也想減輕背包重量。

「我們穿過田地後就休息。」領隊說。

他抓起比較小的那個男孩，將他放到圍牆另一邊。接著自己爬過去，開始大步走過草叢。

當他們抵達樅樹林時，發現樹長得太密了，連小孩都不容易通過。接下來是一陣討論。但是他們協調不出到底該走哪個方向。結果是領隊帶著兩個小孩和兩個女人往右沿著樹林走；其他人則由高個子男人領著，向左朝著湖的方向前進。

十五分鐘後，兩隊人馬在樹林另一邊碰頭，開始尋找可以坐下來吃東西的好地方。這次大家總算意見一致。眾人卸下背包和肩袋，放在介於落葉層與樺木堆之間的古怪小空地。其中一位公認是起營火的高手選定升火地點後，大家就開始收集燃料。落葉堆那邊有許多小枯枝和細幹，沒多久，大家就已經舒服地圍在劈啪作響的熊熊營火旁。他們理當休息，因為眾人在難走的地形上已經整整走了三個小時，這期間幾乎沒有歇腳。熱水瓶、三明治及各種酒瓶紛紛出籠。吃東西可沒妨礙他們說話，話題一個換過一個，氣氛既歡愉又輕鬆。

一位身穿綠夾克、頭戴毛線帽的男子站起來在火邊暖腳。

「這湖太大了，」他說，「下個禮拜天找個小一點、沒那麼多泥濘草原的。」

他將手中那一小杯的山黎莓酒一飲而盡，仰首看天。

「天知道天黑前我們能不能繞完一圈。」

火勢漸小，他們將香腸叉在尖銳的枯枝上，在炭火上烤著。

兩個男孩繞著木堆追逐。

隊裡的植物學者走進林裡去找磨菇。他皮衣的口袋裡已收集到好幾株野菇，也搜羅了一整袋的麝香茜草，麝香茜草乾燥後會散發悅人的香味，瀰漫整間房子。

靠他們這邊的樅木林較為稀疏。他在樹間穿梭，腳下是滿布針葉的林地，他以受過訓練的眼睛搜索著。

其實他沒有期待能發現什麼，季節已近尾聲，今年秋天跟夏天一樣，又乾又熱。

進入樹林不到幾碼，他就看到一朵又大又美、似乎屬於環柄菇類的磨菇。他將那一袋麝香茜草放在林邊一顆長了青苔的石頭上，穿過樹林朝蘑菇走去。他撥開蔓生的枝椏，努力將視線鎖定在那顆磨菇生長的地方。

突然，他踩到柔軟的青苔，一腳陷了下去，一直陷到腳背，彷彿被沼澤困住。

奇怪，他心想，這裡不應該有沼澤呀。

他將另一腳踩上他認為應該是硬地上的一根樅木殘幹。但那樅木一踩就斷，他的靴子又滑進泥淖裡，但只沉下去幾吋就踩到硬地，因此有了支撐。

他拔起右腳，因為泥水吸黏著，靴子差點被拉掉。接著他將重心放在左腳，再一個大步便踏上硬地。

這下子他把找磨菇的事都給忘了，只管轉過頭去看這個覆滿青苔的怪泥坑。

他看到自己方才腳陷下去的坑洞有黑泥冒著泡湧了上來。

接著，他看到有東西在離他左腳那個坑洞大約一碼之遙的地方，穿過泥沼、青苔和樅木枝，慢慢升起。

他屏息等待，好奇那會是什麼。但只愣了不到一秒，他就知道了——眼前所見，是一隻人手。

他放聲尖叫。

15.

十一月十二日，星期五，一切都變了。

席布麗·莫德不再是失蹤人口，而是林中泥坑裡一具腐爛不堪的屍體。每個人都知道她在那裡，她被發現的地點也與許多人預測的相去無幾。她已經死了，而且已經死了將近四個星期。

那天早上，佛基·班特森被傳訊。他什麼都沒承認，但他的態度及證人含糊的證詞都對他相當不利。他的律師雖然對檢方傳訊提出抗議，但也只是做做樣子，而非出於真心。

馬丁·貝克與班特森的律師見過面，交換了一點意見。那不是深入的交談，但律師說的一句話，馬丁·貝克完全同意。

「我不了解他。」他說。

佛基·班特森顯然讓人難以理解。馬丁·貝克週五時跟他談過——早上三小時，下午也是，但沒什麼成果。雙方都深靠著椅背坐著許久，不斷重複幾分鐘前才說過的話。

星期六輪到柯柏。他比馬丁·貝克更不想做這件事，他得到的也是同樣的結果。

也就是一無所獲。

事實上，偵訊全都集中在幾點上。當中最重要的是：那天在郵局裡發生什麼事？

「你們在郵局裡有說話，對不對？」

「對，她過來跟我勾搭。」

「勾搭？」

「她走過來，問我星期五會不會有雞蛋。」

「這樣叫做跟人『勾搭』？」

「不然要叫什麼？」

「她有沒有問你其他事情？」

「我不記得。」

「她有沒有要搭你的便車回家？」

「我不記得。」

然後，當然有問到那個出名的公車站交會時刻。

「席布麗・莫德有沒有做任何手勢，向你招手或什麼的？」

「我不記得了。」

「她沒上你的車嗎？」

「沒有，她沒有。」

馬丁．貝克個人傾向認同黑格特所說的。她也許問過能不能搭他的便車，但他說話避重就輕。也有可能幾分鐘後，當他又開車經過時，她比了某種想搭便車的手勢。

麻煩在於，所有證詞都不夠充分。

郝萊跟每個當時在郵局的人都談過。其中有四個可以指證說席布麗．莫德跟佛基．班特森說過話，不過沒人聽到內容。

但是，佛基．班特森當然不知道這些。

那個聲名狼藉的西格妮．波爾生在公車站看到、或沒看到什麼，也是類似的情形。

絕對確定的只有一件事：席布麗．莫德死了。不管殺害她的是誰，那人顯然已竭力藏好屍體。

「如果不是那些繞湖健行的怪胎，她可能這整個冬天都會躺在這裡。」郝萊說。

他們就站在犯罪現場——如果那是犯罪現場的話——看著警察在圍起來的區域裡蒐集線索。

另一個確定的事實是，警方開挖班特森院子完全是多此一舉。此舉除了讓他的馬鈴薯在來春能長得更好之外，其實毫無用處。他們甚至橇開了他屋裡的地板，就連那幾乎已廢棄不用的雞舍也是同樣下場。

現在他們更是進一步查扣他的休旅車，採樣化驗。

馬丁・貝克深深嘆了口氣。郝萊那雙聰明的棕眼望著他，像是在詢問著。

今天輪到柯柏跟佛基・班特森單向對話。馬丁・貝克忘了自己現在是在特樂柏。通常他一嘆氣，柯柏就知道為什麼。他們倆合作已久，已是心意相通，通常無須說話就能知道對方的想法跟結論。

郝萊不可能了解馬丁・貝克為何嘆氣。

「你幹嘛嘆氣？」郝萊問道。

馬丁・貝克沒有回答。

「假設這就是犯罪現場，那還真是個有夠可怕的殺人地點，可不是嗎？不過，很有可能就是這裡。」

「驗屍前若無法判斷，驗屍後應該也會知道。」馬丁・貝克說。

發現屍體的這群健行者是喜愛大自然的人士，他們沒有丟垃圾或破壞了這地區。但是，當然了，棄屍地點附近的區域無可避免已被許多腳踐踏過。過來辦案的警察也好不到哪裡去。此外，屍體丟在這裡已經四個星期，其間天氣變化不斷，不僅下過雨，經過暴風吹襲，甚至降過霜。

由化驗室的觀點來看，這個犯罪現場相當令人洩氣。那裡原本還有一條勉強可算是道路的通道，但是最近才剛被重型伐木機輾過。此外，還有消息指出，這裡的路況之所以這麼差，是因為一週前道路還潮濕泥濘的時候，軍隊的越野車曾大舉經過，將泥土全部翻攪上來。

依目前的路況，一般轎車絕對無法通行。但也可能四個星期前就已經這樣了。

至於挑上這個地點是否純屬偶然？答案應該是否定的。

從任何一點研判，都只有地主跟偶爾在這裡工作的人，才會熟悉這區域。而離此最近的建築是一幢夏日別墅，那裡自從九月之後就沒人入住了。

這裡的地勢不平，很難進入，除非事先知道車子開得出來，否則所有駕駛絕對不會貿然把車子開進去。

不過，假設住這附近的人都可能知道這樣的地方，這樣的推斷也是合理。

佛基．班特森和席布麗．莫德的住處離這裡不遠。假設佛基．班特森有罪的話（許多人就這麼認定，而且目前也無人能反駁這樣的看法），這個藏屍處無疑是另一個對他不利的點。假如當時路況良好，他從安得斯勒夫開過來也只要十分鐘。此外，這個地點就在他自己所說離開郵局之後開車的方向上。他只要提前一點轉個彎，就能繞到這片樹林來。

馬丁．貝克背靠著一堆木頭，視線越過落葉層，望向樅木林。

「黑格特，你的看法如何？你認為，十月十七號那時，有沒有人可能會開一般的車到達這地方？」

郝萊搔搔後腦，將帽子推到一邊。

「有，」他回道，「我認為可以。某人可能將車一直開到這堆樺木堆前。至於那個落葉層是連坦克車都過不去的。別說現在不成，當時也不可能。提米，坐下！看在上帝的份上……對，這就對了，乖狗。」

犯罪現場的偵查員帶著狼犬，那是一隻訓練有素的警犬。提米對牠的行為充滿好奇，一直扯著皮帶。

「放牠去有什麼關係？」馬丁・貝克邊打哈欠邊說，「說不定牠還能找到什麼。」

「搞不好兩隻狗會打架。」郝萊說。

「放了才知道。」

郝萊將狗放開。牠馬上在地上四處嗅聞。

「呦，看是誰又來攪局了。」一會兒後，艾維特・姚韓森說。

他是化驗室的工作人員。

「就是啊，不管找到什麼都嚼得稀巴爛。」郝萊說。

再過一會兒，姚韓森朝他們走過來。他穿著連身工作服，長筒靴，慢慢走過落葉層。

「她看來糟透了。」他說。

馬丁．貝克點點頭。他看過太多，情緒已經不會受影響。席布麗．莫德的屍體既不是他見過狀況最好的，離最噁心的那種也還有一大截。

「負責拍照的那個女孩拍完後就可以移動屍體了，」馬丁．貝克告訴他，「然後我們再來看看狗找到什麼。」

「提米找到一些奇怪的東西。」

艾維特．姚韓森伸出的手裡拿著一只塑膠袋，裡面是一些無法辨識的東西。

「很好，所有看來不屬於本地自然植物的東西都得帶走。」馬丁．貝克說。

「我剛找到一塊舊破布。」郝萊邊說邊以靴子的前頭指著。

「也帶走。」

他們繞過木堆，走近圍起繩子的地方，外頭一些不知疲倦為何物的記者正守候著。

「有件事我倒是想說一下，」郝萊說，「我不會開佛基．班特森的舊休旅車到這種地方。即使天氣良好，地面是乾的，也不會想嘗試。」

「如果是你自己的車呢？」

「那也許就辦得到——在軍隊將這地方輾得亂七八糟之前。」

「你有沒有想過，柏諦・莫德對這地方應該也很熟？」

「有，我有想到。」郝萊說。

他們走到封鎖線，跨過圍繩。郝萊的另一個屬下將記者擋在一邊。

那是一個很平和的場面。

「你有過去看嗎？」一位記者問道。

「老天，才沒有。」那位警察回答。

馬丁・貝克微微一笑。雖然這是一起不幸的悲劇事件，但仍然帶有鄉下特有的田園風格，不像在都市裡，常是氣氛陰沉、充滿懷疑，兼有帶著威脅的警棍。

「她裸著身體嗎？」那名記者問馬丁・貝克。

「就我所見，不完全是。」

「但她是遭人謀殺的？」

「對，看來是那樣沒錯。」

他看看那些記者，他們身上的穿戴全都不適合這裡的地勢和氣候。

「驗屍報告出來之前，我們無可奉告。」他說，「那邊有個死人，所有跡象都顯示那是席布麗・莫德。有人蓄意藏屍。我個人所見的印象是，她身上的衣物不多，生前曾遭受猛烈的暴力攻擊。如果你們留在這裡、凍得夠久，就會看到蓋著防水布的擔架抬過來。案情大致就是這樣。」

「謝謝。」其中一位記者說，說完真的就轉身發抖朝停在幾百碼外的一排車走去。

即使對馬丁・貝克自己來說，案情差不多也就是這樣。

化驗以及驗屍報告相繼出來，但沒什麼大發現。

提米的發現最引人好奇──一塊燻鵝胸肉。不過，這可能來自那些繞湖的健行者。馬丁・貝克覺得有趣的是，狗居然沒把它吃掉。

還有一塊來源不可考的破布。

再來是席布麗・莫德本人，她的衣服，以及她的小記事本。

她的手錶有顯示日期，錶停在十月十八日，四點十六分二十三秒──因為沒上發條。

席布麗是被掐死的，下腹有曾受重擊的跡象。

骨盆處有挫傷，似乎受到非常強力的重擊。

她衣服的狀況相當有意思。

外套跟襯衫都很完整，放在屍體旁邊；裙子跟長褲卻撕破了。她私處暴露在外，胸罩則褪下一半。

雖然偵訊工作是在特樂柏進行，但馬丁・貝克決定留在安得斯勒夫。

他坐著研究化驗結果。當然，化驗結果常有多種不同的解讀，但其中一項似乎相當明確。

她的外套和襯衫之所以未受損，是因為那是她自己脫下的。這一點可能表示她是自願跟謀殺她的兇手走的。

很難判定她確切的死亡地點。可能就在那個泥坑附近，但那只是猜測。

她手提包中的東西都很平常。

大部分的證據顯示，她離開郵局不久，就跟著某人來到這個後來被人發現的孤絕之地，然後在附近某處遇害。

這些證據對佛基・班特森毫無幫助。

這和九年前羅絲安娜・麥格羅的死法很像。

但是班特森還是一概否認，可憐兮兮的，毫無配合的意願。

整個調查陷入泥淖。

證據很無力，但輿論對班特森非常不利，所以他很可能被判有罪。

馬丁・貝克內心隱約不安。有什麼事非常不對勁。但是，是什麼？

也許是跟柏諦・莫德有關？

馬丁·貝克常想到他，還有他的筆記本。

那真是一本難得的好筆記本。是莫德走遍一〇八個國家所找到最好的筆記本。

他真的每件事都有記錄嗎？他是否記錄了，例如，在千里達的那個油商死亡事件？

馬丁·貝克強烈感覺到，他得跟莫德再談一次，至少一次。

他也想到席布麗·莫德的肩揹式手提包。裡面的東西很普通：手帕、錫盒裝的阿斯匹靈、鑰匙、收據、一把梳子、一枝原子筆、一小瓶糖果、一面鏡子、駕照、裡面有七十二塊硬幣的小錢包，還有一個化妝盒，裡面有蜜粉、口紅、睫毛膏、眼影及粉底。另外還有一張七日份的卡式避孕藥。她吃了星期一、二、三的份，但星期四的還在。當然，星期四那天，她死了。

這些避孕藥會有任何意涵嗎？當然不會。

席布麗·莫德三十八歲，是個離婚婦女。雖然她很可能已經不再跟男人上床，但她還是繼續服用避孕藥。

只是，事情仍然……

他想到在她家中找到的行事曆和信件。

還有，她鑰匙圈上有一把與所有的門都配不上的鑰匙。

莫德一定還有事情沒告訴他。馬丁·貝克決定再跑一趟馬爾摩，試著在他清醒的時候跟他再談談。

星期五早上的時間應該不錯——早一點，在他還沒開始喝酒之前。

若是說馬丁・貝克不喜歡席布麗案，以及該案的發展，至少有個人的感受也跟他一樣。

柯柏。

萊納承擔此次調查的部分職責，彷彿赴死的耶穌，揹著十字架，痛苦地走向骷髏地。

對佛基・班特森的偵訊越來越沒效果，他們完全無法對談。話語好像會消失在他們之間，連越過桌面的活力都沒有。

柯柏依然認為班特森的心理不太正常；說得更直率點，他根本是個瘋子。他比馬丁・貝克更認為指控佛基・班特森涉案的線索薄弱，情況含糊難解。柯柏在羅絲安娜案時並沒有涉入這麼深，也未曾強迫自己去了解他的想法。當時他不需要負責主要的偵訊工作。

現在他覺得自己只是在凌虐一個或許無辜的人，一個連自己為何會被偵訊都茫然不解的人。

也或許他是在凌虐自己？他會說些話，但對方還沒聽到，那些話就自行解體，消失在空氣中了。

柯柏常會到特樂柏警察局辦事。星期五，十六日那天，當他步出警察局時，遇到了熟人。

亞克・玻曼。

「嗨。」柯柏向他打招呼。

「也許我們不應該交談，」玻曼說，「搞不好會害我們兩個都丟了工作。」

「管它去死啦。」柯柏說，「你知不知道這裡有什麼好餐廳？」

「庸森酒館，還有三心，你可以吃到撐。」

「我請你。」

「我請你吧！」

「那就互相請。好極了！我看耶誕節狂熱已經開始了。」柯柏環顧四周後說。

庸森酒館確實很棒，完全符合柯柏的期待，吃到撐。

「這裡可以點到很多食物嗎？」

「對，你可以吃到肚皮撐破，而且食物很可口。」

「太好了！」

坐下後，柯柏仔細地讀過菜單再點菜。

「你不喝一杯嗎？」玻曼問他。

柯柏看看他。玻曼如常點了礦泉水。

「好，」他略略遲疑後說，「來他媽的一大杯。小姐，給我一杯雙份的生命之水。」

他跟玻曼的關係至少需要用到一頓大餐、一杯酒及一席長談。

「我常覺得我們應該稍微談一談，」玻曼說，「就幾句話也好。」

「我也這麼想，」柯柏說，「尤其是現在。」

「當初你救了我，」玻曼說，「問題是，我這條命到底值不值得救？當時我真的想死，之後也有好幾次這麼想過。」

「我別無選擇，」柯柏說，「事情那樣發展，我只能那麼做。你吞的那些藥丸叫什麼來著？」

「西可巴比妥。」

「對。我在某處讀到，說那家公司現在只製造塞劑。非常高明，好像大家將它塞進屁股裡就不會死似的。」

玻曼悲傷地笑了笑。

「有件事情我想問你。」柯柏說。

「什麼事？」

「你差一點點就逃過了。當時你就快結婚了，跟一個很好的女人。你打算怎麼辦？跟這個回憶共生？還是想辦法忘掉？」

「不。」玻曼說，「殺了阿爾夫後，我的人生就毀了。我可以無罪逃開，但我的良心卻無法承受。我現在知道了。」

「玻曼——」

「叫我葛那森吧，已經沒關係了。」

「對我而言，你是亞克．玻曼。我告訴你一件事，我也曾經殺過一個人。知道這件事的人不多。如果你想聽，我可以告訴你細節。」

亞克．玻曼搖搖頭。

「好吧，不說細節。其實我也不想說。你也知道那是什麼感覺。你受不了良心的折磨，無法過日子，每件事好像都變了樣，而你永遠擺脫不掉。我甚至連被懲罰都沒有。署長還將我比喻成卡爾十二世。」他空洞地笑著。「其實我痛恨當警察，恐怕我也當不久了。相信我，救了我的是我的好太太跟兩個很棒的孩子。」

「我曾經往那方面想過，」玻曼說，「但我實在不敢嘗試。」

鯡魚跟馬鈴薯上桌了。

柯柏伏案大嚼。

玻曼的胃口沒那麼大，但似乎也受到這位同伴的鼓舞。

「要不要聽我的看法？」柯柏說。

「要，也不要。」

「好，聽著，這是免費的：我認為班特森精神不正常，但我相信他是無辜的。你要的話，寫出去沒關係。這一點我幾乎可以確定。」

「你認為我們會成為朋友嗎？」玻曼問。

「已經是了。」柯柏回道。

他舉起酒杯。

「乾杯。」

玻曼喝了一口礦泉水。

這頓午餐吃了很久。柯柏沒再喝酒，但他們談了很久。談各種各類的事。

他們隔桌相對，一個殺人犯跟一個殺過人的警察。

他們了解彼此。他們也許會成為朋友。

「你救了我。」玻曼說。

「好像是吧，不然要怎麼辦？」

「不知道。」

「你要的話，可以把我說的每個字都寫出來。」

「要是我這麼做，你就完了。」

「我他媽的才不在乎。」柯柏說，「相信我，我說話算話。」

柯柏突然有一種解放的感覺。又吃了一客淋上巧克力醬的冰淇淋。

「我太胖了。」柯柏說。

「我不認為。」

「你則是太瘦了。」

「也許吧。儘管經歷了這麼多事，有時，我倒覺得還滿好的。」

「儘管經歷過這麼多事……」柯柏重複著。

「我在附近有個小公寓，你要不要過來坐坐？不過五分鐘路程。」玻曼說。

「好啊。」柯柏說。

「我們兩個都會被開除。」玻曼說。

「管它的！」

玻曼的家裡很舒適。

桌上，電話旁邊擺著一張裝框的相片。柯柏一眼就認了出來。

那是在戶外拍的。她的頭向後仰，對著拍照的人笑著。風吹著她凌亂的金髮。

「安路易絲，對吧？」

「她是我這輩子遇見過最美好的事物。她結婚了，據我所知，嫁了一個好男人。生了兩個小孩，一男一女。」

「媽的。」他突然說了一聲。

他們聊了好幾個小時。聊各種事情。

兩個曾經殺了人的人。

16.

柏諦．莫德的住處沒有多大改變，同樣滿是酒臭和沒洗的被單。破爛的小屋裡也仍舊處於半黑暗狀態。莫德甚至還穿著跟上次一樣的衣服——內衣，配上一條船長的制服褲。

唯一的改變是多了舊煤油爐。但是除了冒冒煙之外，也沒能改善周遭的髒亂與破落。但好歹莫德是清醒的。

「莫德船長，早。」馬丁．貝克禮地說。

「早。」莫德回道。

他窺看著這位訪客，眼白覆蓋著一層不健康的黃膜，但棕色雙眼卻透著狠勁跟殺氣。

「你要幹嘛？」

「我想跟你談一下。」

「我不想談。」莫德踢踢煤油爐。「也許你可以幫我修理這玩意兒，」他說，「運轉出了問題，這裡入夜簡直比黑鬼地獄還冷。我對機器一向不在行。」

馬丁・貝克檢查那個暖爐。它看來很老舊，他已經很多年沒看過這樣的東西。這似乎是仿照早年最初原型的爐子打造的。

「我看你應該去買個新一點、好一點的。」他說。

「或許吧。」莫德心不在焉，「好，你他媽的想談什麼？」

馬丁・貝克沒有馬上開口。他坐上一張椅子，以為會引來莫德的抗議，但他只重重嘆了一口氣，便跟著坐下。

「要喝酒嗎？」

馬丁・貝克搖搖頭。那酒跟上次是同樣的貨色，濃烈得可怕，是從俄國走私進來的伏特加。但桌上只有一瓶，而且居然還沒打開。

「不喝，那是對的。」莫德說。

「你這東西是哪裡來的？」馬丁・貝克的目光朝那個貼了藍色標籤的瓶子瞥了一眼。

「不干你的事。」莫德回道。

「對，我想也是。」

「要在一個買五分之一加侖威士忌就要十五塊的國家過日子，很難啊。」莫德頗富哲理地說。

「我假設你已經聽說我們找到你前妻了？」

「對，我聽說了。」

他熟練地轉開瓶蓋，將瓶蓋丟在地上。倒出半杯後，他盯著酒杯許久，彷彿那是活的，又或是一苗火燄。

「真妙，我也不想喝。」他說。

他只喝了一小口。

「這實在痛苦難當，不能他媽的喝到死，偏又讓人痛苦。我猜這就是酒徒的天譴。」

「所以你知道席布麗的事了？」

「知道。倒不是有人不怕麻煩，特意跑來告訴我。是我店裡那些女人看到報紙。」

「你難過嗎？」馬丁．貝克問他。

「什麼？」

「你難過嗎？你在哀悼嗎？」

莫德緩緩地搖搖頭。

「沒有。」他終於開口，「你不會為你許久前就已經失去的東西哀傷，只是……」

「怎樣？」

「只是，她已不在人世，確實讓我感覺怪怪的。我從沒想過席布麗會比我早走。我還知道有個人也沒這麼想過。」

「誰？」

「席布麗自己。長久以來，她就是一副當我已經死了很久的樣子。」

莫德肥厚的手掌在桌上拍了一下，不過似乎沒有什麼特別的意味。

「何時開始這樣？」

「從我不再給錢以後。」

馬丁・貝克沒說話。

「不過我氣還很足，」莫德說，「我想我還要好幾年才會嗝屁。」

他陰鬱地看著馬丁・貝克。

「好幾年，」他又重複一遍，「天知道要多久，活在這樣的地獄裡。」

他憤恨地將酒一飲而盡。

「福利國家，」他說，「全世界都在談它。可是等你看到這個狗屎國家，你會開始奇怪，他們怎麼有辦法把這些謊言宣傳到全世界去。」

他再度倒滿酒杯。

馬丁・貝克不太確定該做什麼。他希望莫德能保持相當的清醒，但又不想惹毛他。

「少他媽的喝這麼多酒。」他試驗性地出擊。

「什麼？」莫德一臉困惑。「你他媽的在說什麼？在我家裡？」

「我說你不該喝這麼多。這是最好的建議。我想跟你談，我希望得到一些有條有理的回答。」

「有條有理的回答？在這狗屎堆裡，人怎麼能有條有理？難道你以為，我是這個了不起的福利國家裡，唯一沒事幹、整天坐著喝酒喝到死的人嗎？」

馬丁・貝克深知莫德不是唯一身陷這種困境的人。對許多人而言，酒精與尼古丁似乎是唯一出路，不論老少都一樣。

「你應該去看看我那家號稱『餐廳』裡的老人。最爛的是，他們沒有因為喝酒而快樂。一個都沒有！那很像是打開瓦斯，等到覺得夠昏沉了，就把它關掉；接著，當你開始清醒，又把瓦斯打開。」莫德沉重地盯著他的髒杯子。「喝酒曾經有趣得要命，但那已經是很久以前的事了。不同的地方就在這裡：那已經是很久以前。當時生活過得多快樂啊，但不是在這裡，是在別的地方。」

「譬如，在千里達？」

莫德似乎完全沒受影響。

「呦，」他說，「你把這個也給挖出來了？幹得好。媽的！沒想到你居然辦到了。」

「噢，我們常能找出許多東西，」馬丁．貝克說，「事實上，大多數都能找到。」

「幹！看鎮上那些警察的模樣，誰會相信！我常納悶，你們何必用人當警察。哥本哈根的遊樂場裡有個機器人。塞個銅板進去，它就會舉手開槍。他們應該把那玩意兒改造改造，讓另一隻手也能舉起來拿警棍打你。也許再在它體內裝個錄音帶，它就會說：『好，這裡出了什麼事？』」

馬丁．貝克大笑。

「這主意不錯。」他說。

真正令他發笑的是，他想像警政署長對這個警力重組的建議可能會有的反應。但他沒說出來。

「我滿幸運的。」莫德說，「殺了一個混蛋，只被判處四鎊罰金。在很多地方，我很可能早就被吊死了。」

「是有可能。」

「當然，不是在這裡。不過話說回來，我們這裡盜匪可以四處橫行，破壞大家的生活，卻連四鎊罰金的懲處都沒有；這些人還成了省長，搭免費飛機到他們在列支敦斯登和科威特的銀行。我跟你說，那兩個可都是很好的國家。」

莫德突然呻吟一聲，右手壓在橫隔膜處。

「你還好嗎？」馬丁．貝克問他。

「不好，但一下就會過去。」

莫德拿起杯子喝掉一半。

他的呼吸很沉重，馬丁．貝克等著。過了一會兒，他的表情轉趨和緩。

「但是你說你想談談關於席布麗的事。好吧，她被隔壁那個性變態殺了。你們已經抓到人，關進他該去的瘋人院，替我省了麻煩，你還有什麼其他的要談？」

「你去哥本哈根那一趟。」

「老天！你都已經抓到兇手了！」

「我還無法完全確定就是他。你說你十月十七號去了哥本哈根？」

「對。」

「搭鐵路渡輪馬爾摩赫斯號？」

「是的，船上的人有看到我，那個亂七八糟的侍者和甲板上的船員，兩人都看到了。」

「但他們無法確定日期，麻煩就在這裡。」

「那我該怎麼辦？」

「呃，你去哥本哈根幹什麼？」

「去好幾家酒館喝酒，喝到他媽的爛醉。我甚至不記得自己是怎麼回家的。」

「聽著，莫德船長，你跟我說過你坐在船首的大廳，那裡原是頭等吸菸室。」

「對，我就坐在船中間的桌子，在船鈴正後面。」

「我去那一桌坐過，裡視野非常好。」

「對，感覺就像站在艦橋上一樣。我想，那就是為什麼我喜歡坐在那裡的原因。」

「你是老海員，善於觀察。你在那趟航行中有沒有觀察到什麼特殊之處？」

「海上永遠有事情在發生。但對你而言，沒有任何一件有意義。」

「先別這麼確定。」

莫德將手放到後口袋，拉出那本破舊的筆記本。

「就算我像行李一樣癱在那裡，」他說，「畢竟我是在海上。這裡有記錄。我把所有有趣的事全記在航海日誌裡。當然，爛醉時例外。」

他將筆記本翻到一個特定的地方。

「這裡，」他說，「一九七三年十月十七日，十一點四十分，火車渡輪馬爾摩赫斯號離開馬爾摩港的船架，航向哥本哈根。航程據估計——十六浬。我記錄了一路上遇到的船。」

「哦？」

「當然要記錄遇到的船隻啊，這麼明顯的事。」

「等一下。」馬丁．貝克說。

他拿出紙和筆，這是他在做訪問時很少用到的工具。

「十一點五十五，『聲音號』航向馬爾摩。」

「是的，那艘船每天都有船班。」

「大概是吧，定期船班。」

「十二點三十七，『感動號』，同樣是跑定期船班的小貨輪。名字後面我寫了『藍絲帶』。並不是指亞特蘭大藍絲帶。」

「不然是指什麼？」

「是指船名的金屬板上漆有藍絲帶。」

「那有什麼特別？」

「那絲帶以前是綠色的。船公司一定是改了顏色。十二點五十五的更有趣，是一艘叫做『露納特金達』的貨船，掛的是法洛依（在斯堪地那維亞西邊的小島國）的旗子。」

「法洛依？」

「對，很少見。接著經過的是兩艘水翼船，時間分別是下午一點五分和一點六分，一艘叫『燕子』，一艘叫『波浪女王』。然後，我寫說在朗哲理尼看到一艘義大利驅逐艦，在菲利哈見到兩艘德國貨船。就這樣。」

「讓我把這些名字記下來，」馬丁·貝克說，「能不能讓我看一下？」

「不行！不過我可以把名字拼給你。」

他將掛法洛依群島國旗的船名拼出來。

馬丁·貝克會要班尼·史卡基去查證。但在內心深處，他已經相信柏諦·莫德的不在場證明是殆無疑義了。

現在，還有幾件他想進一步了解的事。

「抱歉，我還有幾個問題想問。」他說，「你怎麼知道佛基·班特森就住在你前妻家隔壁？」

「是她自己告訴我的。」

「你說你至少一年半沒去過她那裡了。班特森是一年前才搬進去的。」

「誰說是我過去她那邊時她告訴我的？席布麗來我這裡要錢，我給了她一些，因為我還是喜歡她。我也給了她一點樂子。就在這個地板上。高潮一來，她叫得跟被圍捕的豬一樣。她就是那次告訴我那個性變態的事。那也是我最後一次見到她了。」

莫德眼神古怪地看著地板。

「天殺的混球，」他說，「掐死她？你們在哪裡抓到人的？」

「我們不談這個。」

「那我們他媽的談什麼？娼妓嗎？你上次不是對妓院很有興趣？要不要列幾個地址給你？」

「不用，謝謝。」

莫德再度呻吟，手用力按著右邊肋骨下面。他為自己倒了些伏特加，喝下去。

馬丁．貝克等著。

「莫德船長，」當莫德的疼痛似乎過去後，他說，「有一點你顯然沒說實話。」

「我今天要是有說過任何謊話，我就不是人。今天是幾月幾號？」

「十一月十六，星期五。」

「我得在日誌裡記上一筆——整天未說謊。當然啦，今天還沒過完。」

「你說班特森是在你完全不去多畝之後才搬過去的，但是班特森說他見過你兩次。」

「你他媽的說謊！我連一次都沒去過！」

馬丁・貝克思索著，伸手按摩髮際的頭皮。

「你前妻有沒有在跟一個叫克拉克的人來往？」

「從沒聽過。而且，我不會容忍她跟別的男人見面。」

「你不認識任何叫克拉克的人嗎？」

「一下子想不起來。也許遇過叫這名字的，但是跟席布麗沒關係。那名字挺好笑的。」

「不知道班特森為何要在這件事情上說謊？他一口咬定他在那裡見過你兩次。」

「典型的表現，」莫德說，「他是個瘋子嘛，他掐死了兩個女人，而你這個督察卻坐在這裡納悶他為什麼說謊。」莫德朝地板吐了一口口水。

「老天爺！我跟你說的那個機器人一定能當個好警察。」

馬丁・貝克突然有了結論。

依他之見，這個結論似乎來得太遲太遲了。

「莫德船長，你開的是什麼車？」

「Saab，一輛綠色的爛舊車，開了六年，就停在外面，擋風玻璃上還插著一張要我去某處繳交三十五克朗賄款的小單子。我很難得清醒到可以開車。」

馬丁‧貝克盯著他，看了很久。

莫德沒說話。

大約一分鐘後，馬丁‧貝克自己打破沉默。

「我要走了，」他說，「我很可能不會再來。」

「我沒意見。」

「很奇怪，我滿喜歡你的，」馬丁‧貝克說，「謝謝你的耐心。」

「我他媽的才不在乎你喜不喜歡我。」

「我能否給你一點誠心的建議？」

「我想我應該可以用得上吧。」

「把餐廳跟你擁有的其他東西全賣掉，換成現金，離開這裡，買一張到巴拿馬或宏都拉斯的機票，然後出海去，即使必須屈當大副也無所謂。」

莫德深棕色的眼睛看著他，只不過彈指間，眼光就由瘋狂轉為全然的平靜。

「好主意。」他說。

馬丁‧貝克將門在身後帶上。

他辦事一向非常徹底，所以他還是會叫班尼‧史卡基去查證那些船隻的事。

但那已經不重要了。

佛基・班特森曾經在多畝見過一個開灰褐色富豪汽車的人兩次。

但那個人並非柏諦・莫德。

17.

馬丁．貝克回到安得斯勒夫後，到警局找黑格特．郝萊談話。

辦公室裡沒人，只有一個穿木鞋的老人站在櫃台邊，雙手扭著一頂羔羊皮帽。通往郝萊辦公室的門微開著，他推開門往內一探，波莉坦辦事員正站在桌前翻找文件。

「黑格特到宏新潔去辦點事，他說一小時後會回來。」她說。

馬丁．貝克站在門口思索。他想找人說話，但不想花上一整個小時等郝萊，而柯柏也正忙著。

「請告訴他我去特樂柏了，」最後他說，「傍晚回來。」

他將門關上，走到外面辦公室叫計程車。穿木鞋的老人將帽子放在櫃台上。

「對不起，」他說，「我想拿駕照。」

馬丁．貝克搖搖頭。

「我幫不了你。」

「可是，只是馬跟馬車的駕照。」老人請求道。

「你必須跟辦事員談。」馬丁・貝克拿起話筒。

老人看起來非常沮喪，使得馬丁・貝克都為他難過起來。

「她很快就會回來，」他安慰老人，「我相信她能幫你的忙。」

馬跟馬車的駕照，他心想，天底下真有這樣的東西？

計程車司機很特別，是那種沉默不語型的。

他開車時，馬丁・貝克思考著，試著在腦中將席布麗的情人的資料做個整理。

他名叫克拉克。

他寫給她的短箋，看起來像是從筆記本上撕下的。她如何拿到這些信？顯然不是透過郵局。

他太太的名字可能叫希希，而希希有位兄弟。

他和席布麗通常在星期四見面，偶爾也可能在其他日子，但星期四一定會見面，除了碰到假日和六月、七月——也許這兩個月分是他的假期。他們八月見面得特別頻繁，也許希希當時在鄉間度假，他暫時能一個人。

他很可能擁有一輛灰褐色的富豪汽車。

他叫她席杰。

沒什麼可追下去的線索了。

馬丁．貝克想到席布麗皮包裡的鑰匙，那一把跟所有的門都對不上的鑰匙。黑格特已經證實她沒有工作地點的鑰匙。這會是克拉克家的鑰匙嗎？還是他們另有愛巢？

他有許多問題，而大部分的揣測都來自那兩張手寫短箋，以及標示在席布麗行事曆上的那些「C」。

那字母也可能代表完全不一樣的事物。咖啡屋嗎？她那天的工作時間特別不同嗎？還是上課時間？也許她在上某種成人教育課程。但從她家裡看不出有此可能。她認識的人也都沒提及這類事情。他要計程車在廣場讓他下車。他稍微走幾步路，到她工作的糕餅店及咖啡屋去。

那地方似乎頗受歡迎。糕餅部門滿是客人，咖啡部門也是所有桌位全坐滿。

馬丁．貝克觀察了一會兒，試著辨認當家做主的是櫃台後的哪個女人。客人川流不息地進門，女人們非常忙碌。最後他拿了一個號碼，等人叫號。

店主是一個年約五十的婦人，胖胖的，看來神情快活，富有母愛。馬丁．貝克可以想像她鎮日被新鮮麵包、糕餅及香草奶油等香味包圍的情形。

她帶他到廚房後頭的一間小辦公室。

「發生在席布麗身上的這些事情，實在太恐怖了。」她說，「她突然失蹤時，我很擔心，但完全沒料到她會碰上那麼可怕的事，真是難以置信。」

「她是個什麼樣的人？」馬丁・貝克問。

「席布麗嗎？很棒的女孩。聰明、認真，性情又好。每個人，包括同事，還有客人，都喜歡她。」

「她在這裡做多久了？」

「噢，很久了。她是我這裡待得最久的雇員之一。我想想……」她闔上眼睛思索。「十二年有了，」她終於說，「她是一九六一年秋天開始的。」

「那麼，你應該很了解她囉？」馬丁・貝克問，「她有沒有談過她的私生活？例如她的婚姻？」

「噢，有。但那個婚姻實在很奇怪。她離婚時我覺得她真是做對了。他根本沒在家過呀。」

「她有沒有別的男人？」

女人胖胖的雙手一攤。

「席布麗絕對不是那種女人，她對她先生很忠誠，督察先生，這點我可以保證。儘管他老是在跑船，又是個爛人——我對他的評語就是這樣。」

「我是指後來，離婚之後。」馬丁・貝克說。

「呃，席布麗還年輕，長得又漂亮，沒有再找別的男人是有點奇怪，但就我所知是沒有。」

「她工作的內容是什麼？她是站櫃台，還是在咖啡部那邊當侍者？」

「都有。女孩們輪著做，視需要調整。有時糕餅這邊比較需要人手，有時點咖啡的人特別多，就需要至少兩個人過去。」

「她的工作時間呢？」

「不一定。我們十點才打烊，所以女孩們都是輪班的。」

「那麼，星期四晚上她上班嗎？」

女人搖搖頭，驚訝地看著馬丁·貝克。

「沒有。星期四晚上是她固定的休假時間。其他天晚上雖然她也會休假，但星期四晚上絕不上班。」

「是她自己要求的嗎？」

「對。但是當其他女孩想休星期五、六，她都樂意來上班。」

馬丁·貝克靜靜坐了一會兒。他看著桌上的電話，問道：

「她工作時有沒有接過私人電話？」

「沒有，從來沒有。我不希望她們上班時接聽私人電話。當然，有時難免會有家裡的緊急電話。但是席布麗工作時從來沒接過任何電話。」

她突然看著馬丁・貝克，雙眉緊鎖。

「督察，你為什麼要問這些問題？不是已經抓到那個殺人的瘋子了嗎？那問這些問題幹什麼？」

「還有一些疑點尚未釐清。」馬丁・貝克回說，「我們認為她有男朋友，希望能把這個人給找出來。」

女人搖搖頭。

「我不認為。席布麗一向愛說話又開朗，如果她遇到新的男人，一定會說。」

「所以沒有人來這裡找過她？或是來接她下班？」

她再度搖頭。

「請努力回想，」馬丁・貝克說，「這可能很重要。」

「沒有，從來沒有。」

「你有沒有聽她提過一個名叫做克拉克的人？」

「沒有，從來沒有。」

「你也沒見過任何人曾經開車來載她？」

還是搖頭。

「你會不會反對我跟她的同事談談？我保證，不會耽擱她們太久。」

「沒問題。你在這裡稍等，我叫她們進來。要不要跟在廚房的姚涵森太太也談一談？」

「好，如果可以，我想跟每個人都談一下。你有幾名員工？」

「五個。四個女孩——我得找一個來頂席布麗的位子。還有一個管自助餐檯的太太，負責煮咖啡和做三明治。當然啦，我還有個烘焙部門，不過那地方不同棟，在兩條街外。」

她站起來。當她打開門時，咖啡及麵包剛出爐的香味從外頭的廚房飄了進來。

馬丁．貝克看到一個纖瘦的白髮女人，雙手通紅，正在裝飾一盤三明治。他驚奇地看著她用牙籤串起一片橘子、一顆橄欖及一顆紅豔的罐頭櫻桃，將之插進擺在生菜葉上的碎肉凍裡。

老闆拿著一個托盤回來，放在馬丁．貝克前面。

托盤上擺著咖啡，和一大碟的丹麥捲及餅乾。

「希望你喜歡。」她說，「烏拉馬上過來。」

馬丁．貝克發現自己很餓。雖然平常他不喜歡吃餅乾和口味重的丹麥捲，但在烏拉進來之前，他還是把東西全吃光光。

他跟四位女孩談過之後，又跟那位很有創意的姚涵森太太談。

她們對席布麗的印象都不一樣。姚涵森太太跟兩位女孩顯然不認同雇主的看法。她們認為她愛擺架子，又很自大。

但是沒人認為她在戀愛，或生活中有任何男人。她們沒聽過有誰叫克拉克的，也沒見過會和席布麗扯上關係的富豪汽車。

馬丁・貝克離開糕餅店後走向港口。渡輪上是空的。

他慢慢走回警局。當時是下午兩點，這表示他見到柯柏和佛基・班特森的機會很小。柯柏從來不會略過吃午餐這等大事。

他想到要和佛基・班特森會談就快樂不起來，但這是必要的。而這次，他有很具體的問題要問他。佛基・班特森也許會因此比較合作。

他到「四海一家」探看，那是一間和警局在同一條街上的餐廳。柯柏不在那裡。不過，他認出了幾個坐在角落吃著波羅的海鯡魚和薯泥的警探。他們向他點頭致意，他則揮手答禮，接著將門在身後帶上。

佛基・班特森在監牢裡。馬丁・貝克想辦法借到一間面對港口的房間。等待佛基・班特森到來的時候，他就看著外頭的景色。

碼頭邊停著一艘德國的小貨輪，有個女人走到甲板上，將一桶廚餘倒到欄杆外。一隻孤鷗懶洋洋地逆風而飛，接著突然朝水面俯衝，啄起一條又長又軟的東西，再度懶洋洋地盤旋升空。女人手拿著桶子，站在欄杆邊看著海鷗。不到一分鐘，牠們整群聚集過來，尖叫、拍打著翅膀，互相搶奪最好的魚片。女人接著消失在艙口。

佛基．班特森的態度安靜而沉著，他禮貌地跟馬丁．貝克打過招呼後，才在對面的訪客椅上坐下。

「柯柏偵查員今早來過，」他說，「我知道的都告訴你們了，不曉得還有什麼可說。我只能說，我真的沒有殺她。」

「我來，是要特地問你一件事。」馬丁．貝克說，「十天前，我們去你多畝的家中時，你提到的一件事。」

佛基．班特森專心、期待地看著馬丁．貝克，背挺得很直，雙手交叉疊放在大腿上，這讓馬丁．貝克聯想到等著老師發問的學童。

「當時你提到，你有幾次見到莫德太太的前夫，對嗎？」

「對，沒錯，我見過他兩次。」

「能不能多告訴我一點？」馬丁．貝克說，「你記不記得那是什麼時候？」

佛基．班特森坐著想了很久。

「第一次是春天時，」他終於開口，「五月最後一個星期天。我之所以記得，是因為那天是母親節。我進城打電話給我媽媽，她住在索德拉來。母親節、還有她生日時，我一定會打給她。」

他不再說話，陷入沉思。馬丁・貝克等著，最後不得不主動打破沉默。

「是的，」他說，「你就是那時看到莫德的嗎？能不能告訴我過程如何？」

「噢，我開車回到家，接著往回走去關大門。那時有一輛灰褐色的富豪突然開過來。那部車因為開得很慢，所以我就站在那裡等，想說也許是要來我這裡的。倒不是我在等誰過來，而是有時候會有人突然跑來買魚或雞蛋。」

「車子是從哪個方向開過來的？」

「從馬爾摩那邊。」

「你有沒有看到開車的人？」

「有，就是他啊，她先生。」

馬丁・貝克盯著前面這個人，問道：

「他長什麼樣子？」

佛基班特森再度陷入沉默，彷彿他沒聽到這個問題。

「我聽說他是個船長，」他終於開口，「可是我看他不像個跑船的。他是曬得很黑沒錯，可是他很瘦，看起來很虛弱，個子很小。頭髮鬈鬈的，幾乎都白了，還戴眼鏡。」

「你看得那麼清楚嗎？雖然他車開得很慢，你也不可能有時間把他看得那麼清楚。」

「當時我可能沒看得很清楚，但是後來我又見到他一次。」

「什麼時候？」

佛基．班特森隔著窗子往外看。

「我不記得正確時間，但是不久以前，可能在九月初吧。」

「那次又是怎樣的情形？他也是正好開車過來嗎？」

「不是。那時候車停在席布麗的院子裡。我到草原上去查看有沒有蘑菇冒出來，可是沒找到。那裡常會有洋菇，一採就能採到好幾斤。很多客人喜歡買蘑菇，尤其是洋菇。」

「所以你走經過席布麗家的那條往下的路？」

「對，就是這樣。當時他走下階梯，上了他的車。也許我就是那時候想到，他當個海員未免也太衰弱、瘦小了點。」

他再度陷入沉默。

「海員通常都很強壯，」他接著又說，「不過，當然啦，他生了病，我是聽人這麼說的。」

「那兩次你也有看到莫德太太嗎？」

「沒有，我只看到莫德先生站在台階扣上大衣釦子，然後走到車子那兒。他在我回到家之前還跟我交會而過。」

「哪個方向？」

「對不起，你說什麼？」

「他往哪個方向開？當他下了公路之後？」

「往馬爾摩，他住那裡。這是我聽來的。」

「他穿什麼？」

「我只記得他的大衣。那是一件褐色的羊皮大衣，裡面有毛的那種。看來很新、很時髦。但是那種天氣那樣穿一定很熱。他沒戴帽子。」他抬眼看著馬丁・貝克，「那天很溫暖，我想起來了。」

「你還記得任何關於他的事情嗎？」

佛基・班特森搖搖頭。

「沒有了，就這樣。」

「你有沒有看到車牌？」

「沒有，我沒想到要看車牌。」

「它是不是掛那種可以看到省分的舊車牌？」

瑞典的汽車註冊正在改變車牌的編號系統。

「我不記得了。」

最後佛基・班特森回監獄去，馬丁・貝克則搭警方的便車回到安得斯勒夫。

柯柏還沒回來，但是郝萊坐在他的辦公室裡。馬丁・貝克跟他說了這趟特樂柏的發現。

郝萊沉思道：

「我想，開灰褐色富豪的一定就是那個克拉克。我會到鎮上查問，看有沒有人見過他或這輛車。不過，我懷疑真有人知道這個人。要是有人知道，席布麗失蹤時就有人會說了。」

他們沉默地坐了一會兒。最後，郝萊開口了：

「換句話說，佛基是唯一知道這個男人存在的人。」

18.

那不是輛好車。就他們進行的勾當而言，這車太醒目了——一輛很大、淺綠色的雪佛蘭，車牌上有三個七，漆太亮，燈太多。

車子已經被人看到，而且，附近某個多事的人也報了警。

當時是清晨，相當冷，雖然對某些人來說，那會是個溫暖的日子。濕氣從地上竄起，與海上緩緩飄來的霧氣混合。清晨的陽光帶著灰白，朦朦朧朧，令人迷惑。

綠車的後座堆放著兩張捲起來的波斯地毯、一個電視收視器、一台收音機，還有五瓶酒。行李箱裡則有幾幅畫、一個不知來自何處的小雕像、雕像台座，以及一些雜七雜八的東西。

前座坐著兩名竊賊。這兩個人都很年輕，很緊張，所以也犯了許多錯誤。兩人都知道自己已被人發現。他們運氣很差，事情打一開始就不對勁，而且每下愈況。

街燈這個時候已經熄了，但是天空微弱的晨曦映著籠罩車身的露水，這車看起來還是閃亮亮的。引擎輕聲轉動，車燈關熄，綠車在街道兩邊圈圍私人花園的樹籬間滑行。到了街尾，它慢慢停了下來，接著調轉方向開往高速公路，彷彿馬戲團的老虎在步入表演圈時那樣小心翼翼。雨已經停了一陣子，但道路仍顯得潮濕。不知情的人會以為街道才剛洗過，但知情的人知道，衛生局才不會到離城這麼遠的地方來。

一輛關掉車燈、淺綠色的美國車，像幽靈似地在霧中滑行，幾乎毫無聲息，連外型都顯得模糊。

但警察的巡邏車就相當直接了當。

一輛黑白二色、四門的維聯特車，配有車頭燈及兩個車頂閃燈——這無疑是輛警車。但為了讓人更進一步確認，它的門、車蓋，以及車後，還是漆上斗大的「警察」二字。

瑞典的汽車密度很高，巡邏車的密度更是非比尋常，而且，越來越常見到這些車突然停下，吐出幾個穿著奇特、手執武器的人。在這種時候，所謂的「人情」往往是不存在的。

巡邏車在出人意料的地方閒逛，空轉的引擎污染了空氣，坐在車裡的警員不是職業性背痛，就是罹患漸進性的智商退化症，他們的行為也與社會越來越脫節。

步行的警察如今很稀罕了。就算有，往往也人見人厭。

這輛巡邏車裡坐了三個警察——耶羅夫森、波爾倫和海克特。

耶羅夫森和波爾倫是一起巡邏的老搭檔，他們的外表跟其他中年警察都一個樣。海克特比較年輕，而且熱心。他們其實不是真的需要他（這還是客氣的說法），他是為了好玩及一點加班費才來的。他對臉上修剪整齊的鬢邊短髭非常引以為傲，那好像已經成為年輕警員的標準配備。

波爾倫又懶又胖。當時他正在後座睡得嘴巴大開。耶羅夫森正就著外頭印上格紋圖案的熱水瓶喝著咖啡，昏昏欲睡地抽著菸。海克特不喜歡菸味，直接搖下車窗。他雙手放在方向盤上，靜靜地透過擋風玻璃往外看，愁眉苦臉與一臉無聊。三個人都穿著類似跳傘裝的灰藍色制服，佩有肩帶，白色的皮套裡則裝著手槍與警棍。

車子就停在路邊，停車燈亮著，引擎空轉，有毒的廢氣籠罩著溝邊生長的植物，決意將它們毒死、悶死。

三個人都好一陣子沒說話。

海克特才剛將無線電的音量稍稍調高，但耶羅夫森仗著年資較深，馬上又調小。海克特識趣地不跟他抗議。結果無線電的聲音聽起來變得小小悶悶的，簡直就像幽靈的耳語。耶羅夫森根本沒在聽，波爾倫在後座打鼾，海克特得拉長耳朵才聽得到無線電裡的內容：

「早安，早安，早安，在公路及小道上的眾親愛朋友跟同事們。這裡有一些有趣的消息。化石林區的樺木街有人抱怨其他人妨礙住宅安寧，可能是飲酒派對。最近的巡邏車請前去察看。什麼？是的，音樂跟唱歌，樺木街二十三號。有輛可疑的改裝車停在石南社區一棟空別墅外頭，雙藍色的克萊斯勒，A字頭車牌，號碼有三個六。請最近的巡邏車過去調查，住址是東史哲維路三十六號。或許涉及可疑的竊案。車裡有一名年輕男子跟兩個女孩。做例行檢查。」

「那就在我們附近。」海克特說。

「什麼？」耶羅夫森問。

波爾倫的唯一反應則是發出略顯不悅的鼾聲。

「在該區的夥伴最好小心，」無線電中的聲音繼續說，「遵照例行程序，切勿冒險。該車若是出現就攔下檢查。目前車行方向不明。盡量勿引起對方注意。看到的話小心行事，只需做一般的例行檢查。再見。」

「那就在附近。」海克特說。

耶羅夫森就著熱水瓶蓋杯，咕嚕咕嚕喝了幾口咖啡，但沒接腔。波爾倫則在睡夢中翻個身。

「就在這一區。」海克特又說一次。

「小子，別急破膽了。」

耶羅夫森說著，伸手在餅乾袋裡一陣搜索，然後好整以暇地咬下一口肉桂餅。

「就在旁邊呢，」海克特說，「我們走吧。」

「慢慢來，小朋友，也許根本沒事。要是有，我們也不是世界上唯一的警察。」

海克特氣得滿臉通紅。

「你這話什麼意思？」他抗議道，「我不懂。」

耶羅夫森繼續吃著他的餅乾。

波爾倫在睡夢中重重嘆了一口氣，嗚咽的聲音喃喃在說些什麼。也許他夢見在和警政署長說話吧。

他們離道路交叉口不過六十碼，一輛淺綠色的雪佛蘭突然轉進他們前面的道路。

「就是這些小混混。」海克特說。

「也許吧。」耶羅夫森的聲音因為滿嘴食物，顯得含糊不清。

「抓人去。」海克特說。

他將車排檔，加足馬力，巡邏車朝前衝出。

「什麼事？」波爾倫睡眼惺忪地問。

「抓小偷。」海克特回答。

「只是有可能。」耶羅夫森更正他。

「什麼？」波爾倫依然半睡半醒。「出了什麼事？」

綠車裡的年輕人直到警車開到旁邊才發現。但一切都太晚了。

海克特加速超前，接著猛踩煞車，警車在潮濕的路上滑行。綠車被逼向右邊，前輪在離溝旁三吋的地方煞住。駕車的人別無選擇。

海克特第一個下車。他已經解開槍套釦子，拿出他的七點五口徑華瑟型手槍。

耶羅夫森由另一邊下車。

波爾倫是最後一個，仍然神志不清，呼吸沉重。

「出了什麼事？」他問道。

「沒開車前燈，」海克特大聲說，「違反交通規則。你們兩個小混混給我滾出來。」他右手握著槍，「我說的是『現在』，不是明天。媽的，快點！」

「慢慢來。」耶羅夫森說。

「別搞鬼！」海克特說。

綠車裡的人分由兩邊下車，臉色在霧色中顯得蒼白。

「只是例行問話。」耶羅夫森說。

他比另外兩位警員離綠車更近，但他沒有碰他的手槍。

「慢慢來。」他說。

海克特站在他身後側邊，手握著槍，手指扣在扳機上。

「我們什麼都沒做啊。」

聲音聽起來很年輕，可能出自女孩，或是正在變聲的男孩。

「你們每個都這麼說，」海克特說，「霧裡開車不開燈，不是違法是什麼？這是什麼？艾米爾，看看他們車裡。」

耶羅夫森站的地方離車子不過數碼，他看得到這兩名嫌犯是年輕男子。兩人都穿著皮夾克、牛仔褲和網球鞋——但那也是他們唯一相似的地方。其中一位高大黝黑，平頭；另一位的身高比一般男性矮，波浪般的金髮垂到肩膀。兩個人看來都不到二十歲。

耶羅夫森對著高個子走去，手摸著槍套，但沒打開，接著他的手反而移到一旁，拿出手電筒朝後座照。他將手電筒收起來。

「嗯。」

接著他突然轉向高個子青年，抓住他夾克的領子。

「好耶，你們這些小混混。」海克特在後面耀武揚威。

「出了什麼事？」波爾倫又問。

這些言語的刺激顯然引發了接下來的事端。

耶羅夫森一切遵照例行程序。他只要先用雙手抓住那男孩的夾克，下一步再將他拉近，再以右膝撞擊他的鼠蹊部，事情也就解決了。這樣的事他做過太多次，但從沒動用到手槍。

只是這次耶羅夫森沒機會用膝蓋去頂他要逮捕的對象。這個平頭的年輕人有不同的打算。他右手放在皮帶上，左手則伸進口袋。他牛仔褲的腰帶裡塞著一把左輪手槍，他顯然很清楚這把槍的用途。他拔出槍，開始射擊。

那把槍是專用於短程射擊的，鍍鎳的三二口徑柯爾特眼鏡蛇。槍膛裡有六發子彈，前兩發打中了耶羅夫森的橫隔膜。第三、四發橫過耶夫羅森左手臂下面，悉數打中海克特的左臂；海克特踉蹌地後退，退出公路，仰天倒下，頭枕在路邊低矮的鐵絲圍籬上。

第五及第六顆子彈也擊發了，那應該是針對波爾倫來的。但波爾倫一向怕槍，才響起第一聲槍響，他就一頭撲進公路北邊的溝裡。溝很深、又濕，他龐大的身軀就這樣一路彈跳、滾到最底部。他頭朝下趴著，不敢抬頭。就在這時，他覺得右邊頸子一陣刺痛。

耶羅夫森中彈時，腳已經抬起，膝蓋也彎起一兩吋，但他仍緊緊抓住那件皮夾克，直到開槍者後退幾步，打開槍膛要重新裝上子彈時，他才放手。

他向前倒下，臉碰到柏油路面。他一邊的臉靠著路面，無力的右手壓在身體下，手槍也是——槍套的釦子甚至都還沒解開。

雖然光線暗淡，他還是清楚看到那個年輕人往退後，開始裝上新的子彈。那就放在夾克口袋裡。

耶羅夫森痛得不得了，制服前面已經被鮮血浸透。他動彈不得，也無法出聲，只能看著。然而他的感覺竟是發楞多過害怕。怎麼會發生這種事？這二十年來，他四處開車巡邏，不時對人咆哮、咒罵、又推又踢、持警棍毆打，或用警刀背面打人耳光，一向扮演著強者的角色，以擁有武器、力量以及司法優勢，對付那些手無寸鐵，沒有力量，也沒有權力的人。

現在他卻躺在柏油路上。

拿槍的人離他有二十步之遙。光線漸亮，耶羅夫森看到他轉頭，接著聽到他說出幾個字：

「卡斯帕，上車！」

那男人彎起左手肘，槍身就靠在臂彎處，仔細瞄準。瞄準什麼？

這個問題很多餘。一顆子彈掠過距離耶羅夫森的臉部不到一呎的柏油路面，同時，他聽到背後一聲槍響。另一個混蛋也在對他開槍嗎？還是波爾倫？但他馬上否定了那個想法。波爾倫不是死了，就是躺在某個地方裝死。

拿左輪槍的男子站得筆直，雙腿分開，瞄準著。

耶羅夫森閉上雙眼。他感覺到血從體內流出。他沒看到一生的掠影飄過眼前，只是想著：我就要死了。

海克特跌倒時手槍並未離手。他仰面躺著，頭靠在圍籬上，他也看得到那個手持左輪槍、剪平頭的人影，只是距離較遠，看得不若耶羅夫森清楚。此外，耶羅夫森雖然在他的射擊線上，卻緊貼著路面，所以他身體上方的空間都是自由射擊區。

相較於他的同事，海克特對這番遭遇並不特別驚訝。他年輕，這與他所熱切想像、一直期待會發生的警匪大戰不謀而合。他的右手還能動，但左手很不對勁，所以很難將子彈上膛。但不這麼做又不行。因為根據警方規定，他槍膛裡其實是沒有彈匣的（但耶羅夫森和波爾倫的卻都有）。他一直到對方擊出第二輪的第一發子彈後才上膛成功。

海克特很痛，左手跟整個身體左側都痛苦難當，視線也模糊不清。他的第一次射擊純粹出於機械反應，漫無目的，而且子彈射得太高。

他知道眼下不是胡亂射擊的時候。平常，他是射擊場上的神槍手，但現在光是神射手還不足以救他的性命。八十呎外霧氣中的那個人影占盡各種優勢。從他的動作可看出，在他確定每個警察都死透之前，他無意離開。

海克特深深吸進一口氣。傷口痛徹心肺，幾乎令他昏厥。一顆子彈打到圍籬，鐵絲網受到震動，這震動傳到他的後腦。但在剎那間，他的視線突然變得非常清晰，而且集中。他強迫自己伸直手臂，穩住握槍的手。

目標雖不明顯，但他看得到。

海克特開了槍，緊接著失去知覺，槍從手中掉落。

但是耶羅夫森還清醒著。十秒前他張開眼睛時，場面並無改變。手持左輪槍的那個人還站在原地，雙腿張開，槍管靠在臂彎處，冷靜地在瞄準。

接著他再度聽到身後傳來槍聲。

接著，奇蹟中的奇蹟發生了。拿左輪槍的人抖了一下，手拋向頭頂，武器從他手中飛出，瞬即倒在柏油路上，動都不動，彷彿身體裡再也沒有骨架，就此癱成一堆，半聲氣也沒發出。

說這純粹出於運氣並不對，因為海克特的確盡了最大努力，仔細瞄準。但這一槍著實也非常幸運。子彈打中那人的肩膀，順著他的鎖骨直接打進脊椎。這個手持左輪槍的年輕人當場死亡——也許還站著時就死了，連躺下來呼出最後一口氣的機會都沒有。

耶羅夫森聽到車子加速離開的聲音。

接著是完全的寂靜，空茫而詭異。

似乎經過許久之後，附近才有人動起來。

又等了許久（雖然實際上可能只是幾分鐘、甚至幾秒鐘的等待），波爾倫匍匐爬行過來。他呻吟著，以手電筒漫無目的地照著。他一手撐在耶羅夫森底下，但又揪了一下，將手縮回來，看著上面的血。

「天哪，艾米爾，我的老天，你怎麼了？」

耶羅夫森覺得全身力氣都離開了身體，他無法言語，也無法動彈。

波爾倫喘著氣，囁嚅著站起來。

耶羅夫森聽到他腳步沉重地走到巡邏車，將無線電轉到緊急頻道。

「緊急事件，說話。一〇〇號公路，石南社區東史哲維路，兩人受到槍傷。我自己也受傷。槍戰，射擊，救命！」

耶羅夫森在遠距離外聽到無線電裡金屬似的聲音做出回應。先是最近的管區。

「這裡是特樂柏，就過來。」

「倫德區，已經上路了。」

最後是馬爾摩的調度員：

「早安，救援已在途中。約須十五分鐘，最多二十分鐘內趕到。」

過一會兒，波爾倫回來了，手忙腳亂地在急救箱裡翻找。他幫耶羅夫森翻身，面部朝上，剪開制服，接著在他的胃部和沾滿鮮血的內衣之間胡亂塞上繃帶止血，而且還邊塞邊大舌頭地一再重複著：

「老天，艾米爾，老天……」

耶羅夫森躺在濕地上，鮮血混合著朝露。他覺得好冷，身上也越來越痛。他仍舊呆愣愣的，不敢相信剛才發生的一切。

過一會兒，他聽到其他聲音。鐵絲網後面那戶人家起床了，大著膽子出來探看。

一名年輕女子跪在耶羅夫森身旁，拉著他的手。

「沒事，沒事，」她安慰著，「沒事，沒事，他們馬上就來。」

他更加迷惑了。有人握著他的手，而且居然是一位平民百姓。過一會兒，她將他的頭枕在她的腿上，手放在他的額頭。

警笛聲開始傳入耳中，先是輕輕的，但隨即變得高昂而刺耳。但他們一直保持同樣的姿勢。

這時，朝陽透過霧氣，為這荒謬的場景籠罩了一層淡淡的淺黃色晨光。

這一切發生在一九七三年十一月十八日馬爾摩警局轄區最偏遠的角落，也等同在瑞典最邊陲的角落。距離這現場的數百碼外，閃亮的長浪正湧向蜿蜒的沙灘；霧中的沙灘和深闊的海洋，看來漫無邊界。

海的另一邊就是歐洲大陸。

19.

十一月十九日，星期一。

清朗，冷冽，多風。

在瑞典曆裡，這一天是「伊莉莎白日」，也是柯柏該去找佛基談話的日子。

可是這個星期一早上，發生了一大堆不尋常的事。安得斯勒夫好像突然從地圖上消失了一樣，媒體只對其他事情感興趣。

被勒斃的離婚婦人與兩名滿身彈痕的警察孰輕孰重——第三名警察身受重傷，沒人知道他為什麼而受傷，又是如何受傷的。兇嫌一人已死，另一人在逃。

馬丁·貝克跟柯柏都知道，警察工作並沒有特別危險——即使高階警官以及一大堆我行我素的警員都喜歡過度渲染警職的風險。

當然，警察總難免挨槍，而且這發生得遠比一般人以為的還頻繁。雖然意外槍傷事件總是會被壓下去，但在練習靶場出的意外著實也多得驚人。這麻煩出在許多警察都是動不動就開槍的小夥子，缺乏平民神射手用槍時的經驗與謹慎。常常只是因為不小心，就射傷了自己或別人，雖然，少有致命的就是。

除此之外，當警察著實不是危險的工作，至少不是身體上的。事實上，警察面臨最大的職業風險，是因為開巡邏車久坐而把背給弄壞。遠比警察更容易導致職業傷害的差事可多得是。

這是實話，並不僅止在瑞典才這樣。

舉例來說。一九四七年至今，在大不列顛已經死了七千七百六十八名礦工；但在同一時段裡，喪生的警察總共只有十二人。

或許這個例子有些極端，不過每回柯柏跟人討論警察是否應該佩槍時，總習慣抬出這個例子。在英國、蘇格蘭以及威爾斯，眾所周知，警察是不配槍的。那麼在一個小如瑞典的國家裡，警察會頻頻受傷，就一定得有一些理由。

馬丁·貝克得接起今天的第一通電話，偏偏這通電話又來自一個他寧可避開的人。

史提格·莫姆。

說真的，莫姆恐怕是這世上第二個他不想與之談話的人。

「你的案子已經結案了。」莫姆說。

「這個嘛……」

「不是嗎？就我所知，事情已經解決了。兇手已被捕入獄，你甚至在尋獲屍體之前就逮到人了。雖然那根本算不上是你的功勞。」

馬丁．貝克想著警方在佛基．班特森家花園的挖掘行動，但他壓抑住，什麼也沒說。這話題可能有點微妙。

「不是嗎？」莫姆問道。

「我不敢斷言這案子已經結束。」馬丁．貝克說。

「你這話是什麼意思？」

「還有其他可能。有一些細節尚未釐清。」

「可是你已經逮捕兇手了呀？」

「這一點，我沒有全然肯定。」馬丁．貝克說，「雖然的確有此可能。」

「可能？沒有比這更好辦的案子了吧？」

「嗯，有，簡單多了。」馬丁．貝克的語氣堅定。

柯柏不解地看著他。

他們都坐在郝萊的辦公室裡。

郝萊出門去遛狗了。

馬丁・貝克搖了搖頭。

「呃，這不是我打這通電話的真正理由。」莫姆說道，「你要故做神祕就隨你便，我們可有更緊要的事得做。」

「什麼事？」

「你真的有必要問嗎？三名警察讓黑幫份子給撂倒了，一名暴徒還正逍遙法外！」

「我對這件事沒概念。」

「這可怪了。你都不看報紙的嗎？」

馬丁・貝克忍不下去了：

「看啊。不過，身為警察，我不會依據報上所說去下判斷。我沒必要相信自己讀到的這些鬼話。」

莫姆沒有答腔。每回馬丁・貝克只要想到此人竟是自己的上司，都會油然生出相同的憎惡與驚愕感。

「這是一樁令人悲痛的案子，」莫姆說，「當然了，署長驚痛至極。你知道，我們任何一名同袍出事，他都會有這樣強烈的反應。」

此時此刻，警政署長顯然不在他的辦公室裡。

「我知道。」馬丁．貝克說。

這樁事的確不止可怕，也著實緊要。只是莫姆的語氣把它弄得非常虛假，就像是近些年來那些浮濫的軍隊宣傳口號。

「我們得發動全國搜索令，」莫姆說，「截至目前，連車都沒找到。」

「這案子真的需要驚動到刑事組嗎？」

「早晚的事啦。就看這些暴徒下一步會做出什麼事吧。」莫姆以他慣用、矯揉造作的嚴肅口吻說道。

「那幾位同仁現在怎麼樣了？」馬丁．貝克問。

「至少有兩名還未脫離險境。醫生說第三位復原的機會很大，不過，當然，得花上不少時間。」

「知道了。」

「別忘了，搜察網有可能必須擴及全國，」莫姆說，「咱們不計代價都得抓到這名暴徒，而且要儘早逮到人。」

「我早說過了，我對這件事沒什麼概念。」馬丁．貝克說道。

「你可以學，立刻學。」莫姆發出一個短促、滿足的笑聲。「這就是我打給你的原因。」

「明白了。」

「我呢，則決定親自指揮這整個搜索行動，負責戰略與調度。」

馬丁・貝克笑了。對他而言，這是個好消息——對在逃的那一位也是。

他從一個警政署長必然會盯住不放的差事裡解脫了。犯人呢，反過來說，則有了一個絕佳的機會得以免脫。

將馬丁・貝克跟搜索人員擺在一起，還讓莫姆來「負責戰略與調度」，未免太過分了。所以他還真是幸運，得以脫身。

因此，他懷疑莫姆真正想要的究竟是什麼？但他用不著多想，莫姆自己就清了清喉嚨，以他最自命不凡的聲調說道：

「當然啦，先完成你手頭正在進行的工作，無庸置疑。不過我們正在馬爾摩籌組一支特遣小組。那邊的頭頭對這碼子事很在行。我們今天一早才在這裡開了個會。」

馬丁・貝克看了看錶。現在甚至還不到早上八點，這位上司顯然起得很早。

「所以？」

「我們決定立刻把柯柏調到那個特遣小組去。他非常優秀，我實在看不出你有任何理由，將他綁在一個實際上已經了結的案子上。」

「等等，這件事你大可自己跟他說。」

「沒這個必要。」莫姆推託，「由你轉達就行。要他即刻前往馬爾摩。馬爾摩特遣小組的協調人是偵查員梅森。」

「我會告訴他。」

「好。」莫姆說道，「還有，恭喜了。」

「恭喜什麼？」

「恭喜你解決了這樁姦殺案。跟往常一樣迅速。」

「我根本不確定這是一樁姦殺案。」馬丁．貝克說，「驗屍報告上對這一點解釋得並不清楚。」

「你破案的記錄可是出色得很呢，」莫姆說道，「唯獨案子扯上上鎖的房間時除外。」

莫姆對自己說的這個笑話笑得樂不可支。

馬丁．貝克看到柯柏投來懷疑的眼神時，發現自己輕輕鬆鬆就忍住了笑意。

「你要交代柯柏，他接獲命令……我是說，口信？」

「我會跟他說。」

「那好。再見。」

「再見。」馬丁・貝克說。

他掛下電話。

「那豬頭這回又想幹嘛？」柯柏問。

馬丁・貝克若有所思地看著他。

「這個嘛，首先，我要告訴你一個好消息。」

「什麼好消息？」

「你再也不必去跟佛基・班特森打交道了。」

柯柏凝視他的眼神裡，那狐疑的意味更深了。

「噢，那麼壞消息是啥？」

「昨天早上，有兩名警察在前往佛斯特波的路上遭到槍擊，第三名則因為其他原因而受重傷。」

「我知道。」

「你得去馬爾摩報到。」

「怎麼？」

「他們組了一個特遣小組。梅森在支援他們。」

「唉呦，那可不簡單。」

「但這裡頭有個小麻煩，你不會喜歡。」

「警政署長？」柯柏問道，一個幾乎稱得上是驚恐的表情掠過他圓嘟嘟的臉。

「還不到那麼糟。」

「有多糟？」

「莫姆。」

「老天爺！」

「他負責戰略與調度。」

「戰略與調度？」

「嗯，他是這麼說。」

「這見鬼的戰略與調度是什麼東西？」

「某種軍事用語吧。他們把我們搞得跟義勇軍一樣。」

柯柏皺起眉頭。

「我曾經挺喜歡當警察的，不過那已經是他媽的很久以前的事。還有其他的嗎？」

「不算有。他們指望你飛也似地趕去馬爾摩。」

柯柏搖了搖頭。

「莫姆，真是個混蛋。警察遭到槍擊，那小丑就弄出戰略與調度這種花樣。還真是厲害。我猜我別無選擇，只能打包上路。」

「你認為佛基・班特森是個怎樣的人？我是問你個人的觀感。」

「坦白說，我認為他是無辜的。」柯柏說道，「他不是完全沒有嫌疑，但這回不是他幹的。」

幾分鐘後他們互道再見。

「別太沮喪。」馬丁・貝克說。

「我盡量。你保重。」柯柏說。

「保重。」

馬丁・貝克獨自坐了一會，試著整理自己的思緒。他相信柯柏的判斷，就如同信任自己的一樣。

柯柏不認為佛基・班特森掐死了席布麗・莫德，馬丁・貝克也不這麼認為，但他無法確定。班特森這個人實在他媽的太詭異。

不過，有一件事馬丁・貝克倒是很確定：柏諦・莫德是無辜的。班尼・史卡基已經查過那些船。這著實不容易，但對一名野心勃勃、活力充沛、聲音在電話裡聽起來又很討喜的警察而言，卻也不是絕對辦不到的事。

莫德筆記裡的紀錄分毫不差。關於法洛依運輸船的記載扮演了決定性的角色。

郝萊走了進來，將帽子拋在桌上，自己則跌坐到辦公椅裡。

提米用後腳站了起來，朝馬丁．貝克臉上亂舔。

馬丁．貝克將狗推到一邊。

「黑格特，你真的百分之百確定你不認識一個名叫克拉克、太太叫希希的人？小個子，又瘦又弱，不過皮膚曬得很黑？有波浪般的白髮，還戴副眼鏡？」

「安得斯勒夫地區沒這麼個人。」郝萊說，「你認為是這個人殺了席布麗？」

「正是。」馬丁．貝克說，「事實上，我開始認為事情是這樣沒錯了。」

「提米，躺下！」郝萊說。

狗狗就躺在他椅子旁邊，郝萊搔著牠的耳後。

「嗯，如果的確不是班特森就好了。大家似乎還滿想念他和他的燻鯡魚。而且，我也寧願這殺人犯不是安得斯勒夫的居民。」

20.

星期天，他開了一整天的車，在傍晚時分來到一個叫馬列克山大的地方。

他偏離了主要的公路。他原本是要去斯德哥爾摩，而且也盡可能按照路標開，但他只有粗略的地理概念，而且又沒有地圖，所以常常跑錯路。有時他覺得自己好像重複經過同一個地方，才剛從一條道路往北開，轉頭卻又從另一條路往南走。

一切都那麼抽象，那麼不真實。他試著回想整起事件的發生經過，但能想起的不過是各個獨立的片斷，如同電影裡凍結的定格。

一開始，他嚇壞了，可是當恐懼退去之後，他想也沒想，便駕車逃跑。

他穿過馬列克山大，開上一條通往湖邊的小路，將引擎熄火，停好車。而後，他在後座躺下，將衣領拉過耳朵，雙手置於兩膝之間，立刻就睡著了。

霧氣從湖面升起，將車子籠罩在一層朦朧的水霧裡。

他冷醒了。剛醒過來時，他不知自己身在何方，但隨後馬上想起來。恐懼迅即席捲而回。

天色還很暗，他爬進前座，打開車頭燈，發動引擎。他一面發抖，一面繞著車子走了一圈，好活絡自己僵直的關節。他在散熱器前停下來，看著汽車牌照，決定一有機會就要立刻換掉。

接著他回到車裡，繼續北上。

這個名叫卡斯帕的男孩個子矮小，骨架纖細，手腳瘦長，淡色頭髮波浪般垂落在肩上，更突顯了他那柔軟而稚氣的臉部線條。他開車時常有人要求他出示駕照，任何人都很難相信他已經滿十八歲。每回發生這種事，都讓他很不高興。他專挑鄉村小路開，希望能因此避過巡邏車。

他的駕照沒有問題，就擺在牛仔褲後口袋。持有人是朗尼・卡斯帕森，一九五四年九月十六日生。

他不知道他的朋友最後怎麼了。當他見到他在公路上倒下，他以為他死了。但他現在沒那麼確定。當時，那傢伙就站在路中央，一面瞄準一名員警，一面高喊：「上車，卡斯帕！」接著他突然就被槍給擊中。也許他已經先殺了一兩名員警，但卡斯帕無從得知。他嚇壞了，駕車逃跑。他甚至不知道他朋友身上帶著武器。

也許他沒死。也許他正在向條子招供。但他有什麼好招的？他甚至不知道卡斯帕的正名。就像卡斯帕對他也一無所知，他對卡斯帕的認知，也就只有這個稱呼而已。

他們是星期五晚上在馬爾摩認識的。

卡斯帕那天早上從哥本哈根過來，原本想直奔斯德哥爾摩，問題是錢用光了，又找不到便車可搭，因此整天都在馬爾摩閒晃，想辦法要弄點錢。問題是，他在馬爾摩人生地不熟，不知道能去找誰，也不知道可以去那裡。

最後他來到某座公園，遇到幾個男孩。他們給了他一罐啤酒。這就是他遇到克里斯特的始末。

其他男孩晃到別處去，克里斯特則和卡斯帕坐在長椅上共飲一罐啤酒。克里斯特一樣身無分文，但他倒是有一輛車。卡斯帕不確定那輛車是不是他的，但至少克里斯特有車鑰匙。他就住在馬爾摩，知道什麼地方有可以入侵的夏屋。

星期五晚上和星期六的早晨，他們開車到處繞，這中間曾經企圖侵入城外一棟大宅，不過沒成功。最後他們闖進一棟因為逢冬而關閉的夏季度假木屋。他們在裡頭找到幾個罐頭，吃掉一些，然後睡了幾個鐘頭。這屋裡沒什麼值錢的東西，但他們還是拿走了幾張畫，以及一尊從座台上取下的石膏像。

他們開回馬爾摩。克里斯特從一家唱片行偷了幾張唱片。熟知這城市的他立刻就設法賣掉了這些唱片，拿錢買了啤酒和葡萄酒。他們接著在公園裡閒坐，沒再開車四處晃，直到夜晚來臨。

「我們今晚就殺到一個除了有錢人之外、什麼都沒有的地方去吧！」克里斯特說。

那地方叫石南社區，從房宅就看得出來是一個富裕的社區。他們闖進幾間屋宅，拿走一些好銷贓的東西。一台電視，一台收音機，還有幾張克里斯特堅稱是真正的波斯地毯。他們敲破其中一間大宅的酒吧，拿走幾瓶烈酒。他們甚至還找到一點現金——從他們打破的小豬撲滿裡，掉出大約三十枚嶄新的五克朗硬幣。

那是成果豐碩的一夜，直到巡邏車不知道從什麼地方冒了出來為止。

卡斯帕將整件事從頭到尾又想了一遍，這不知道已是第幾次想了。首先是那個年輕的條子突然出現，握著槍就站在那裡。接著那個老一點的抓住克里斯特，隨後便是槍響。卡斯帕原本以為是那個年輕條子開了槍，但他看到有個警察倒下去，緊接著是另外一個，這時他才了解，開槍的原來是克里斯特。

隨後的每件事都發生得好快。卡斯帕嚇壞了，他逃跑，無從知道克里斯特究竟是死了，還是只受了點皮肉傷。

他曾經順著來時的道路開回馬爾摩，但在抵達高速公路時卻轉向另一條路。

他知道警報必然已經傳出去，警車與救護車正從馬爾摩奔往出事地點。

他的車子接著突然沒油了。

在巡邏車出現之前，克里斯特正跟他說到得找輛車偷點油過來。可是當他倉惶逃逸時，完全忘記油箱已經空了。

他將車子推下一個短坡，停在某個傾頹的小屋後面，把贓物悉數留在車上。

他沿著路邊走，來到一個小社區。他聽到警笛在遠方迴響，那聲音嚇得他魂不附體。他試了好幾輛車，最後終於找到一輛他搞得定的。那輛車就停在一棟大宅外的露天車棚裡，車門沒上鎖。

卡斯帕知道自己所冒的風險：車主很可能會突然從屋裡走出來。但那是星期天的大清早，而他只花了幾分鐘便發動了引擎。

之後他就一直往北開。

回家，回斯德哥爾摩。

卡斯帕這十九年來都住在斯德哥爾摩，雖然其實不是真的住在這城裡。他在城郊出生，長大，求學，直到三年前都還與父母同住。在那之後他就一直在找工作，只是他得承認，找得很不用心就是。他的父母兩年前在索德拉來郊外買了房子，搬了過去。由於他不想跟著搬，便在斯德哥爾摩過起多少「過一天算一天」的日子。

給自己找到一間房子是不可能的。他沒有工作，靠社會福利金度日，因此大半時間都在朋友家廝混，再不就待在臨時的女友——年輕的、離婚的、有公寓可待、有床可睡的女人——那裡。

他逐漸混進流氓圈。這圈子篤信犯罪有利可圖——如果不是什麼大案子，而且你又聰明得不會讓人逮到的話。他闖過空門，也小小地偷過一點東西，試過偷車和小規模地買賣贓物。有幾個月他就靠吃軟飯過日子。每當那在街頭拉客的女孩帶著嫖客回家時，他就坐在她的廚房裡喝伏特加或汽水。對於犯罪，他有兩條原則：絕對不碰毒品，也絕對不帶武器。他稚氣的外表經常幫了他大忙，他只被逮過一次，只有留下一項前科。

他在鄰近卡翠虹的某地停下來加油，用的是那些發亮的五克朗硬幣。加油站的人看了好一會兒，才將錢幣放進收銀機中一個獨立的錢幣格子。

「這花掉你不覺得可惜嗎？」

卡斯帕聳聳肩，想要做點解釋，結果卻什麼都沒說。

他突然發現自己餓壞了，於是走到隔壁的餐廳。他點了當日特餐，是某種絞肉餡餅，加了無味的醬料、一點越橘果醬，還有四個煮得很老的馬鈴薯。這食物很差，甚至根本沒怎麼加熱，不過他餓得也沒辦法計較了。

繼續上路了一會兒之後，他在某個報攤停下來買了包菸、一些口香糖以及一份報紙。在走回車子的路上，他看到報上的頭條新聞。

他把報紙擺在座位旁。他駛進一條小路，將車停下，在方向盤上攤開報紙。

克里斯特死了，不過三名警察還活著。他自己則被全國警方追緝。新聞報導稱他為「黑幫份子」、「暴徒」以及「弒警犯」。他把報導從頭到尾讀了一遍，因為能從內容能得知警方的狀況。其中兩名員警顯然性命垂危，不過就他所見，暫時無人身亡。那他們怎麼能稱他為「弒警犯」呢？更別說他根本沒帶武器了！

他仔細讀完報導。不管是他、還是克里斯特，都沒給認出來，警方也還沒找到那輛車。警方截至目前還在搜索那輛大型綠色雪佛蘭，但他沒有把車藏得很隱密，所以警方一定很快就會找到。

讀完報紙之後，他呆坐很久，試著釐清思緒。本來已經開始遠離的恐懼感，這會兒又回來了。他努力讓自己平靜、清晰地思考。

他的罪行不過是幾樁竊盜案和一樁竊車案。開槍的不是他，就算他被逮到，他們也得證明槍是他開的。他的刑責不可能那麼重。而且直到目前，機運是還站在他這邊。只要保持冷靜，他還是有機會逃得掉。

一會兒過後，他把報紙揉成一團，丟進水溝，繼續上路。他已經決定好該怎麼做了。

他在一家百貨公司買了兩個舊式車牌。他把車開出城，在一條穿越樹林的小路上，將這兩張車牌組合在一起，接著取下車後頭的牌照，埋進林子裡。他將假牌照栓上去，而後直奔索德拉來。

他把車子停在父母家的車庫。要是運氣好，他可以將車留在那兒幾天。他的父親是個旅行業務員，經常開車出門，一去就是好幾天。

運氣不錯。他母親在家，但父親要到週末才會回來。他告訴母親，說車是跟朋友借來的。

她很高興見到兒子，更高興他說他想在家裡待幾天。

她準備了他最愛的洋蔥牛排、薯條，以及加了香草醬的蘋果蛋糕作為晚餐。

他早早就在父親的床上睡下。朦朧入睡之際，他覺得比較安全了。

21.

十一月二十一號早上，葛斯塔．波爾倫在馬爾摩綜合醫院的隔離病房裡過世。他送抵醫院的時間太遲，搶救回來的機會就跟在地獄裡看見雪球一樣小。

但是多虧了先進精確的外科手術，艾米爾．耶羅夫森和大衛．海克特活了下來。他們得到的是迅速、頂級的醫療照顧，並且被視為特權階級來對待。

當然了，他們兩個情況都很糟。尤其是耶羅夫森，一顆子彈射穿肝臟，另一顆則卡在胰腺附近。不過，打從不幸的詹姆士．加爾菲德*的時代以來，外科手術已經進步許多。醫生對自己的專業很在行，即使他們總是超時工作、長年處在筋疲力竭的狀態。

無論是星期一還是星期二，耶羅夫森和海克特的狀況都還不可能接受詢問。波爾倫則是一問三不知，他甚至不知道自己就快死了。

* 加爾菲德（James Garfield），美國第二十任總統，在就職四個月後遭刺殺身亡。他受到槍擊後，因當時醫學不夠進步，醫生找不到子彈，拖了兩個多月終於死亡。

「戰略與調度」那方面的進展，則跟預想中的一模一樣：用於逃亡的車輛還沒找到，遭射殺的歹徒身分依然不明。

星期三凌晨四點左右，波爾倫在嘆出最後一口氣後，結束了他溫和、失敗的漫長警職人生。他不是個壞人，有回他甚至鼓勵耶羅夫森給一個南斯拉夫小孩咳嗽喉糖，也不管這麼做會有什麼後果。

幾個鐘頭後，波爾倫的死訊傳到了警政署。在眾人震驚、哀悼之餘，莫姆立刻與馬爾摩的警察局長以電話進行一長串的對談。說話時署長大人就站在莫姆背後，最後電話線沒有因震動而打結，還真是奇蹟。

警政署想看到的，就是行動。

而這個警政署所謂的「行動」，就是出動一卡車身穿防彈背心、戴著可調式玻璃面罩頭盔的警察。

這也包括了狙擊手、自動步槍、催淚瓦斯彈，以及所有能向軍方拗來的裝備。

對柯柏來說，所謂的「行動」，就是找人說話。

星期一與星期二，柯柏都靜靜地觀察著那一排排遭到一頭熱的警察任意逮捕的年輕人。有些人被捕，只因為他們是地盤上的生面孔，有些則是因為穿著打扮看起來很可疑。

柯柏在警界待得夠久，很清楚你不能只因為某人六個月沒去剪髮修容，就給他貼標籤，當他是殺人犯。更何況到目前為止，就他所知，也沒有什麼謀殺案。

但是波爾倫死後，群情如此激憤，不做點有建設性的事，似乎說不過去。

因此柯柏從高階警官常住的桑克喬根旅館車庫裡取了車，開往馬爾摩綜合醫院。

他想跟耶羅夫森、海克特都談一談。醫生說沒問題，因為他們倆的神志都復原得比預期的更好。

柯柏是個硬漢，但步入病房時還是忍不住吃了一驚。他看了看裴爾．梅森給他的紙條。沒錯，就是這房間。他當然知道自己是在瑞典。

這是一棟建於十九世紀的建築物，病房裡約有三十名男子。其中不少人的情況很糟，因為病房裡迴盪著呻吟及求救的哀嚎。屋內臭不可言，整個場景讓人強烈地想起克里米亞戰爭時的急診室，床鋪之間甚至沒有簾幕或屏障！

一個穿著白袍、表情空茫的女人，一問之下只是清潔婦。當他問她醫生人在何處時，她只是用那雙迷濛的藍眼睛看著他。

「噢，醫生啊，還沒來。」

他接著就再也問不出什麼了。

然而，的確有個醫生在值班——一個皮膚黝黑的男子，襯衫釦子直開到肚臍以下，正坐在職員室裡喝咖啡。問題是他來自阿富汗，有個怎麼唸都唸不出來的名字，又說得一口很適合在蒙古人民共和國當牧羊人的英文。

如果這裡缺醫生——很顯然確實缺乏，那麼護士的不足就更不用說了。

但他還是找到一個。由於人手奇缺，她一個人照管整整兩大間病房，而且已經連續值班十四個鐘頭。但是她沒有顯露出倦容。她是個開朗的金髮女子，大約三十五歲，身形苗條而強壯，雙眼清澈，小腿結實。

身為感官主義者的柯柏，覺得她簡直誘人至極。

要是他年輕個十歲，一定會覺得她有致命的吸引力。但現在只有他老婆能撩撥他了——她有深色頭髮，小麥色肌膚，是他千挑萬選、在智性上與性生活上（這一點同樣重要）都能滿足他的女人。她精緻而秀出，讓他得到莫大的幸福。

葛恩很漂亮。多少讓他想到塔蒂雅娜・珊繆洛娃*，那是他最喜歡的電影明星。他很少看電影，卻從沒錯過她的任何一部片子。

但他還是覺得葛恩比塔蒂雅娜・珊繆洛娃漂亮，而且是漂亮許多。

他愛她，她就是他的生命。她——還有孩子們。波荻才六歲，很快就要上學了，尤書亞三歲，都是好孩子。

今天一早，他才在旅館房間的鏡子前打量過全裸的、全部的自己。如果說葛恩漂亮，那他自己則是相對肥垮許多。他可不喜歡這樣。

他看著病房護士。她怎能看起來這麼清新健康？有兩大間病房要打理呢！她看來神情愉悅，顯然熱愛自己的工作。

超過五十名的患者，其中多人病重，有些甚至就快死了。

在一家慘不忍睹的醫院裡。

他出示自己的證件。

「你找錯地方了，」她說，「他們住的不是這種病房，而是舊式的私人病房。一共有四間，兩個人住一間。兩位警察住的是二號房。」

「謝謝。」

「重傷患都住那兒。」

「還得是特殊的特權階級吧？」

＊珊繆洛娃（Taryana Samoilova），俄羅斯女星，被喻為俄羅斯的奧黛麗．赫本。

「嗯，可以這麼說。」

他盯著她的小腿和膝蓋，他忍不住。她在白色外袍底下穿著胸罩。

「如果你想跟他們說話，那沒問題，」她說，「不過別太久。耶羅夫森情況最糟，但我認為海克特臥床的時間會比較長。」

「我會長話短說。」

「是外科主任親自操的刀。四個手術連著做，不然根本救不回來。至少耶羅夫森不行。」

病房裡的狀況顯示警方沒有忘記受傷的同伴。房裡擺滿花、巧克力、水果，還有一台收音機和彩色電視。

兩名警察之中，海克特看來靈活一些，即使他的左臂和雙腿都插著管線。耶羅夫森則是同時插了四管靜脈點滴。一條在輸血，另外三條顏色則各不相同。他是個高大粗壯的男子，五官粗礪。也許是因為身體狀況之故，表情看起來頗為遲鈍。

柯柏自我介紹。他覺得似乎曾在哪裡見過耶羅夫森。海克特他素未謀面，不過他看起來就是時下典型的年輕警察——要是外觀真的可以用「典型」來形容。

他覺得自己應該略表慰問之意，即使可想見這地區的每一個人，上至警察局長，下至巡警，全都已經來致意過了。

「像這樣躺在醫院，還真倒楣。」他悶悶地說。

「算我們命不該絕。」海克特說。

這傢伙說不定信教信得很虔誠。

「開槍射你的那個人——死了。」

「是啊。想想看，我打到了他。」海克特說，「我的意思是，我的確挨了兩顆子彈，耶羅夫森警官就倒在我的射擊線上，而且天色又那麼暗！」

「但我們還沒逮到另一個。」柯柏說，「你有看到他長什麼樣子嗎？」

「就像海克特警官說的，那時候天還沒亮。」耶羅夫森說。

「但你看到他了？」

「我沒看清楚，」海克特說，「耶羅夫森警官擋在我和他的中間，而我又把大部分精神放在另一個傢伙身上。但我記得他是淺色頭髮。」

「我們沒什麼工夫左顧右盼，」耶羅夫森說，「不過他是個孩子。我的意思是，他最多不超過二十歲，而且他留著金色長髮。」

「他有說些什麼嗎？」

「我聽到耶羅夫森警官跟他們說話，」海克特說，「但我沒聽到他們的回答。」

「他們兩個都沒說多少，」耶羅夫森說道，「只有那個高個子講了幾句。我認為另一個沒講過半個字。」

「那個高個子說他什麼也沒做。」海克特說道，「現在我想起來了。我說他們行車時沒開燈，接著他就說他什麼也沒做。」

「沒錯。」耶羅夫森說，「海克特警官說他們沒開車前燈違規了，他就說他們什麼也沒做。」

「就只說了這些？」

「不，」耶羅夫森說道，「開槍之後，那個高個子又說了『上車』，還是什麼的，還有一個姓。」

「你記得那個姓嗎？」

「等等，我想想看。是個挺怪的姓氏。K開頭的，還是C？克勞斯，也許？」

「那不怎麼怪啊。」

「不，是個比這更怪的姓。等我再想想……」

「慢慢想，」柯柏說，「總會想出來。」

「我沒聽到什麼姓。」海克特說。

「我們也還沒找到那輛車。」柯柏說。

「他們用無線電通話時給錯了描述。」海克特說，「他們說是克萊斯勒，但我確定那是一輛老式的雪佛蘭。」

「你怎麼知道？」耶羅夫森問。

「我對車子很在行。」海克特說，「無線電說那是一輛藍色的克萊斯勒，但我百分之百確定它是雪佛蘭，而且是綠色的。還有，牌照號碼也錯了。」

「哦，都是那樣，」耶羅夫森說道，「他們說錯了。但我記不清楚他們在無線電裡到底說了什麼。」

「我記得。」海克特說，「他們說那是一輛牌照老舊的改裝車，這部分倒是沒錯，可是從這以後就通通不對了。」

「非常典型啊。」耶羅夫森的呼吸沉重。

「很痛嗎？」柯柏同情地問。

「嗯，有時真痛得跟見鬼一樣。」

柯柏轉向海克特。

「你說他們的描述完全錯誤。」他說，「我們截至目前已經知道了車型和顏色，還有別的嗎？」

「有啊。他們說車裡有兩個女孩，一名男子。但車上其實就只有兩個男人，根本沒有女孩。」

「我想起來了。」耶羅夫森突然說，「是卡斯帕。」

「卡斯帕？」

「對。開槍射我的那傢伙說的是『上車，卡斯帕。』他的姓是卡斯帕。」

「你確定嗎？」

「嗯，絕對沒錯，我說過那是一個怪姓，卡斯帕這個姓氏就很怪。我從沒碰過任何姓卡斯帕的人。」

「我也沒有。」柯柏說。

「還有牌照。」海克特說，「他們說那是個A牌照，你知道，也就是斯德哥爾摩的舊牌照。他們還說，號碼裡有三個六。但那是不對的，因為那輛車是個B牌照，號碼以兩個七為開頭。還有一些其他號碼，可能還有一個七。」

「我對這些都沒概念。」耶羅夫森說。

「這很重要，」柯柏說道，「你說那是一輛綠色的雪佛蘭，註冊地是斯德哥爾摩，牌照上有兩到三個七？」

「對，這部分你大可相信我。」海克特說，「我一向會盡量留意四周狀況。」

「沒錯，」耶羅夫森說，「海克特警官總是在執勤狀態中。」

「那麼這個卡斯帕穿的是什麼？」

「暗色的夾克和牛仔褲。」海克特說，「擋風夾克。淺色頭髮的小個子男孩，長髮，如他所說。」

「他們全都這麼穿。」耶羅夫森說。

一個實習護士推著一輛滿載試管的推車進來。她在耶羅夫森身上忙個不停，柯柏移開身子，以免妨礙到她。

「你還有辦法再撐幾個問題嗎？」

「當然。」海克特說道，「我完全沒問題。你想知道什麼？」

「我一直在想，到底發生什麼事。好，你們攔下那輛車，然後下車。關於車型、顏色與車號，那時你們心裡已經有譜。」

「對。」

「車裡那兩個人做了什麼？」

「他們也下了車。艾米爾——就是耶羅夫森警官——用手電筒照了照後座。他接著抓住最靠近我們的那一個。然後對方就開槍了。」

「你當下就受傷了嗎？」

「幾乎。我想耶羅夫森警官先被擊中，不過一切發生得很快——緊接著我也中了彈。」

「但你還是有時間拔出你的左輪手槍？」

「槍那時已經在我手上。」

「你是說，你下車那時，槍已經握在手上？」

「對。那時我想必是感覺到了什麼徵兆。」

「你認為，車裡那兩個人看得到你手上的槍嗎？」

「那是一定的。只不過槍膛裡沒裝子彈——我是說，那會違反規則條例等等一大堆有的沒的。我得先裝彈才有辦法反擊。」

柯柏瞄了耶羅夫森一眼。他已經越來越迷茫了。技術鑑定顯示，耶羅夫森和波爾倫的子彈都上了膛，但兩個人都沒開槍。耶羅夫森甚至連槍套都沒解開。

「對了，」海克特說道，「據說葛斯塔・波爾倫死了，真的嗎？」

「是真的。」柯柏說，「今天凌晨，就在這家醫院。不過他住在別間病房。」

「太慘了。」海克特說。

柯柏點點頭。

「沒錯，真的很糟糕。」

「事發當時我壓根兒沒見到他人。」海克特說，「他在我背後。他一定是第一個被射中的。」

「我有看到他。」耶羅夫森沉重地說，「他是在你打到那個暴徒之後爬過來的。是他去求救的，幫我急救的也是他。我看得出他那時就受了傷。葛斯塔死了嗎？」

柯柏看得出來耶羅夫森就快要昏死過去。但他還有幾個問題想問。

「他們兩個都對你開槍嗎？」

「事情剛發生時，我認定他們兩個都在對我開槍，因為我身後有人鳴槍。但我現在知道，開槍的一定是大衛——也就是海克特警官。」

柯柏轉向海克特。

「你怎麼說？」

「我所知道的就是，我跟艾米爾倒在地上時，那個黑黑的高個兒朝我們開槍，然後我反擊回射。之後我就什麼都不記得了。不過艾米爾那時還醒著。」

「沒錯。」耶羅夫森的語氣虛弱，「我看到射我的那傢伙雙手一拋，接著就蹌倒了。我聽到倒車聲，接著就暈了過去。」

「所以你倆都沒感覺到那個金髮小子對你們開槍。說不定，他根本就沒有槍？」

「沒有，」海克特說，「我沒看到他拿槍。」

耶羅夫森沒有回答，看來已經昏了過去。

柯柏看著海克特。他有個問題想問，但沒有說出口。

你常常有那種警兆嗎？那種讓你先拔槍、再問問題的警兆？

但他沒有開口問，時機似乎不太對。

「那麼，再會啦，小子們。趕快好起來。」

在出去的路上，他想找到駐院醫生。

「他正在動手術。」護士說。

「那麼那個叫阿克蘭……什麼的醫生呢？」

「阿茲坦茲坎紮克斯基，」她說，「他也在動手術。你想知道什麼？」

「我覺得耶羅夫森的狀態很糟。」

「他很虛弱，」她說，「但已經脫離險境。他們都會沒事的，不過……」

「什麼？」

「傷勢的確很嚴重，說不定他們倆都沒辦法完全康復。」她說。

柯柏搖搖頭。

「太糟了！」他說。

「總之我們會盡力，往好處想吧。」她說。

「也只能這樣了。」柯柏說，「再見。」

他這次探訪頗有助益，同時也讓他想了許多。

在馬爾摩的警局裡，裴爾・梅森咬斷了口中一直在嚼的牙籤，將碎渣丟進字紙簍裡。

「太帥了！這表示我們的全國搜索網花了三天，都在找一輛錯誤的車。車型錯了，顏色錯了，發照地錯了，連牌照號碼也錯了。還有沒有更糟的？」

「波爾倫是怎麼死的？」柯柏問。

「因為參與槍擊案而被殺，」梅森莊重地說，「報告上會這麼寫。」

他從胸前的口袋裡取出一根新牙籤，慢慢剝下包裝的玻璃紙。

「我剛剛將這話寫在紙上，以確保不會產生任何誤解。」

他將那張紙遞給柯柏。

葛斯塔·波爾倫警官，三十七歲，由於參與石南社區一樁警察與兩名武裝男子之間的槍擊事件而受傷，逝於今晨。另外兩名警察在同一場槍戰裡身受重傷，但目前狀況堪稱良好。

柯柏將紙放回桌上。

「他到底是怎麼死的？」

梅森以一種深不可測的表情看著窗外。

「他被虎頭蜂螫了。」他說。

22.

梅森和柯柏的日子都不好過。星期三的整個下午，莫姆就像獵鷹一樣死盯著他們。唯一教人能喘口氣的是，這位戰略調度的指揮者留在斯德哥爾摩，只能以電話騷擾他的部屬。

有沒有什麼進展？

找到車了沒？

確認殺手的身分了嗎？

另一名暴徒是誰？

然後，當然，還有那個最高高在上的問題——

你們怎麼毫無動作？

接到那通電話的是梅森。不過他沒被對方給撂倒。

「哦，我們——現在正在做很多事啊。」

柯柏越過桌子，欣賞著他的沉著冷靜。莫姆在他耳邊嘰喳個不停，梅森只是鎮定地繼續嚼著牙籤。

「我們終於有了一些進展。」梅森說。

過了一會兒。

「不，我不會這麼做。最好有個人居中調度，某個能掌控一切的人……是，我們會跟你報告。」

梅森掛了電話。

「他威脅說要過來，如果那班該死的飛機真的起飛，那麼他兩個小時內就會到達。」

「噢，別啊，」柯柏大為沮喪，「什麼事都比這個好！」

「我不認為他真的會來。」梅森說道，「反正事情也快有突破了。而且他也不喜歡搭飛機。我好多年前就發現到這一點。」

梅森是對的。莫姆沒出現，而且，他們在星期四早上的確也有所突破。

在經人推薦說是價格不貴的某家餐廳吃了一頓難以下嚥的晚餐之後，柯柏睡得很糟糕。醒來時，他滿懷妒意地想到馬丁・貝克，想到他也許在安得斯勒夫的旅館裡吃了什麼豪華大餐，現在正跟郝萊坐在一起，思索席布麗・莫德的案子。

但之後柯柏在旅館裡吃了雙份火腿和蛋，因此當他推開警局的銅門、辛苦爬上二樓去見梅森，聽取最新消息時，心情已經好多了。他已看到早報上頭條標題：員警死亡。

「早，」梅森說，「我不想在你的早餐時間打擾你。不過，我們知道射傷海克特和耶羅夫森的傢伙是誰了。」

「誰？」

「克里斯特．波森。指紋中心終於找到了正確的檔案。他們怪罪電腦出狀況，跟往常一樣。」

電腦出狀況。柯柏嘆了口氣。自從警力中央化之後，他的生活就充滿這一類的災難。

「最重要的是我們找到了那輛車。車就停在維林哲附近一處農莊旁的老屋後頭。農夫說上週六那部車就停在那裡了，但他以為那是有人丟棄在那裡的破爛。當然，他讀了報紙上的描述，那又怎樣？那顏色是錯的，號碼是錯的，連車型也是錯的。班尼已經過去處理了。把車拖回來不會花太多時間。」

「嗯。」柯柏說。

這個國家到處堆著被人丟棄的車，這是目前擺脫廢車最便宜、也最簡單的辦法。

「關於這個克里斯特．波森，你知道什麼？」

「知道的還不少。他最近才剛出獄。不過才二十四歲，就已經有一大堆前科。他是瑞典中部人，但在這裡顯然已經有一段時間。」

「現在他死了。」

「嗯，是啊，海克特射殺了他。這有個術語叫『自衛』。截至目前，我們所知的就這些。這裡有份精神科醫生的報告，說他是精神病患什麼的……」

梅森看著眼前那份報告。

「對啦，」他說，「有反社會傾向，反叛這個社會。他沒受什麼教育，沒做過任何工作。不過，雖然他曾有持有槍械的記錄，倒是沒有暴力的前科。我猜他只是想讓自己看起來很悍吧。他也有毒癮。」

柯柏嘆了口氣。在所謂的社會福利國家，這類人已經非常普遍，現在想追查單獨的個案，根本不可能。更糟的是，沒有人知道該拿他們怎麼辦。警察能做的也只是往這些人頭上敲幾記警棍，再在派出所裡給他們吃點排頭罷了。

「我真懷疑，海克特要是沒拿著槍朝他亂晃，這小子是否還會開槍。」

「你說什麼？」

「沒什麼，我只是想得很大聲而已。」

「我聽到你說的了。」短暫沉默之後，梅森說，「我自己也有同樣的懷疑。但我已經不再去想這種事了。反正我們永遠也不會知道。」

「你對任何人開過槍嗎？」

梅森看著自己剛剛咬碎的牙籤，發出幾聲輕笑。

「開過，」他說，「一次，對象是一頭母牛。牠從屠宰場逃出來，晃進城裡。那是還看得到有軌電車的年代，那可憐的小傢伙在克雷格托爾橋上攻擊運煤車，一場標準的鬥牛。」

「唔。」

「好久以前了，」梅森說，「而且是特殊狀況。我一直很遺憾自己的軍刀不在手邊。我真的可以好好當個鬥牛士的。」

「我可從來沒對牛開過槍。」柯柏說。

「那你也沒錯失什麼。」梅森說，「牠就躺在大街中央，一面流血，一面盯著我瞧。不，我從此再也不帶槍了。當然，現在槍還是在抽屜裡。」

他踢了踢桌子。

「我不太相信開槍這種事，」他說，「你想聽的就是這個吧？總之，我的眼力也不行了。」

柯柏沉默不語。

「幾年前我遇過一樁很有趣的案子，」梅森說，「是我還自認有機會成為督察那時候的事，所以當時我去了一趟英格蘭學習之旅。不是倫敦，而是一個叫柳頓的地方。一天晚上，我的搭檔遇到一個相當難搞的案子。有個瘋子闖進他前妻住處，恐嚇她，外加一連串的恐怖行為。他一手拿著槍，另一手則握著一把武士刀。」

「然後呢？」

「嗯，兩名警員，一般警察，打算進屋去逮人。但他抓狂，刀子亂揮亂砍，一名警察的手被砍傷。他接著朝空中射了幾槍。總之，猜猜後來他們做了什麼？」

「什麼？」

「他們又找來兩名警察，從警局帶來一張大網，接著他們把網朝那傢伙身上撒去，好像他是某種正在表演的熊。一張網！這個點子怎麼樣？」

「的確不壞。」柯柏說。

「我一度動念想將它寫下來，發表在《瑞典警察日報》上。」梅森說，「但我覺得斯德哥爾摩那些大老會把頭都給笑掉，因此可能不會刊出文章。」

「我們對這個叫卡斯帕的仍然一無所知。」柯柏說。

「的確。不過我們有幾個還不錯的方向。首先，我們可以跟克里斯特・波森的朋友談談，如果他們肯談的話。這年頭，有些小子還挺好玩的。」

「如果你自己出馬跟他們談，可就不好玩了。」柯柏說。

「其次，我們應該可以在那輛車裡找到他的指紋，或是其他線索。」

梅森的手指在桌上輕敲。

「這個克里斯特．波森來自斯德哥爾摩，」他說，「很典型。那邊的情況變得很糟糕，糟到連壞蛋都不敢留下。所以，他們全跑到這裡來惹麻煩。」

梅森話中有話，但柯柏只是意思意思地聳了一下肩膀。

就在此時，電話響了。

梅森慷慨大度地朝著電話一揮。

「千萬別客氣，」他說，「這一次輪到你來接了。」

柯柏扮了個淒慘的鬼臉，拿起話筒。

但這回打來的人不是莫姆，而是班尼．史卡基。

「嗨，我還在維林哲等吊車，看樣子這車是沒油了。應該就是這輛沒錯，贓物都還在車裡。」

「嘿，可別亂摸亂弄留下一堆沒必要的指紋。」柯柏說。

「不會的，」史卡基說，「放心，我不會。不過，我覺得有件事也許你會想知道。」

無論何時，史卡基跟柯柏說話總有一點缺乏自信。他們有一些史卡基寧可忘掉的共事經驗。

「說啊，班尼，」柯柏問道，「什麼事？」

「這個嘛……維林哲雖然位在馬爾摩地區，但還是那種幾乎每個人都認得其他人的小鎮。」

「你發現了什麼？」

「這裡有個人的車被偷了，就在星期天。他好像一直到昨天才報案。報案的是他太太。」

「幹得好，班尼！」柯柏說，「把牌照號碼和其他資訊全告訴我，我們好把描述發出去。」

柯柏寫下細節，用電報將訊息發送出去。

「所有線索全都完整湊在一起了。」梅森說。

「唔，」柯柏說，「開始湊在一起了。」

「沒錯，」梅森說，「克里斯特·波森和這個卡斯帕共同犯案。有人看見他們闖進民宅。巡邏隊員耶羅夫森，波爾倫和海克特正好在那附近，他們攔住小偷搭乘的車。克里斯特·波森射傷了海克特和耶羅夫森，不過海克特拿出他的左輪槍……」

「拿著他的左輪槍。」柯柏說。

「好吧，拿著他的左輪槍。不管怎麼說，他殺了克里斯特·波森。卡斯帕嚇得跳上車逃跑。他越過哈維克斯岬的橋——那是唯一難搞的地點，過了之後就可以躲進鄉間小路。那種地方我們沒辦法一一攔阻，更別提有效監管。」

柯柏對斯堪尼不熟，不過他知道石南社區位在被法斯特波運河橫切過去的岬角上，河上只有一座橋。

「他有可能在第一梯車隊抵達前離開嗎？」

「很容易啊。只要一、兩分鐘就到得了那座橋。石南社區就在運河旁。不過，你也可以想像，當天早上的情況有點混淆。那個地區布滿我們的人，但絕大多數是以一百一十哩的時速，從馬爾摩經由高速公路飛馳過去。除此之外，我們還有兩輛車拋錨。總而言之，我們的朋友卡斯帕想辦法到了維林哲。然後，他的汽油用光了，於是他駛離道路，偷了另一輛車，跑了。」

「去哪兒？」

「可能——能跑多遠就跑多遠吧。那小子不可能還在這片狹窄的樹林裡。不過現在我們已經有了那輛新車的資料，一定會找到他。」

「沒錯。」

柯柏說，他心裡想著一些其他的事。

「除非車主給了錯誤的牌照號碼、錯誤的車型以及不對的顏色。」梅森說。

「我希望你回答我一個問題，」柯柏說，「即使那可能有違你的意願。不是我故意要質疑官方說法，只是為了我自己。我想確確實實知道事情的真相。」

「不必顧慮我。」梅森說。

「波爾倫到底發生什麼事？」

「我想我知道，但那只是我個人的猜測。」梅森說。

「你怎麼看？」

「我認為，他們攔下嫌犯的車時，波爾倫在後座睡著了。等他下了車，事情已經以極快的速度在進行。克里斯特・波森，可能還有卡斯帕這小子正在開槍，接著是海克特還擊……結果我們都知道了。第一聲槍聲才響起，波爾倫立刻就地掩護──也就是他跳進了溝裡。顯然他正好跌坐在一個蜂窩上，而一隻虎頭蜂又螫進他的頸動脈。星期天他還想去值班，但因為病得太嚴重只能回家。星期一他就進了醫院。他在這之前已經失去知覺，而且一直沒醒來。」

「意外事故。」柯柏低聲咕噥。

「對，但並非單一事故。我確信這種事以前也有過。」

「他去醫院之前，你跟他說過話嗎？」

「說過，其實他什麼都不知道。他們攔下一輛車，但他不知道為什麼。接著一個嫌犯就開火了，所以他就地掩蔽。他嚇到了，我猜。」

「除了卡斯帕之外，我已經聽過所有涉及這案子的人所說的話。但是沒有任何人指明這個卡斯帕開槍打了誰、做出什麼暴力行為，反而事到如今還堅稱波爾倫是遭人謀殺而死，這種虛偽真是讓我震驚。」

「事實上，沒有人這麼說啊。我們說的不過是他因為『在一樁對擊事件中受傷』而死。從某個層面來說，這的確是事實。你想表達的究竟是什麼？」梅森憂慮地看了柯柏一眼。

「我在想我們正在追捕的這個男孩。我們截至目前都還不知道他是誰，不過很快就會找出來。他是一場龐大搜捕行動的目標，這任誰碰到都會嚇破膽。但這小子僅有的犯行，很可能只是參與了一樁闖入空置夏屋的竊案罷了。我不喜歡這樣。」

「我有同感。不過我們這行本來就沒有多少讓人喜歡的地方。」梅森說。

就在這時，電話響了。

是莫姆打來的。

怎麼樣？你們做了什麼？

柯柏將話筒遞給梅森。

「他的消息比較齊全。」他撒謊道。

梅森逐條報告，冷靜得跟冰一樣。

「他說了什麼？」通話結束後，柯柏問道。

「太好了，」梅森說，「他就這麼說，還補了一句『全部船隻盡速待命』。」

全部船隻盡速待命。

一個鐘頭後，班尼・史卡基帶著那輛惡名昭彰的車回來了。

指紋專家忙完之後，檢查工作就要上陣了。

「好大一堆，」梅森說，「全是他們的戰利品吧——一台舊電視，幾張小地毯，一個可笑的雕像還是什麼的。幾瓶酒。爛畫。還有一些從小豬撲滿裡弄來的五克朗硬幣。」

「最後造成兩個人死亡，還有兩個在住院，搞不好這輩子都得跛著走路。」

「沒錯，真是無謂的傷亡。」梅森說。

「我們只能努力別再讓這種事發生。」柯柏說。

他們再度檢查那輛老雪佛蘭，比上回更仔細。他們兩個都受過相關訓練，尤其梅森簡直可以封為搜查專家，找得到其他人找不到的東西。

發現那東西的就是他。

那是一張薄紙片，摺了好幾疊，就掉在副駕駛座的座墊後方。墊襯已經破了，那張小小的紙片便給擠在填料之間。柯柏確信他自己根本不可能發現。

不過，他倒是在手套箱裡找到兩張風景明信片。兩張都是寫給克里斯特．波森的，地址是馬爾摩的史丁博克街。看來是兩個不同的女孩子所寫。訊息本身沒什麼看頭。這明信片做為線索，二十四小時前倒還可能比較有意思。但現在，就連地址也都不是什麼新消息了，警方早已透過社會福利機構得知。

他們帶著找到的東西回到梅森的辦公室。

柯柏攤開那張小紙片，梅森則取出他的放大鏡。

「那是什麼？」柯柏問。

「一張丹麥銀行的匯兌單，」梅森說，「應該是存根。這就是那種你要嘛丟掉、要嘛會折起來塞在口袋的東西。然後當你掏出手帕來擤鼻涕時，就把它給搞丟了。」

「這得簽字吧，簽上姓名？」

「有時要簽，有時不用，得看銀行的規矩。這一張是簽了的。」梅森說。

「天哪，這什麼鬼字！」柯柏說道。

「這年頭很多小孩都這樣寫字的。他到底寫了什麼？」

「我猜是『朗尼』。」

「還有一個C開頭的字，然後是個ａ，接著就是一條蚯蚓了。」

「可能是朗尼・卡斯帕森，」梅森說，「或是某個相似的名字。但只是猜測。」

「不管怎麼看，『朗尼』是不成問題的。」

「咱們得去查查，是不是有個叫朗尼・卡斯帕森的人。」梅森說。

史卡基走了進來，將重心從一腳換到另一腳，換了好一會兒。柯柏抬眼看他。

「你可以把那習慣給丟了，班尼，過去的就讓它過去。如果我們要共事，你就不能老是表現得像個剛從餅乾盒裡偷了餅乾的五歲小孩。有什麼事？」

「那個……我們找到幾個認得克里斯特・波森的孩子。一個女生，兩個男生。社會福利局幫我們把人送過來了。我們找到好幾個人，不過好像只有這三個願意跟我們聊一聊。你們有誰想跟他們談談的？」

「好，我很樂意。」柯柏回說。

這些年輕人看來非常普通。這意思是，如果早個七、八年，他們看起來一定不普通。他們都穿著長長的、繡著花紋的皮夾克。男孩們穿著繡花的Levis牛仔褲，女孩則穿著印度或摩洛哥風的拖地長裙。他們全都穿著高跟皮靴，蓄著垂肩長髮。

他們以一種隨時可能爆發成明顯敵意的冷漠態度，無精打采地看著柯柏。

「嗨，」柯柏招呼道，「要不要來點什麼？咖啡，丹麥捲還是什麼的？」

兩名男生含糊地咕噥了些什麼，那女孩則將頭髮從臉上撥開，以一種清晰的語調說道：

「把一堆咖啡和甜白麵包塞進肚子裡對身體很不好。如果你想維持健康，最好只吃幾種買得到的天然食物，而且避開肉類和所有加工食品。」

「是噢。」柯柏說。

他轉向那位菜鳥警察。他站在門口，因為一方面想對這三名年輕人擺出權威專斷的架式，另一方面又想對柯柏展現順從與奉承，以至於神情十分古怪。柯柏說：

「去拿三杯咖啡和丹麥捲過來。」柯柏說，「然後到街角的有機飲食店去買幾根有機胡蘿蔔。」

菜鳥領命而去。男孩們咯咯地笑，女孩則是僵直、沉默而嚴肅地坐著。

那個前途無量的菜鳥帶著咖啡和胡蘿蔔回來時，臉上還微微泛紅。

三名年輕人這下子都不禁咯咯笑了，柯柏自己也快忍不住發笑。不幸的是，不笑遠比微笑容易。

「嗯，你們願意過來真是太好了，」柯柏說，「我想你們都知道，這一趟是為了什麼吧。」

「克里斯特。」其中一個男孩說。

「沒錯。」

「克里斯特基本上不是壞人，」女孩說，「但他被這個社會給毀了，因此恨它。現在，條子還把他殺了。」

「他也射傷了兩名警察。」柯柏指出。

「沒錯。我一點也不意外。」女孩說。

「為什麼？」

好長一段沉默之後，其中一個男孩回道。

「他經常都帶著武器。彈簧刀、槍，還是什麼的。克里斯特說，這年頭你總得帶點什麼在身上。他有點不顧一切。」

「我的工作就是坐在這裡調查這一類的事件，」柯柏說，「這種差事很可厭，而且吃力不討好。」

「而我們那極端可厭、而且吃力不討好的差事，就是接管這個腐壞的社會，讓它好歹變得又能住人。」女孩說道，「我們可從沒幫著破壞它。」

「克里斯特不喜歡警察嗎？」柯柏問。

「我們都討厭警察。」女孩說，「為什麼不討厭？警察也討厭我們啊。」

「沒錯，他們真的很討厭我們。」一個男孩說，「到哪裡他們都不肯放手別來吵我們，什麼事都不讓我們做。你只要在長凳或草地上坐下來，條子就會出現，囉嗦一堆有的沒的。一旦給他們逮到機會，就把我們操個半死。」

「或是把我們恥笑一頓。」女孩說，「那樣更壞。」

「你們見過跟克里斯特一起去石南社區的傢伙嗎？」

「見過。卡斯帕。」一直沒說話的男孩開口，「我跟他聊過幾句。然後啤酒沒了，所以我就走了。」

「他長得什麼樣？」

「挺好的人，我想。愛好和平，就跟我們這群人一樣。」

「你知道別人稱他為卡斯帕？」

「知道啊。不過我想他的真名應該是別的。他好像提過一個像是洛賓、還是朗尼什麼的。」

「你怎麼看？對於這件事？」

「那很典型嘛，」第一個男孩說，「都是這樣。大家都討厭我們，尤其是條子。然後，我們之中要是有誰終於走投無路，反擊了，嗯，結果就是那樣。真不懂為什麼沒有更多人帶刀帶槍。我們幹嘛總是挨打的那一方？」

柯柏沉思了一會。

「如果你有機會做你想做的事，你會做什麼？」他問。

「當太空人，立刻飛向沒人看得到我的宇宙。」第一個男孩說。

但女孩認真地思考著這個問題。

「我會搬到農莊，過正常、健康的生活，養一堆動物和小孩，保護他們不受污染，順利長大成為健全的人。」

「我可以在你的園子裡種點大麻嗎？」第二個男孩問。

這之後就沒有什麼好玩的對話了。柯柏很快地回到梅森和史卡基那裡。

他們有了些許進展。

的確有個叫朗尼・卡斯帕森的人。

此人曾經入獄一次，他的指紋遍布在這輛車的方向盤和儀表板上。

更重要的是，卡翠虹附近有個機警的加油站站長，曾經為星期天在維林哲遭竊的那輛車加過油。站長記得那名駕駛有一頭金色長髮，拿五克朗硬幣付帳。這位站長觀察入微到簡直不正常。

他甚至記得牌照號碼！柯柏問他這種能力是怎麼來的。

「我會把所有的牌照號碼都抄下來。這是我的老習慣。有沒有獎賞呀？」

「有。下回我經過的時候，會去你那兒加油。」柯柏說道，「不過，要是我戴上假鬍子，掛上假牌照，你可別覺得意外。」

他們在星期五之前就知道了所有關於朗尼・卡斯帕森的事。他雙親住在哪裡，他最後一次出現是何時，往哪個方向走（北方），甚至還有他的社會保險號碼。

這些新訊息將調查行動遠遠拉離馬爾摩轄區。

弒警犯的獵捕行動，將移轉到這個國家的其他地區繼續進行。

「馬爾摩特勤小組解散了，」莫姆一派軍事作風說，「立刻前來斯德哥爾摩向我報到。」

「門兒都沒有。」柯柏說。

「什麼？」

「噢，沒什麼。」

打包完畢去開車的時候，柯柏覺得自己真的受夠了。

23.

星期三傍晚，朗尼・卡斯帕森得知，在石南社區那場戲劇性的槍擊事件中受傷的一位員警已傷重過世。

「石南社區那場戲劇性的槍擊事件」，新聞女主播正是這麼說的。

他正坐在沙發上跟他媽媽一起看電視，聽到他們唸出對他的形容：「這個全國通緝的男子年約二十，身高低於常人，蓄著長金髮，最後一次被人看到時，身穿牛仔褲和暗色的擋風夾克。」

他斜眼看著母親。她正忙著打毛線，雙眉緊皺，嘴唇動著，也許是在數針。

電視上的描述不甚詳細，也不夠正確。他才剛過十九歲生日，但就他的經驗，大家通常會認為他才十六、十七歲。而且當天他穿的是一件黑色皮夾克。此外，昨晚在他假意的抵抗下，他媽媽也把他的頭髮給剪短了。

新聞播報員還說到他開的是一輛淺綠色的雪佛蘭，車牌上有三個七。

奇怪的是，他們居然沒找到那輛車。他沒有刻意把車藏起來，警方應該很快就會找到車。

「媽，我明天走。」他說。

她抬起頭。

「可是，朗尼，你不能等到爸爸回來嗎？要是他知道你回來過、又走掉，而且沒跟你見到面，他會很不開心。」

「我得去還車。車主明天要用車。不過我很快就會回家。」

他母親嘆了口氣。

「是啦，是啦，每次都這麼說，」她認命地說，「接著就一整年不見人影。」

隔天早上，他開車前往斯德哥爾摩。

他不知道自己要去哪裡。但是，萬一警方查出他的身分，他可不想在家中坐以待斃。在斯德哥爾摩要消失比較容易。

他身上沒多少錢，只有他媽媽給的幾枚五克朗硬幣和兩個十克朗硬幣。油不是問題，他在父母的車庫裡偷剪了一段花園裡用的水管。入夜後，要偷多少就有多少。當然，現在很多人的車子油箱都有上鎖，但只要你不急，總會有辦法弄到手。

住處就比較麻煩了。他有幾個朋友自有住處，他會過去問問能不能跟他們擠個幾天。然而朋友大多都和他差不多，沒地方住。

到達斯德哥爾摩時，天色還早，他在市中心漫無目的地開著車兜轉。他心想，最好趁朋友都還在睡覺、還沒出門時去找他們。

他們住在亨利谷。他開得小心翼翼，不敢有任何違規或引人注目的行為。這部車性能很好，開起來很舒服。

他朋友的公寓門口有一個奇怪的人名。按下門鈴後，有個穿浴袍和拖鞋的人前來開門。她說她幾天前才剛搬進來，不知道前一個房客搬去哪裡了。

卡斯帕不太意外。他來這裡參加過幾次瘋狂的派對，知道房東已經數度威脅要將他們攆走。

他開車回市中心。油剩不多了，他不想將僅剩的一點錢都浪費在汽油上。反正到晚上他就可以免費取得汽油。不過他挺幸運的，在船橋那邊找到免費的停車位。

他站在古斯塔夫三世的雕像旁等著步行的信號燈，同時回過頭看著那輛車。那是去年出廠的車種，還嶄新發亮，車身沒有任何凹痕或刮痕，是很普遍的車款，看起來穩重，像中產階級的用車，完全不引人注目。何況他也換上一塊假車牌，繼續開應該不會有什麼危險。

他在老城裡閒逛，思索下一步該怎麼走。

十四天前，他身上還有一點錢，所以跟幾個朋友跑到哥本哈根。錢花完之後，他又跑去馬爾摩。他在那裡不幸碰到克里斯特。雖然克里斯特現在已經死了，但他還是很難了解到底發生了什麼事。石南社區的那個週日早晨，好像在他生命裡被一把扯掉、跟他毫不相干了。那不像是確實發生在他身上的事，反倒像是他在電影看來，或是由別人那裡聽來的一樣。

他有股必須跟什麼人談一談的強烈欲望。或是跟朋友見個面，回到正常生活，好說服自己一切都沒改變。

然而一切都變了。噢，他以前也曾經避風頭、躲藏過，但不是像現在這樣。這次事情真的嚴重了。他成了全國通力追捕的要犯——電視上是這麼說的。他不能去找朋友。他們常在蛇麻花公園、王樹公園及賽耶廣場鬼混。警察一定會先到那些地點找他。

他餓了，走到商店街一家店裡買麵包捲。一個穿牛仔褲和皮外套的女孩正站在櫃台前，她一手夾著一盒茶，正在付錢。女孩頂著一頭金色短髮。當她轉過身時，卡斯帕發現她比他想像的老很多，至少三十歲了。她藍色的眼珠直直在他臉上探索。霎時，他以為她認出他的身分，肚子因而緊張得絞痛。

「貝克先生還沒回來嗎？」店員在櫃台後面問。

那個眼裡滿是好奇的女人終於把目光移開。

「還沒，但應該快了。」她回答。

她的聲音有些沙啞。她沒再看著卡斯帕，而是逕直走出門外。

「尼爾森太太，謝謝你，」店員在後頭叫道，「再來啊。」

卡斯帕買了麵包捲。但他的胃過了好一陣子才恢復正常，也才吃得下東西。

我快崩潰了，他想，我得振作起來。

他離開老城，穿過閘門廣場、往南方的色德蒙廣場走去。通往地下鐵的入口有兩個芬蘭人站在那裡。這兩個人他稍微認得，也談過幾次話。就在他朝通向他們駐足之處的階梯走去時，他看到兩位巡警走下彼得敏德斯丘。他趕緊轉個方向，朝古特街走去。

他來到市民廣場，停下來看畢雍公園旁一個報攤擺出來的新聞廣告板。一張寫著「警員遇害」，另一張則以粗大的黑字寫著「受傷的員警去世」。他閱讀底下的副標題，一個寫道「全國追捕亡命之徒」，另一份八卦晚報則更簡單扼要——「殺人犯在逃」。

卡斯帕知道這是在說他，但他還是不懂，他們怎會說他是「亡命之徒」及「殺人犯」？

他根本連握都沒握過槍，即使他握著槍，而且身處絕境，他也沒膽子開槍打人。

他整天都沒想到要買報紙，而且現在看到報紙廣告後，更是害怕閱讀報中內容。

他想到那輛綠車，想到裡面全是贓物，而且方向盤上滿是他的指紋……只要他們找到車，就會發現指紋，也就馬上知道該找誰了。

一年半前發生的事情仍然歷歷在目——那是他唯一被捕的一次，他似乎可以看到印泥和蓋手印的紙卡就擺在眼前，十個指頭都要一一畫押……

卡斯帕沒買報紙。他繼續走，一條街踩過另一條，完全不知道自己身在何方，只是絞盡腦汁想著哪裡可以藏身？

他父母的住處是不可能了。警察一發現他的身分，一定會立刻過去。搞不好警方已經知道了。

他為母親感到難過。他真希望自己能親口向她解釋事發經過，說他沒有開槍傷人。要是他能找到藏身處，或許可以給她寫封信。

四點天就黑了，他的情緒開始平靜下來。畢竟，他沒有殺人，這全是誤會一場。他不可能為沒做過的事情而受罰，不是嗎？

卡斯帕覺得冷，皮夾克底下是一件薄薄的套頭襯衣，他那件穿得破破爛爛、洗到褪了色的牛仔褲也不怎麼保暖。而他穿著網球鞋，腳底感覺比腿還冷。他考慮走回停車處。他可以從別人的油箱裡偷點油，開到鄉間，睡在車後座。但他想到三天前在索門湖畔過夜時的那種刺骨冰寒……反正，天還很早。

除了麵包捲之外，他還買了兩條熱狗和一包菸。他還剩十九克朗。

他走進圓環路一間從未去過的糕餅店，點了咖啡和兩份乳酪三明治，在暖氣機旁的桌位坐下。

就在他拿起杯子正要喝第一口咖啡時，他聽到後面有人叫他：

「嘿，這不是卡斯帕嗎！你頭髮怎會剪得這麼短？我都快認不出你了！」

他放下杯子，轉過身來，臉上滿是驚恐。

「別這樣一副超恐怖的樣子好不好！」女孩說，「是我啦，瑪姬。你還記得我吧？」

他當然記得。瑪姬有好幾年都是他最好的朋友的女友。三年前，他來到斯德哥爾摩的第一天就遇到她。她和他的好友六個月前剛分手，他朋友出海跑船之後，卡斯帕就再也沒見過瑪姬。

但她是一個很好的女孩，卡斯帕很喜歡她。

她移過來和他同桌，兩個人聊了一陣子過往時光後，卡斯帕決定向她坦承自己的困境。他把實際的事發經過，詳實地說給她聽。瑪姬讀過報紙，立刻知道他惹出什麼樣的麻煩。

「可憐的卡斯帕，」聽他說完後她嘆道，「怎會搞成這樣！我想我最正確的作法應該是建議你去向警方自首，把實情說給他們聽。可是我又不想這麼做，因為我實在信不過那些爛警察。」

她想了一會兒。卡斯帕靜靜坐著等待。

「你可以住我那兒，」她終於開口，「我在仲夏夜廣場有個房子。我男朋友不會喜歡這樣的安排，不過他自己跟警方也有過節，所以應該能懂。而且，他本質上是個好人。」

卡斯帕的語彙實不足以表達內心的感激與如釋重負之感，但他還是努力表達：

「瑪姬，你實在超棒的，我一直這麼認為。」

瑪姬甚至幫他付了帳，陪他走到船橋那裡去開車。

「你現在這樣可是繳不起罰單的，」她說，「我有錢加油，這點你不用擔心。」

車子由瑪姬駕駛。往仲夏夜廣場的途中，卡斯帕一路放聲高歌。

24.

黑格特．郝萊將拇指和兩根指頭伸到右耳後，拉下帽子蓋住左眼。這讓他看起來像是《湯姆歷險記》中的頑童，一個比人家大上三十五歲的老頑童。

「我們今天要去打隻雉雞回來加菜。不蓋你，我的廚藝一級棒，這是當單身漢的好處。」馬丁．貝克喃喃說著什麼。

他自己是這世上最糟糕的廚子。或許是這樣，才會拖了許久才恢復單身吧？不過，事實或許也未必如此。每當他要做任何家事時，總有手指好像全都變成了拇指的強烈感覺。

「去哪裡打雉雞？你自己有獵場嗎？」

「我有朋友啊，」郝萊說，「我們的關係有點像是定期邀請。你可以拿我的長統靴去穿。還有獵槍——我有兩把。」

郝萊微微一笑，翻動桌上的文件。

「當然啦，除非你認為跟佛基交換意見會更有趣，能讓你神清氣爽。」

馬丁・貝克打了個哆嗦。他跟佛基・班特森的對話已經僵到不行了，就像棋局到最後，棋盤上雙方只各剩一個國王和一個武士。

「我在這裡邊讀到一篇有趣的報導，」郝萊拿起一本外國的警察期刊，「在俄亥俄州的戴騰市，一個大小跟馬爾摩差不多的都市，今年到目前為止已發生一百五十宗謀殺案。照人口比例來算，這比紐約還高出十倍。唯一有可靠的統計數據顯示，狀況比戴騰還糟的是底特律。那些凶殺案中，有七十一起是使用槍枝。這顯然比斯德哥爾摩還糟糕。」

「有提到他們有多少搶劫及攻擊事件嗎？」

「沒有。拿那個數據跟特樂柏相比，我們就只發生一樁謀殺案，這已經很不得了。」

「就這麼一樁，」馬丁・貝克說，「也足以影響我的睡眠了。昨晚我又夢到班特森。」

「班特森？你夢到席布麗還比較正常一點吧。」

郝萊面對的是一個影響馬丁・貝克和許多警察的心理現象。通常，馬丁・貝克能完全不動聲色地檢查遭人殺害、甚至分屍的屍體，即使心裡不太舒服，回家後也能像脫掉舊外套一樣，將之擱置一旁。但是，當他覺得有什麼不對勁，例如席布麗・莫德跟佛基・班特森的事，兇嫌被人未審先判，又無法為自己辯護，簡直就像被處以私刑，他便會痛苦不堪。

「今天化驗室送來另一個化驗結果，」郝萊說，「是我在犯罪現場調查時，在屍體附近找到的那塊破布。老實說，我早就忘了這件事。」他大笑起來。

「他們發現什麼？」

「他們做了一大堆測試，」郝萊說，「報告在這裡。它含有棉纖維、小石子、土、黏土、油脂、汽油，還有鎳屑。其中小石子跟泥土的成分，與發現席布麗屍體的那個泥坑相同，但和我撿到的地點的泥土成分就很不一樣了。因此，我們可以進一步假設，假定這個殺害席布麗的人拿了這塊布去擦他的長筒靴。雖然只是假設，但他一定是穿長筒靴。」

「鎳屑……」馬丁．貝克沉吟，「這一點很特別。」

「對，我也這麼想。總之，這樣的證據絕對無法將佛基．班特森跟這件案子扯上關係。」

但佛基．班特森還是會被起訴，馬丁．貝克心想，除非……

「好，不說了。走吧，打獵去。」郝萊說。

馬丁．貝克從來沒打過獵。因此，這對他是很奇特的體驗。他穿著牛仔褲、粗呢上衣，戴著一頂艾維特．姚韓森的太太織的毛線帽，腳蹬郝萊的長筒靴，與郝萊併肩而行，靜悄悄地在草原上潛行。郝萊手上牽著提米，提米一直要往前衝，扯得皮帶緊繃。馬丁．貝克左手握著獵槍——那也是郝萊的。他將獵槍靠在左手肘彎處，真正的獵人似乎都這麼做，不過，這也許是他在電影上見過的印象？

「第一槍讓你先射，」郝萊說，「好歹你是客人。我射第二槍。」

腳下的草原柔軟而潮濕，草很長，寒夜在草上撒了一層白霜，但頑強的野花仍然不屈從地負隅抵抗快速逼近的寒冬。好幾個地方有成堆的藍色蘑菇聚生。

「藍腳菇，」郝萊說，「挺可口的。回家路上可以採一點回去，讓晚餐添加某種口味。是這麼說的吧，某種口味？」

蕈傘不是全部、就是有部分凍住了。不過，在接近年末的此時還能有這樣的天氣，真是太棒了。馬丁・貝克靜靜走著，他聽人說，獵者走路都要安安靜靜。此時，他心中完全不去想那個被掐死的離婚婦人、假釋在外的性犯罪者、找不到對應鎖的那把鑰匙，還有那塊沾有鎳屑的破棉布。空氣純淨，天空湛藍，偶有破碎的雲朵。真是美麗的一天！

接著，他們驚擾了今天的第一隻雉雞，就在離他不過十二吋處。馬丁・貝克毫無心理準備，嚇了一跳，往後跳開，同時開槍。鳥兒倏忽飛高，像是被投石器拋出的石頭，飛得無影無蹤。

「老天！」郝萊大笑，「我可不想讓你參加我的飛靶射擊隊！真感謝喔，沒射到我和提米。」

馬丁・貝克也放聲大笑。他已經警告過郝萊，說他在這方面的經驗，說好聽點，是「有限」。

第二隻雉雞在大約四十分鐘後驚起。郝萊一槍中的，動作輕鬆瀟灑，彷彿是不經意打到的。

回家路上，馬丁．貝克忙著採集蘑菇。

「對啦，蘑菇可就簡單多了，」郝萊揶揄他，「每一株都站著不動。」

他們走回郝萊那輛番茄色的車子。

「鎳屑，」走到車邊時馬丁．貝克說，「什麼樣的地方會有那種東西？」

「某種特別的機房吧。我怎麼會知道？」

「這點可能很重要。」

「的確。」郝萊說。

不過，他當時滿腦子想的只有晚餐。

而那頓晚餐確實好得沒話說！馬丁．貝克簡直想不起來，自己是否吃過哪一餐能比這一餐更好。

雖然黎雅．尼爾森是個廚藝高手，而且也常熱切地力求表現。

郝萊的冷凍庫裡擺滿許多奇奇怪怪的東西。例如他採來的羊肚蕈，以及綜合了藍莓、黑莓和野覆盆子的美味果泥。這莓果泥配上鮮奶油，就成了頂級甜點。照郝萊的說法：「這是純天然、純手工的。」

才用過餐，擦完嘴，電話就響了。

「郝萊。是嗎？噢，幹得好！說來聽聽……什麼？用信？我會傳閱。我們可能明早過去……你繼續這樣，也許就會調升到安得斯勒夫去了……你不要？這是我聽過的最笨的事……再見。」

他掛上電話，轉頭直視著馬丁・貝克。

「誰打來的？」

「一個特樂柏的年輕員警，說他們找到符合席布麗皮包中那把鑰匙的房子了。」

馬丁・貝克大為震驚，他也無意掩飾，驚訝的神情顯露無遺。

「怎麼查到的？」

「我們這裡有句話是這麼說的：『最笨的農夫會得到最大的甜菜——純粹運氣』。不過，要是你以為這案子也是這樣的話可就錯了。」

郝萊開始清理桌子，同時繼續說。

「特樂柏那些孩子們下定決心，說那扇門要是就在特樂柏轄區裡，那他們就一定要把它給找出來。他們複製了多把鑰匙，拚命超時加班。當然，真要說起來，特樂柏跟斯德哥爾摩或是俄亥俄州的戴騰比起來，也不算是什麼大城。所以，只要不屈不撓、堅持到底，通常都能達到目的。」

他輕笑兩聲。馬丁．貝克已從震驚中恢復，幫忙清桌子，洗碗盤。

「還有另一個我認為很重要的因素——有好幾個小夥子真是不錯，因為組長有機會親自挑選。不像斯德哥爾摩和馬爾摩那樣，派來的都得全盤接受。」

自從來到安得斯勒夫之後，馬丁．貝克就清楚地認知到，在警界一大堆數不清的無能、庸碌之輩當中，還是有不少好警察。

「所以那些孩子們決定要表現給斯德哥爾摩的大人物看看——也就是給閣下您看看。他們想證明，即使是在全國公路最南端的這裡，他們還是有能力把事情做好。他們一直努力到找到那扇門為止，就在今天下午。否則，依我對他們的了解，他們也會一直試到可以發誓說那個門鎖絕對不在特樂柏為止。」

「你有問細節嗎？」

「當然。比如說住址、還有一些其他的。他們什麼都沒碰，只是看看。那是一個小小的一房公寓，裡邊沒多少家具。是席布麗以本名承租的，她的娘家姓是雍森。過去這三年半，房租都是每月一日以現金支付，放在貼上郵票的信封裡，信封上的地址是以打字機打的。這個月的租金已經付了。席布麗當時已經死了，不可能自己去付房租，所以一定是別人付的。」

「克拉克。」

「也許。」

「我覺得很確定。」

「信封背面都以打字機打上『房租，S・雍森』幾個字。」

「我們明天一早得過去瞧瞧。」

「樂意之至。他們已經用封條把門先給封起來了。」

「克拉克，」馬丁・貝克自言自語說，「絕不會是班特森。」

「為什麼不是？」

「他沒錢。」馬丁・貝克說。

「噢，可是這租金很便宜，才七十五克朗。房東說，錢每次都是分毫不差地放在信封裡。」

馬丁貝克搖搖頭。

「不是班特森，不是他，這與班特森的行為模式不合。」他說。

「但他是一個行為模式相當固定的人。」

「這和他對女人的態度不符。他對異性的觀點異於常人。」

「異性，」郝萊說，「確實是『異』性沒錯。我有跟你提過我在阿貝卡的女友，那個食人樹嗎？」

馬丁．貝克點點頭。

「這個克拉克還真是個神祕人物，」郝萊說，「他不住在本區，我可以百分之九十九確定。我知道特樂柏那些孩子們也根據描述，非常努力地要把他給找出來，但他們的看法是，特樂柏這地方根本就沒這個人。」

「唔。」馬丁．貝克沉吟著。

「所以也有可能是佛基為了逃避刑責，故意編造出這個人和車子。」

「是有這個可能。」馬丁．貝克說。

但他內心並不相信。

隔天，他們開車前往特樂柏，去研究那間房子。

那房子在一棟舊公寓大樓後邊的一棟小建築裡。這建築物外觀雖然老舊，但不破爛。建築物位在小路旁，看來很安靜。

席布麗的房子，照瑞典南方的說法，是上面一層樓，也就是在二樓。

馬丁．貝克讓郝萊拆掉封條。他覺得郝萊可能會覺得此舉很有趣。

房子其實很簡陋。

屋裡有霉味，也許有一個月沒開窗透氣了。

客廳地上及信箱開口處下面，躺著一些郵件和各種廣告單，還有寄給房客的通知。

前門門牌上用可拆卸的塑膠字母拼出席布麗的簡稱：S・雍森。

客廳右手邊有間浴室，洗手台上方有個放置盥洗用品的架子。一個玻璃杯裡插著兩隻牙刷，還有一包衛生棉條，口紅，粉餅，指甲銼以及眼影。一個圓形的塑膠盒中放著一個女性避孕套。席布麗顯然不是那種冒險行事的女人。

還有一塊肥皂，一把刮鬍泡毛刷，以及一把剃刀。但這不表示這地方有男人來住過，因為席布麗有刮除腋毛的習慣。

唯一的臥房裡有兩把椅子和一張桌子，還有一張普通的泡沫膠床墊靠牆放著，上面鋪著從特價賣場買來的俗艷床單。

床墊上有一個套著天藍色枕套的枕頭。

桌旁擺著電暖器，但插頭已經拔掉，也許已經拔掉許久。

他們打開桌子抽屜，但避免碰到抽屜把手。裡邊除了一些白紙和一疊印有橫線的藍色薄紙之外，空無一物。

馬丁・貝克覺得這紙很眼熟。

他們在廚房裡找到下列物品：一個咖啡壺，兩只咖啡杯，兩個玻璃杯，一罐雀巢咖啡，一罐未開的白酒，半瓶高級的威士忌（皇家奇瓦士），四罐啤酒（Carlsberg），還有一大杯不知道是什麼的東西。

廚房及房間各有一個菸灰缸，兩個都很乾淨。

「這個藏嬌金屋相當乏善可陳啊。」郝萊說。

馬丁．貝克沒說話。郝萊知道許多奇奇怪怪的事，唯獨對愛情十分外行。

電燈沒有燈罩，只有赤裸的燈泡。一切都很乾淨整潔。廚房的儲物櫃裡有掃把、畚箕和抹布。馬丁．貝克蹲下來檢查枕頭，上面有兩種不同的頭髮。

金色長髮，以及幾乎是白色的短髮。

他接著檢查床墊。上面的斑點無疑需要化驗，還有一些鬈毛也是。

「我們需要一份這個房子的實驗室檢驗報告。檢驗務必徹底。」

郝萊點點頭。

「沒錯，就是這地方，」馬丁．貝克說，「無庸置疑。請代我向特樂柏的警察賀喜。」

他看著郝萊問道，「你有帶封門的東西來嗎？」

「有。」郝萊回得慢條斯理。

他們離開現場。

不一會兒，他們找到查出那間公寓的巡警，他正在大街上徒步巡邏。他一頭紅髮，講話沒有當地口音。

「幹得好。」馬丁・貝克誇獎他。

「謝謝。」

「你跟鄰居談過了嗎？」

「談過了，但他們都一無所知，鄰居大多是上了年紀的人。他們說，有時會注意到傍晚有人，但他們大多晚上七點就上床睡覺。他們沒見過有男人出入，只見過一個女的。那個見過她的老太太，在我稍微暗示之後，突然想到那女人很可能就是在糕餅店工作的被害女子。另一方面，有幾個人也見過偶爾會有一輛灰褐色的車停在街旁，他們說好像是一輛富豪。」

馬丁・貝克點點頭。拼圖漸漸拼湊出輪廓了。

「幹得好。」才說完，他就覺得自己就像在老調重彈。

「這是我的榮幸，」那位警察說，「很遺憾我們找不到那個叫克拉克的人。」

「如果真有這個人的話。」郝萊說。

「是有這個人，」馬丁・貝克邊朝著警局走去邊說，「絕對錯不了。」

「既然你都這麼說了。」

修。

儘管天空依舊清朗，但這一天卻是奇寒無比。一艘叫「譴責號」的東德渡輪停在船架上待修。

這船還真不是普通的醜，馬丁．貝克心想。

近年來，船艇是越造越難看了。

他想到克拉克，破布，鎳屑，灰褐色的富豪汽車，還有非常難搞的佛基．班特森。

但現在他對整起事件的看法樂觀多了。

25.

克勒．克里斯森與肯尼斯．瓦思特莫不是一對好搭檔。雖然兩人搭檔巡邏已經一年半，但彼此卻總是無話可說，也不覺得需要對方。

瓦思特莫來自韋姆蘭*，個頭高大，金髮，脖子壯實如公牛，寬大多肉的鼻子上，是一片寬如洗衣板的額頭。他是那種做事很徹底，很堅持，熱心又積極的警員，一言以蔽之，對工作一絲不苟；此外，他對任何事物都十分好奇。

克里斯森則一向懶惰，而且越來越嚴重。他從不思考工作跟責任的問題，寧可想著足球賭局跟吃，有時也會想到昔日槍傷引起的疼痛。幾年前，精確來說，是一九七一年四月三日，有一位警察射傷了他的膝蓋。那一天可說是他此生最悲慘的一天。那個寒冷的星期六，他失去了最好的朋友，自己被射傷，更慘的是，他那一向神準的足球賭局必贏術嚴重失準。

* 韋姆蘭（Värmland），位在瑞典中部，在西部與挪威相交界。

依克里斯森之見，瓦思特莫是個無可藥救的笨蛋，對人、對事都抱怨不停，而且還一天到晚做這做那，把工作搞得非常複雜。克里斯森自己是除非上級直接下令，或是他真的被惹毛，否則他絕對按兵不動。但是因為他只會待在巡邏車裡，藍色的雙眼茫然地透過擋風玻璃看著前方，所以別人根本很難跟他搭上線，就連最惡劣的挑釁者也無法找他麻煩。

但是瓦思特莫偏偏用盡一切方法，要讓他日子不好過。他跟那些頑劣份子的鬥爭沒完沒了，儘管瑞典警界有自動升等制度，只要累積到一定點數，沒有犯錯記過，就能獲得升遷，但他還是不停忙著找事做。而在這個治安紊亂的社會裡，工作還真是俯拾皆是。瓦思特莫的夢想是轉調到惡名昭彰的厄斯特馬轄區。在那裡，不知為何，警察逮捕的人數總會是斯德哥爾摩其他管區加總的五倍之多。新的法律讓狂熱的警察有機會騷擾民眾，尤其是針對那些無處可去、會坐在公園板凳上聊天的年輕人。這類人會自動被歸類成嫌犯，警察可以就地逮捕，將人留置六個小時，在警局裡盤詰審問，而後再予以釋放。然後馬上再來一場軍隊式的搜捕，將同一批人送上囚車。瓦思特莫認為事情就該這樣處理。不幸的是，他工作轄區裡的警官可沒那麼嗜血。

他們在巡邏車裡共事許久之後，克里斯森總算學到兩件事，一是壞事：瓦思特莫十分小氣，連要跟他借個五克朗都難如登天；另一則是好事：瓦思特莫對咖啡成癮，所以當他覺得再也忍受不了瓦思特莫時，他可以提議去喝杯咖啡喘息一下。

那深褐色的液體對瓦思特莫有不可思議的正面影響，讓他至少能安靜地坐上半個小時，甚至更久，只顧呼嚕嚕地喝著，嘴唇喳吧作響，一口口地塞著丹麥捲和杏仁蛋糕。

但是一回到巡邏車上，所有的好效果便會瞬時化為烏有。他立刻又開始不斷追逐嫌犯，不斷抱怨他們身處在一個遍地盜賊的社會。

克里斯森不喜歡咖啡，但他深知那是他耳根能清靜和輕鬆片刻得付出的代價。

他們剛結束一段很長的咖啡時間，才剛回到車上。那是一輛黑白二色的普利茅斯，配有車頭燈，警示燈，短波無線電和其他各種科技裝備。

巡邏車開上艾新潔高速公路，那是一條南北高架高速公路，穿越海灣和島嶼，直達斯德哥爾摩市中心。

克里斯森一如往常，以遲緩的速度開著車，瓦思特莫則在一旁老調重彈。

「克勒，你為什麼不回答？」

「什麼？」

「我在跟你談重要的事，但你根本沒在聽。」

「我有在聽啊。」

「有嗎？才——怪！你在想別的事。」

「是嗎？」

「你在想什麼？」

「噢……」

「八成是女人。」

「呃……」

事實上，克里斯森想的是淋上草莓醬的燕麥片和冰牛奶。為了忍住饑餓，他必須藉由回想一具極其噁心的屍體來抑制食慾。那具屍體是去年夏天拜瓦思特莫的狂熱找到的。但他不想說出內心真正的想法，於是捏造了一個理由，而且馬上派上用場。

「怎樣，你到底在想什麼？幹嘛不回答我？」

「我在想理茲隊連贏二十八場，一場都沒輸，而米爾瓦隊雖然身為地主隊卻連敗五場，真是毫無道理可言。」

「你白癡啊，」瓦思特莫嗤之以鼻，「堂堂一個警察怎會想這些無聊事！那些隊又不是瑞典隊！」

克里斯森非常生氣。他來自斯堪尼，瑞典南方，「白癡」在當地是很惡劣的字詞，是罵人時最惡毒的字眼。

但瓦思特莫對此一無所知，還是繼續喋喋不休：

「我剛要說的是，我們沒有足夠的法律保護自己，上面那些當官的都是軟骨頭。我們很多同事根本連衣服都不好好穿。你記得去年夏天那個騎摩托車的巡警嗎？連帽子都沒戴的那個？他還把夾克綁在後面咧。」

「可是那天氣溫高到三十五度耶。」

「那有什麼關係？管他天氣如何，警察就是警察。我在報上讀到，天氣熱的時候，紐約的警察常會被柏油黏住腳。天哪！因為他們絕對堅守崗位。等到下班時，就得把腳橇開才拉得出來。搞不好他們都不下班的。」

他所說的「報」上，其實是他們的雜誌《瑞典警察》。上頭常會報導一些奇怪的新聞。

克里斯森沒接口。他在訓練課程上看過許多美國鎮暴警察的影片。他心想，他們的長官如果有天喊著「衝啊！」，結果幾百個人的腳都黏在街上，不知那會是一幅何等景象？

「克勒，你有在聽嗎？」

他也想著，衣服跟有沒有法律保護有什麼關係？

「克勒，你怎麼不回答？」

「我在想事情。」

「想什麼？」

「噢……」

「跟你說話實在是浪費時間。打擊犯罪是每個人每天時時刻刻都要竭盡心力、全力以赴的事。你卻只會坐在那裡想著足球，嘴裡只會說『噢』和『呃』……。你難道認知不到我們警察的處境有多困難嗎？司法部長是最沒骨氣的一個，就是這樣，我們才會沒有足夠的法律保護。我們簡直是毫無保障可言。就拿那件狗屎規定，什麼槍膛裡不能有子彈來說吧，要是我們突然跟帶著武器的歹徒面對面怎麼辦？槍膛裡沒有彈藥！」

「我有啊。」

「什麼？你瘋了！」瓦思特莫生氣地說，「那是違反規定的。好了，反正槍膛裡是不應該有子彈的。遇到事情只好無助地站在那裡等死。這是誰的錯？誰的責任？如果我們連槍膛裡都不准有彈藥，那要如何整頓治安？」

「我曾經開過一次槍，」克里斯森突然說，「在一輛公車裡。」

「有沒有打中任何人？」

「噢，車上沒人。不過，當然是打到車了。」

「結果呢？」

「很慘，制暴組那個又高又醜的傢伙幾乎把我給生吞活剝。」

「你看，就是這樣，上級完全不支持，難怪會出事。看看斯堪尼那三個人，全被撂倒了。你想，他們的妻兒會怎麼看待那個司法部長？到現在連兇手都還沒抓到。你知道嗎？我覺得他就躲在城裡某處。媽的，真希望抓到。我真恨那些混蛋！要是能比他早一步拔槍，我絕對不會遲疑。」

「噢……」

「你這個『噢』是什麼意思？我們的兩個同僚在醫院裡躺著，還有一個死了，對不對？那個叫波爾倫的，死了。被殺了。」

「呃……」

「你他媽的這個『呃』又是什麼意思？」

「我聽說他是被有毒動物咬到，青蛙還是什麼的。」

「你怎能相信那種愚蠢的事？你難道沒聽過談社會不法勢力的那場演講？不，我是說破壞份子。他們淨散播那種謊言來破壞或唱衰警方，這樣他們就能破壞社會的根基。但我不認為我們警界會有人相信那些話。喂，克勒，你有時實在令人害怕。」

「我嗎？」

克里斯森已開始在想別的事情。他有一項很有建設性的計劃。幾天前，他在超市看到很大一團的杏仁霜餅糰，可能是給麵包店專用的。下回他要是賭贏了球賽賭局，他就要去買回來，放在他們倆之間。瓦思特莫特別愛吃杏仁霜餅，一定抗拒不了誘惑。但是還有兩件事令他擔心。首先，這餅糰到底能撐多久？如果是克里斯森自己，那是足夠他吃上一輩子的量。但搞不好瓦思特莫半小時就狼吞虎嚥、全吞下肚了。第二個問題同樣嚴重。要是瓦思特莫連嘴裡塞滿杏仁霜餅，都能滔滔不絕說個不停，那該怎麼辦？

他看了瓦思特莫一眼，問道：

「會喔咿喔咿的叫，卻永遠到不了門的是什麼？」

「豬。」

「錯了，是有語言障礙的貓。」

「克勒，你實在令我害怕。」瓦思特莫搖頭嘆氣，「貓為什麼到不了門？」

「噢……」

「也要有個限度嘛，」瓦思特莫說，「一般警察能忍受的也是有個限度的。像那個諾曼·韓森，我就受不了他。上星期你請病假，我去調查一起家暴事件。我將那混蛋銬上手銬時，他極力反抗，所以下樓和上車時，我稍微動用了警棍，好叫他安靜點。結果諾曼·韓森隔天就把我叫去問話，想知道我是不是對那個叫什麼報社的編輯不當行使暴力。我跟他說，我只是稍稍用警棍讓他安靜，沒有過份到粗暴的地步。你知道諾曼．韓森怎麼說嗎？」

克里斯森正在想那一大團杏仁霜餅糰不知道要多少錢？

「克勒，你怎麼不回答？」

「什麼？」

「你知道諾曼．韓森怎麼說嗎？」

「不知道。」

「他搖搖頭說：『肯尼斯，你一定要停止這種行為。下次要是再有人抱怨，我就要把你報上去了。』你聽聽，就為了某個混蛋喝醉酒，音響開得太大聲，他竟然要將我呈報上去。」

「但你說那是家暴事件。」

「反正就是造成騷擾啦。那傢伙坐在家裡喝得醉醺醺，還將唱片放得那麼大聲，那可不是我的錯，對吧？他們不能怪我啊，對不對？那傢伙是個軟腳蝦，而且諾曼．韓森沒骨氣，那可不是我的錯。」

克里斯森疲倦地看著外頭，公路似乎捲起消失在車子底下。諾曼．韓森是管區長官，大體說來，克里斯森還滿喜歡他的。

「我期待警察同僚不論在任何情況下，都能彼此相挺到底。」瓦思特莫的語氣堅定。「嘿——你看，你看，克勒，你看到沒有？」

一輛積架車從他們旁邊開過去，車速飛快。

「克勒，追！」

克里斯森嘆了一口氣，踩下加速器；瓦思特莫打開閃燈和警笛。

「搞不好就是那個殺警兇手。」

「而且還開著一輛紅色積架？」

「當然是偷來的嘛。」

克里斯森湊巧知道積架車有多難偷。那種車除非車門正好打開，鑰匙又插在匙孔上，不然是偷不走的。克里斯森和他已過世的搭檔卡凡特有一次差點逮到一個很出名的偷車賊。那竊賊專找英國高級車下手，綽號是「積架客」。那次抓賊的結果是卡凡特將車開進了稻草堆，積架客則是消失無蹤。

警車在暗夜裡呼嘯，前面那台車子的尾燈越來越近了。他們的四周，尤其是右邊，有斯德哥爾摩的萬家燈火在黑色的海灣及港口映照著；教堂的尖塔映著星空，沒有月亮。

「這下子他逃不掉了，」瓦思特莫說，「我就是在等這樣的事情發生。」

克里斯森看看速度錶，八十五。他再踩一下油門，開到紅色積架車的旁邊。瓦思特莫已經一手拿著「停車」的牌子，一手拿出警棍。

接著，發生了一件怪事。

那輛車的駕駛忽然轉頭看了一下克里斯森，微微一笑，舉起右手，彷彿在向他打招呼或道謝，然後，他再度加速，把距離拉開了。

「媽的——」瓦思特莫叫道，「你看到了嗎？」

「有啊。」

「我認出他來了，上級描述過兇手的容貌。你也知道，我看過的臉從不會忘記——這點你是知道的吧？」

「號碼呢？記住了沒？」

「當然，你以為我在睡覺嗎？FZK011，對吧？」

「我沒注意到。要不要叫他們查一下？」

「天哪，不用啦，我們自己來就好，緊緊盯住他就是。克勒，你可以吧？」

「呃……」

本來他是沒什麼勝算的，但那輛紅色火箭突然下了高速公路，往城中開去，所以那位駕駛不得不減速，克里斯森因此才有辦法不跟丟。

追逐戰繼續在無人的深夜街道上進行，但就克里斯森觀察所得，他們在追捕的這個盜匪根本無意遁逃。當紅色積架車發出尖銳的煞車聲，在厄斯特馬新橋的一棟建築前停下時，他們的巡邏車不過就在它後頭數百碼處。只見那駕駛跳出車子，連車門都沒鎖就匆忙穿越人行道而去。

克里斯森在受到槍傷之前是在蘇納管區服務，在那之前則是在馬爾摩，因此，他對首都地區並不熟悉。要是他對斯德哥爾摩更熟一點，大概會覺得詫異——這個人怎會跑到伯大尼雅基金會醫院？

但是即使瓦思特莫認出這棟醫院，他還是沒有產生疑問——畢竟，罪犯還有什麼事幹不出來的？他最喜歡說，在這種壞人充斥的社會裡，什麼事都有可能發生。

「在這種社會裡，這事完全在我們預期之中，對吧，克勒？我們就要進去抓他了，他一定會大吃一驚。我們最好一起進去。」

克里斯森在紅車後面停下。他透過擋風玻璃研究這輛車，懷疑地看著那人走進門口。

「呃……」

這次瓦思特莫什麼都沒說，只是用力將門推開，下車。臉上露出勢在必得的表情。

「車號沒錯，」克里斯森說，「FZK011，是同一輛車沒錯。」

「不然你以為是什麼？」

「呃……」

「快點啦！」瓦思特莫催促著。

克里斯森嘆了口氣，下車，將肩帶拉好，遲疑地跟著瓦思特莫走過人行道。

瓦思特莫步伐堅定地走進去，踏上一層樓梯，穿過一扇半開的門。

他們發現自己進入一個像是候診室的區域，正前方是一扇有透明玻璃的門，門後有人輕聲在說話。

瓦思特莫拋給克里斯森一個自以為是的同謀者眼光，抓住門柄，用力將門拉開，大踏步走了進去。

克里斯森站在門口，眼前的景象令他有種不確定感。他看到兩個人——開積架車那個人現在穿著一件質材很奇特的綠袍；還有一位中年婦女，那女人的穿著也很奇怪。她看來像是護士或修女，手裡正拿著一雙顯然是要給那位男士戴上的橡膠手套。

他也看到瓦思特莫了。瓦思特莫右手放開槍套，由胸前口袋拿出紙筆。

「好了，這到底是怎麼回事？」他大吼。

那男人似乎有些吃驚，朝這兩位警察瞥過一眼，將雙手套進那雙透明手套，同時說：

「謝謝你們的幫忙。」

接著他轉身走開。

瓦思特莫氣得臉都脹紅了。

「少裝蒜，」他大聲說，「你叫什麼名字？駕照拿出來我看看。我們在執行勤務，我的夥伴可以證明。對吧，克勒？」

「他只是在執勤。」克里斯森喃喃說，身體重心不安地換來換去。

但那人似乎對他們毫無興趣。那女人在他臉上戴上口罩，接著他就朝一扇大大的雙扇門踏出一步。瓦思特莫一把抓住他的手臂。

「你的爛把戲演完了沒？你是不想跟我們到局裡去嗎？」

穿綠袍的男人轉過身來，眼光莫測高深地看了瓦思特莫一眼，隨即對他揮出一拳。

這拳打得非常紮實，又快又狠，正中他的下巴。瓦思特莫「砰」地一聲，一屁股跌坐在地，紙筆從他手中掉落，他的雙眼比平日更加空洞。

克里斯森文風不動站著，驚嘆道：

「我的天……」

那男人和女人離開房間，大門在他們身後關上，隨後是鑰匙在匙孔轉動的聲音。

瓦思特莫還坐在地上，看起來很像是在那場著名的拳擊賽中，哈利・波爾森被強尼・維德擊倒在地時的表情。

「我的天啊！」克里斯森又嘆了一次。

一兩分鐘後，瓦思特莫似乎稍微恢復了神志，但恢復的也是有限，看不太出來。他四肢著地，在地上爬行了一會兒，才搖搖晃晃、吃力地站起來。

「那傢伙一定得付出慘痛的代價……」他含糊不清地說，「竟然攻擊執法人員。」

他抓住下巴，發出病狗般的呻吟。說話顯然令他痛苦難當。

「克勒，」他的聲音小得幾乎聽不清，「我沒辦法說話……」

太棒了，真是難以置信！克里斯森心想。

但他隨即感到一陣洩氣。

一定又有麻煩了。

為什麼老是有這麼多麻煩？他憤恨地想著，他一向什麼事都沒做，麻煩也都不是因他而起的呀。

他將手環住瓦思特莫，扶他起身。

「好啦好啦，走吧。」他喃喃地說。

「好，」瓦思特莫說，「我們回去寫報告。一定要關他個三十天，至少——不，九十天，外加精神賠償。」

他就像是含著滿嘴的杏仁霜餅糊在說話。

26.

剛瓦德·拉森簡直暴跳如雷。他想不起來自己有多少年沒這麼生氣了。他將他毛茸茸的大手對桌子用力一捶，要他們閉嘴。

一年前，他終於升為首席探長，因為根據警界的自動升等系統，上面只有兩個選擇——讓他更上層樓，或是請他滾蛋。

但新頭銜可沒對他產生絲毫改變，唯一有變的是歲月。他四十八歲了，時間漸漸在他身上留下了痕跡。

他沒有長高，但體重如今整整有二百三十磅，後梳的金髮也看得出髮線開始後退。他比以前更強壯，至少他自己這麼認為，是一個很可怕的打架對手。

即使只用嘴巴吵架，他也不是省油的燈。

「老兄，別站在那裡不清不楚地嘟噥。」他對瓦思特莫說，「你是不會說話嗎？」

「我現在說話還很吃力。」瓦思特莫這次說得比剛才清楚多了。

剛瓦德轉向克里斯森。

「真奇怪，這十年來，我怎麼老是在這種情況下跟你見面？是因為你比本城所有白癡警察加起來還笨嗎？」

「我不知道。」克里斯森不悅地回道。

兩位警察站在門口聽訓。對克里斯森來說，這一點也不稀奇，但對瓦思特莫而言還是頭一遭，因此他的感受特別強烈。

「你們能不能好心地告訴我，到底出了什麼事？」剛瓦德・拉森以他自認溫和、諒解的語氣問道。

「呃……」

克里斯森求救似地看著瓦思特莫，但瓦思特莫保持緘默。

「我們一如平常地在艾新潔區巡邏，」克里斯森輕聲說，「然後這……這位先生突然超車。他開著一輛紅色積架，開得很快。」

「非常快。」瓦思特莫補上一句。

「然後你們做了什麼？」

「我們追過去。」克里斯森說。

「那他的反應呢？」

「他跟我揮手，」克里斯森說，「接著加速開走。」

他的表情非常羞怯，以至於剛瓦德突然覺得自己老了好幾歲，體重也增加許多磅。他重重嘆氣。

「所以你們就一路追過去？」

「我們以為他是那個殺警兇手。」瓦思特莫說。

「他是金髮嗎？」剛瓦德問道，「他看起來有像比十九歲還小很多的小伙子嗎？」

瓦思特莫沒回答。

「事實上，這個男人五十七歲，是個醫學教授，他趕著要去醫院動一個非常緊急、複雜的雙胞胎剖腹產手術。你知道那是什麼吧？」

克里斯森點點頭，他跟他太太已經有好幾個孩子了。

「可是他的車速還是太快了。」瓦思特莫固執地說。

「白癡。」剛瓦德怒道。

「你污蔑執法人員。」瓦思特莫抗議。

克里斯森皺起眉頭，「是上司說的就不算啦。」

「更何況，這位教授早十分鐘前就給警察局打過電話，要求護送，」剛瓦德說，「所以他以為你們是過去幫他的。你們十分鐘前在幹什麼？」

「在喝咖啡，」克里斯森沮喪地說，「我們不在車裡，所以沒聽到無線電通報。」

「原來如此啊，」剛瓦德的語氣帶著遺憾，「所以你們就一路追進醫院，拚命阻止他進入手術房。不只如此，你還有膽去告他攻擊執法人員。若是依照我的個性，在那種情況下，我早就把你給殺了。」

「我沒有告發任何人……」克里斯森囁嚅地說。

「警政署長自己說——」

瓦思特莫大模大樣地開口，但立刻被剛瓦德打斷。

「你少提他，否則我會把你丟出窗外！」

「你這樣太不忠於——」瓦思特莫還要強辯。

剛瓦德猛然起身，人高馬大的他活像一座鐵塔，一手像卡爾十二世那樣指著，只是他指的是門，而不是俄羅斯。

「滾！」他發出雷霆怒吼，「馬上去把那個爛報告撤銷掉！」

一小時後，他接到一通讓他的湛藍眼珠不禁因憤怒而發直的電話。

「我是莫姆。老闆告訴我，你對巡邏組的支持度有問題，他很不爽。你在我手下做事就得自我節制一點，因為後果必須由我來承擔。」

「什麼？」剛瓦德氣得說不出話。

「對了，我們已經包圍那個殺警兇手了，」莫姆的語氣相當快活，「就在仲夏夜廣場，連同一個叫林伯格的歹徒。你跟柯柏有空的話不妨開車過去。我們隨時就會行動，我會親自在索德拉來警局坐鎮指揮。」

剛瓦德用力掛上電話，接著衝進隔壁辦公室。柯柏跟隆恩正在玩五子棋。

隆恩是另一位警探，以紅鼻子和拉普蘭的口音著稱。他在制暴組已經很久了，因此對莫姆這次的特別任務知之甚詳。

「快，」剛瓦德催促，「那個混蛋親自打來跟我說，他們已經在仲夏夜廣場將朗尼・卡斯帕森和麵包人包圍起來了。」

「哪個渾蛋？」隆恩問道。

「就是莫姆嘛。快，我們開我的車趕過去。」

「可憐的孩子，」柯柏說，「不過，我跟麵包人有帳要算。」

朗尼・卡斯帕森跟著瑪姬到仲夏夜廣場，不啻是踏入陷阱，但他根本不知道。因為瑪姬的那個新男友，就是林伯格，也就是麵包人。他的公寓已被全天候監視。不過，眾所周知，負責監視工作的是一群散漫到家、又無心工作的便衣刑警。他們不想領教麵包人那出了名的傲慢和旁若無人的臭臉，所以刻意和建築物離得老遠，而且他們也都缺乏監視經驗。

但麵包人察覺得到他們就在那裡。他看到朗尼・卡斯帕森時不禁搖頭。

「卡斯帕，這不是你該來的地方。」

可是朗尼・卡斯帕森無處可去，而且，麵包人雖是個歹徒，卻是一個好脾氣的歹徒，這一點他也很快就表現出來。

「那就留下來吧，卡斯帕。如果他們要過來抓人，我倒是有個很棒的藏身處。反正，你頭髮剪成那樣，也沒有人認得出你。」

「真的嗎？」

朗尼・卡斯帕森心中充滿挫折跟恐懼，這下子更是感到徹底的孤立。根據社會福利局的心理醫生的報告，他患有精神官能症。

「好啦好啦，」麵包人說，「別這麼垂頭喪氣。開槍打了一個警察又怎樣？我也打了一個老女人，她就這麼突然蹦出來。誰都可能發生這樣的事嘛。」

「問題是，我根本沒開槍打人。」

「對他們來說這其實沒什麼差別，所以你也別操心了。反正，就像我剛才說的，沒人會認出你的。」

林伯格自己有好幾次被警察追捕的經驗，也不認為現在已經沒人在監視他，但他還是以謹慎的沉著，和一種近乎誇張的幽默感來面對。

「他們已經來搜過房子，還兩次，所以大概暫時不會再來。唯一的問題是，現在瑪姬也得養你了，而她已經有我這個負擔。」

「別傻了，」瑪姬說，「你有失業金和社會福利金可領，我們可以打平的。當然了，恐怕只能吃黑布丁和義大利麵之類的東西了。」

「等外面安全一點，可以去塞德托恩的小木屋時，我們到時就可以享受鵝肝醬和香檳了，這我跟你們打包票。而且，那個好日子也不遠了。到時啊，卡斯帕，小兄弟……」

麵包人的手圈住卡斯帕的肩膀，捏了幾下，好鼓舞他。他比卡斯帕大了將近二十歲。所以卡斯帕沒多久就把他視為父親、類似父親、或至少是一個能了解他的成人看待。在卡斯帕的人生裡，很少有這樣的成人存在。他的父母都是石器時代的老古板，整天只知道坐在自己那棟金壁輝煌的郊區房子裡，分期付款買來的車則停在車庫，目光黏著電視，整天無聊得要死，令人覺得可憐。他們只想著兩件事——如何收支平衡，以及在為孩子付出這麼多之後，這個獨生子怎麼變得這麼壞。

如此場景一再重演。

朗尼・卡斯帕森一向無法靜靜坐著。他沒有耐性等待事情到來。現在看來，讓他想逃離的就是父母家中那種消極的氣氛吧。

他看著鏡子裡的自己，知道他看來就像成千上百的其他年輕人。

瑪姬跟麵包人說的也許沒錯，沒人會認出他的。

所以，星期五他決定外出，搭地鐵到市中心，到以前常去的幾個地方走走。不過，他倒是避開了像是蛇麻花公園那樣的地方。他知道警察常會去那些地方突襲，而且大多只是出於好玩。他可不想因為正巧坐在公園凳子上，或是跟某個就要被逮的人說話，而讓警察意外抓到他。

星期六他又出去了好幾個小時，星期天也是。他知道所有報紙全都刊出了他的相片，警察也去過他父母家，還有，他們也搜查了許多他常去的俱樂部和公寓。他還知道他被描述成是社會的某種頭號公敵——反正，簡單來說就是「弒警犯」，所以必須不計手段將他逮捕到案。

麵包人的個性比卡斯帕沉穩。但他已經被迫沉潛許久，他也開始期待改變。

星期天晚上，當他們三個人一起看著電視時，麵包人向卡斯帕提出一個建議。

「如果警察找到你、要逮捕你，」他說，「我們就一起逃出去，就我們兩個。我替自己安排了一個很好的計劃，但兩個人一起進行會比較容易。」

「你是說森林裡的那間木屋？」

「對。」

瑪姬沒說話，但她心中暗忖：男生們，他們很快就會追上你們的。如此一來，你們就真的玩完了。

星期一，卡斯帕終於被人認出來了。

認出他的是一位年齡較大、穿便衣的首席探長。他其實是出來看看這些負責監視的員警們有沒有開小差。

這人名叫斐德利克．米蘭德，他是深得馬丁．貝克信任的老夥伴，不過，多年來他都是在強盜組工作。這是斯德哥爾摩警界最令人害怕的單位。偷竊、闖空門以及搶劫的犯案率急速攀高，警察的辦案速度完全追趕不上。但米蘭德是一個自制力很強的人，不會因此神經衰弱，或是失望沮喪。而且他還是全瑞典警界裡記憶力最好的人，比電腦都來得高明許多。

他將車停在靠近仲夏夜廣場的某棟建築旁，隨即看到朗尼・卡斯帕森——他在外頭漫無目的地閒逛了一下午後正要回家。米蘭德跟蹤他到進到社區，確定他走進去的正是麵包人和他女友同居的那間房子。

但他花了好一段時間才找到當時負責監視的警察。那是一個以無能透頂出名、名叫玻・薩克里森的警察。當時他正在停在兩條街外的車裡睡覺。

薩克里森是那種即使卡斯帕和麵包人領著一隊大象從屋子裡遊行出來，也可能注意不到的人。就米蘭德所知，他從沒做對過任何事，而且他那種有辦法錯估各種情況的天份，也常給旁人帶來很大的困擾。

米蘭德發現自己面對著一個兩難的困境。他長足的經驗與精準的判斷都告訴他只有一個方法可行——帶著薩克里森（最好是用手銬銬起來），走進那間公寓，在麵包人和卡斯帕還來不及抗拒之前，將人逮捕。這他只需要紙和筆就辦得到，而這兩樣是他一定會隨身帶著的東西。

但是，另一方面，米蘭德也知道局裡對員警若看到朗尼・卡斯帕森時該採取何種行動已有嚴格規定：看到的人必須立刻向總指揮——莫姆大人——報告，然後他會接手將人逮捕。

於是米蘭德利用薩克里森車裡的無線電，通報他看到的情況，之後就不管了。他平靜地走回自己的座車，準備回家吃有一頓有羊肉湯的午餐。

然後，警察機器就開始運轉了。

莫姆所謂的策略指揮，就是針對這種情況設計的。他估計需要的人力應為五十名，其中一半應該佩帶鋼盔和面罩，攜帶自動武器，並穿上防彈衣。他們將分乘七輛警用貨車前往，隨行的還有兩頭經過特殊訓練的警犬，四名催淚瓦斯專家，以及蛙人一名，以防罪犯採取反制行動。此外，還有一架直昇機在旁待命，隨時準備起飛。至於它的任務是什麼？莫姆不肯透露。或許那是他的祕密武器。

史提格．莫姆特別鍾愛直昇機，自從警方配有十二架以上這種工具之後，它們就成了上層主管策劃行動時不可或缺的一環。

這個特別行動還包含四位監督專家。行動一開始，他們會被派到現場，各就各位，直到主力可以進場為止。

瑪姬衝進來時，麵包人跟卡斯帕正在廚房裡配著越橘果醬在吃玉米片和牛奶。

「出事了，外頭有兩輛貨車，我想是偽裝的警察。」

麵包人急忙走到窗口往外探看。

「沒錯，是警察。」

一名警察偽裝成電話修理工人，就坐在亮黃色的電信公司貨車的駕駛座；另一人則穿著白色上衣，開著破爛的救護車。兩人都直挺挺地坐在車裡。

「我們離開這裡吧。」麵包人說，「瑪姬，你會掩護我們吧？」

她點點頭，但同時也抗議道：

「麵包人，你不需要走啊。他們要抓的是卡斯帕，不是你。」

「也許吧，」麵包人說，「可是我受不了這種不分日夜都被盯得死死的日子了。卡斯帕，咱們走。」

他擁抱瑪姬，在她鼻子上親了一下。

「別冒險，」他說，「我不希望你受傷，不要反抗他們。」

公寓裡除了一把麵包刀之外，沒有任何像是武器的東西。

麵包人和卡斯帕上去閣樓，推開天窗，爬上後面屋頂的斜面，又爬到下一棟建築物。他們就這樣越過五棟建築，經由另一扇天窗進入室內，再由廚房後門溜出去。接著，他們攀過數面圍牆，終於到達麵包人逃亡用車的停車處。

那是一輛裝上假車牌的老舊黑色計程車，麵包人甚至連計程車司機的帽子跟夾克都備妥了，這樣開起計程車才不會啟人疑竇。

當他們轉進另一條街道往南駛去時，聽到後頭遠遠傳來許多警笛的尖鳴。

警方的大型搜捕行動打一開始就出了錯。

麵包人跟卡斯帕都離開該區整整十五分鐘了，他們才進行區域封鎖。

當莫姆開著指揮車過來時，還不小心壓到一隻警犬。

狗的後腿似乎嚴重受傷，躺在地上哀號。莫姆的獵捕行動就從他彎下腰、拍拍那隻受傷同事的腦袋開始。也許他在電視影集裡看過有哪個美國警政首長曾經這麼做過吧？這樣的舉動無疑會贏得稱讚。他環目四顧，看看是否有報社的攝影師已經趕到現場。但是，沒有。不過，還好沒有，因為不一會兒，那隻警犬就咬了他的手。牠似乎無法分辨罪犯與警政署要員的差別。

「幹得好，葛林，天哪！」牠的教練說。

他跟狗的感情顯然很好。

「好狗。」他又強調了一次。

莫姆吃驚地看了他一眼，然後以手帕包住流血的手。

「拿繃帶過來。」他跟站旁邊的人說，「還有，行動照常展開。」

整個行動堪稱複雜。

首先，佩有自動武器的警察會先進入建築，將兩旁的鄰居疏散到地下室，再由神槍手打破窗戶，將催淚彈從破窗丟入。

如果罪犯沒有立刻投降，五名戴著防毒面具的員警，加上兩條警犬和訓練師就會一起衝進去——照目前情形，是一條警犬和一個訓練師。當一切都完成後，一位員警就會在窗口比出「安全」的信號，那時，莫姆自己會帶著幾名高階警官一起走進去。在這段時間內，直昇機會在整條街的上空盤旋，以確定兩位罪犯沒有任何潛逃的機會。

整個計劃進行得帥氣極了，嚇得半死的鄰居被趕進地下室，窗戶也被砸得粉碎。唯一出錯的是催淚彈，負責投擲催淚彈的人只成功丟進一顆，偏偏那顆還是啞吧彈。

當窗戶被擊破時，瑪姬正站在廚房裡洗碟子。她非常害怕，決定從前門逃出去投降。但她還沒走到門口，警察就衝進來了。

這點很容易——因為她怕屋裡的東西受損，所以沒將門鎖上。

瑪姬才要走到玄關，五個警察跟一條狗就對著她衝過來。

那隻狗在同伴意外受傷之後，顯然情緒惡劣。牠一下就對著那女人撲過去，將她撲倒在地，然後對著她左腿內側靠近私處的地方一口咬下去。

「天哪，這狗還真知道該咬婊子的什麼地方！」一個警察大笑著說。

因為他們馬上看出卡斯帕和麵包人都不在屋裡，於是就放任警犬在幾乎相同的地方再咬一口。

「好吧，這樣至少我們的救護車能派上用場。」幾名警察幽默地說。

剛瓦德和柯柏趕到時，整個行動已經開始了。他們既幫不上忙，也無法阻擋。

所以他們只是坐在車裡觀看。

他們目睹到那隻狗被意外壓傷，莫姆被咬傷，包紮傷口。接著，他們又看到一輛救護車倒車去到門口，瑪姬被抬了出來。

兩人一言不發，柯柏難過地直搖頭。

當事情大致結束時，他們下車，走向史提格・莫姆。

「原來沒人在家啊。」剛瓦德說。

「只有那女孩。」

「她是怎麼受傷的？」柯柏問。

莫姆瞥了一下自己包上繃帶的手。

「應該是被狗咬的。」

莫姆雖然年近五十，但非常講究穿著，而且精力充沛，臉上總是掛著迷人的微笑。不知道他是警察的人——事實上，他也不是——很容易會誤認他是電影導演，或是事業有成的商人。他用沒受傷的那隻手抹過自己的一頭鬈髮。

「朗尼・卡斯帕森跟林伯格，這下子我們有兩名歹徒要追捕了。這兩人顯然都準備用槍。」

「你確定？」柯柏問。

但莫姆假裝沒聽到。

「下回我需要更多人手，」他說，「兩倍，而且集結速度得再快一點。這次行動其實很完美，跟我想的一樣。」

「哈！」剛瓦德嗤之以鼻。「我把那個爛計劃從頭到尾看了一遍。依我之見，根本就是白癡的行為。你真笨到以為，像麵包人那種老江湖會看不出貨車跟舊救護車裡那個人是警察偽裝的嗎？」

「我一向不欣賞你的用字遣詞。」莫姆生氣地說。

「我懂，因為我一向心口如一。你這個大集結的點子是從哪兒來的？你要知道，這可不是布萊頓高地之役*。如果你指派我和萊納過去，我們現在早就把卡斯帕森和麵包人抓到手了。」

莫姆嘆了一口氣。

「不知道署長會怎麼說？」

「你可以帶那隻會咬人的笨狗一起去問呀。」剛瓦德．拉森說，「要是你不敢自己面對他，狗也許可以幫你咬掉他的睪丸，那可就妙不可言了。」

「拉森，你實在有夠差勁，」莫姆說，「太過分了。」

「那怎麼樣才叫不過分？壓傷受過特殊訓練的警犬？」

「集結的策略是個好主意，」莫姆的手抹過鬈髮，「數大才有殲滅力。」

「準備出海嗎？」

「沒有，」莫姆說，「我會暈船。」

「你知道那句話是誰發明的？」

「不知道。」

「納爾遜[**]。倫敦特拉法加廣場石柱上的那一位。」

「他說的很對，」莫姆說，「這句話用在陸上也行得通。」

---

* 布萊頓高地之役（Battle of Breitenfield），天主教與新教三十年戰爭的其中一役。一六三一年，天主教神聖羅馬帝國入侵德國北部萊比錫附近的薩克森，意圖逼迫其統治者放棄與瑞典的結盟，瑞典王遂與薩克森聯手，於布萊頓高地迎戰神聖羅馬帝國軍隊，擊敗對方。

** 納爾遜（Horatio Nelson, 1758-1805）英國海軍名將，一八〇五年領軍於特拉法加之役中打敗法國籍西班牙軍隊，但納爾遜本人也死於這場戰役。

「我不這麼認為；何況，他又不是警察。」

「但我們相信他說的話。」莫姆堅持。

「我看也是。」

有那麼片刻，莫姆看來還滿有人樣的。

「這件事，不知道老闆會怎麼想？」

「他大概不會太開心。也許會小小叨唸一下。」

「別這麼說，」莫姆沮喪地說，「他一定會對我大吼大叫。」

「下次就會捉到了。」

「也許吧。」莫姆悲觀地說。

柯柏有許久沒說話了，他陷入沉思。

「萊納，你在擔心什麼？」剛瓦德問。

「擔心卡斯帕，沒辦法不擔心。他一定覺得自己像是隻被獵捕的動物，怕得要命。何況，也許他根本沒犯什麼大案。」

「這點我們並不清楚，不是嗎？」

「我這是直覺。」

「我得去總部一趟，再見。」

莫姆上了指揮車，開走了。

但在他消失前，他又叮嚀了一句：

「要確定沒有人出來才離開。絕對不能讓任何人逃走。」

柯柏難過地聳聳肩：

「若真要追根究柢，當個指揮官似乎也沒什麼好玩的。」

他們倆就這樣沉默地佇立了幾分鐘。

「萊納，你覺得怎樣？」

「很糟。不過，我想我發現了一件事……也許。總之，天哪，跟我們一起工作的是什麼鳥團隊！」

「老天，這工作實在爛透了。」剛瓦德也深有同感。

27.

星期二早上，萊納．柯柏起了個大早。披上浴袍，刮完鬍子後，他到廚房裡給自己煮了一杯咖啡。這是他第一次比小孩早起。波荻和尤書亞的房裡都悄然無聲，葛恩也還在睡。昨晚他讓她半個晚上都沒法睡，直到一個小時前才睡著。

昨夜，在經歷仲夏夜廣場那個失敗的行動後，他一直無法入眠。他雙手放在腦後，凝視著黑暗，陷入沉思。他聽到身邊傳來葛恩均勻的呼吸聲，聽見地鐵列車時不時呼嘯駛入附近的車站，再慢慢駛離。過去一年，有許多夜晚就是這樣度過的。但今晚他特別覺得自己真是受夠了。

大約三點時，他起身到廚房拿啤酒和三明治。沒多久，葛恩就跟過來陪他，然後他們一起回到床上。他將他的決定告訴她。他們以前就討論過許多次了，葛恩全心全力支持他的想法。柯柏從斯堪尼回來後，情緒一直相當低落，煩躁不安，她感覺得到，他已經到了必須做出決定的時刻。

他們談了幾個鐘頭，接著做愛。不一會兒，葛恩就在他的臂彎中睡著。

波荻和尤書亞醒來時，柯柏為他們準備早餐，孩子吃完之後，再送他們回房間，要他們不可以吵媽媽。雖然他們未必會聽他的——只有葛恩說的話，他們才會乖乖聽，但他希望至少他們能讓她再多睡一會兒。

孩子們給他兩個黏糊糊的吻，接著他就上班去了。

他穿過走廊，在步向他專屬的辦公室途中，經過馬丁・貝克空盪盪的辦公室門口，腦海閃現以往常有的想法：這裡唯一會令他懷念的，就只有與馬丁・貝克共事了。

他將外套披在椅背，坐了下來，將打字機拉過來，捲進一張紙，開始打字：

一九七三年十一月二十七日

斯德哥爾摩

受文者：瑞典警政署

主題：辭呈

他的手托著下巴，凝望窗外。高速公路的三個車道在這時一如往常地擠滿開往市中心的車輛。柯柏看著這些川流不息、閃閃發亮的私家轎車，心想，這世上大概沒有任何地方的人，會像瑞典人這樣寶貝自己的車吧？瑞典人經常洗車、打蠟，車身要是稍微刮了一下，掉點漆，或是有那麼一點點凹痕，就好像是遇上大災難，非得馬上送修不可。汽車是重要的身分表徵，為了能和鄰居並駕齊驅，許多人即使負擔不起，也會勉強地去換新車。

他突然想到一件事，於是將紙從打字機抽了出來，撕碎丟進字紙簍。他套上外套，快步走向電梯，按下通往停車場的按鈕。他的車已經開了七年，外觀破舊，而且覆蓋著斯堪地那維亞的泥土。他旋及改變主意，只搭到一樓。

仲夏夜廣場就在不遠處。昨天他站在窗口，幾乎一覽無遺。

在瑪姬那棟公寓後面的停車場上，停著一輛灰褐色的富豪。車牌號碼跟史卡基以及卡翠虹加油站老闆呈報的不同。但那是可輕易用手拼裝的老式車牌。柯柏很確定這就是那輛車。他抄下號碼，走回索德拉警局。

他再度在桌前坐下，推開打字機，將電話拉近。

汽車註冊部門很快就給了他答案——那組號碼不存在，從來不曾存在。地區編號是AB，也就是斯德哥爾摩市。但後面的號碼卻比註冊在案的號碼大，而且，這個號碼以後也不可能發出，因為斯德哥爾摩市的車牌已經換成新的全國性車牌了。

「謝了。」柯柏說。

他有點驚訝，沒料到查詢這輛富豪是否掛著偽造車牌，居然這麼快就有了肯定的答案。通常，他對電腦並無多大信心。

受到莫大的鼓舞後，他再度拿起話筒，打去馬爾摩的警察總局，要求跟班尼・史卡基說話。

「史卡基偵查員。」一個充滿自信的聲音說。

這個頭銜還很新，那聲音中有掩藏不住的驕傲感。

「嗨，班尼，」柯柏說，「我想你大概跟往常一樣，坐在那裡無聊地轉著你的大拇指，所以我派了件事，讓你忙一忙。」

「呃，其實我正在寫一篇報告。不過這件事可以等一等。什麼事？」

他的聲音現在聽起來沒那麼得意了。

「能否給我在維林哲被偷的那輛富豪汽車的底盤跟引擎號碼？要快。」

「好。我立刻查，你稍等。」

柯柏等著。他聽得到史卡基在桌上四處尋找的聲音，抽屜開闔聲，紙張翻動聲，史卡基的喃喃自語，最後是他再拿起話筒的聲音。

「找到了。要不要唸出來？」

「老天！不然我幹嘛打電話問你？」

他將史卡基唸出的號碼寫下來。

「你會再待個一小時嗎？」

「會。我得弄完這份報告，可能需要一整個早上。幹嘛？」

「我會再打來，」柯柏說，「還有幾件事要跟你談，但現在沒時間。再見了。」

柯柏沒有掛回電話，只是按斷連線，等電話可以撥號的嘟嘟聲再度響起，就直接撥出另一個號碼。

今天早上似乎每個人都在工作崗位上，而且反應迅速。國家犯罪實驗室的首長更是電話才響一聲就立刻接了起來。

「犯罪實驗室，葉勒摩。」

「你好，我是柯柏。」

「你好。這次你要什麼？」

葉勒摩的聲音聽來很認命。這表示他認為柯柏的電話不僅吵到他，還準備讓他的日子難過。但就柯柏記憶所及，他其實有好幾個星期沒跟他說上話了。奧斯卡·葉勒摩很討厭跟人相處，他認為自己一再被這群不知感恩的警探們剝削，老是丟出一堆不可能的任務給他。但是，他幾乎總能逐一解決，而且，他也以睿智的專家身分而備受敬重。他確實心細如髮，態度認真又堅持，而且聰明、有創意。但這些不是每個人都知道，並因此對他表示感謝，也沒人願意花時間聽他細說那些對外行人來說太過深入、又無法理解的化驗分析和技術調查之美。

柯柏其實知道該何應付他——溫和的說服，外加拍點馬屁——但他沒有耐性對人甜言蜜語，而拍馬屁這等事，他打心底就做不來。

「噢，跟一輛車有關。」他說。

「知道了。」葉勒摩嘆了口氣，「車況如何？壓扁了？燒燬了？沉到水裡了？」

「不，都不是。車子很正常，狀況非常好，就停在仲夏夜廣場。」

「那你要我做啥？」

「那是一輛灰褐色的富豪。我會給你地址、車牌號碼，還有車底盤及引擎號碼。你有筆嗎？」

「有，」葉勒摩不耐煩地說，「紙也有。說吧。」

柯柏給他相關資料，待他寫完後才繼續往下說：

「你能派個人過來查查那些號碼符不符合嗎？我是說底盤和引擎號碼。如果符合，要他把車送往蘇納。若是不符，要他馬上打給我。」

葉勒摩沒有馬上回答。當他開口時，語氣顯然不怎麼開心。

「你幹嘛不自己過去，還是派個人過去看就好？你給我的這個地址不就在你們對街嗎！假如資料不符，那我的人不是白白從蘇納繞了一大圈的遠路？我們這裡可是有一大堆工作哪……」

柯柏打斷他的長篇大論。

「首先，我很確定就是那輛車；其次呢，我無人可派；第三點是，這車需要完整的採證化驗，所以必須交給你們去辦。」他停下來喘口氣，接著換了一個較為溫和的語氣說話。「而且，你跟貴部門的人知道如何處理這種事。我們只會把事情搞砸，留下一大堆指紋，破壞重要證據。所以，若是一開頭就由你們接手，對大家都好。你們才是專家嘛。」

他覺得自己的話聽起來實在虛情假意。

「呃，好吧，那我想我最好派人過去。」葉勒摩說，「你到底要我們查什麼？有什麼特別的測試要做？」

「先把車移過去，暫時先什麼都別做，」柯柏說，「馬丁隨後會打給你，跟你說他要什麼。」

「好，」葉勒摩說，「我馬上派個人過去把車帶過來。雖然說實在的，大家都很忙，而且天知道，還得找地方停車。我們手頭已經有五輛車在驗了。化驗室裡還堆滿需要化驗的垃圾。就像昨天吧，你知道有人送什麼過來嗎？」

「不知道。」柯柏無力地說。

「兩桶泡在鹽水裡的鯡魚。有人把魚剖開後再縫起來，每條魚的小胃裡都有塑膠袋裝的嗎啡。你知道整晚打手肘以下都浸在泡鯡魚的鹽水裡，聞起來是什麼味道嗎？」

「不知道，但是可以想像，」柯柏大笑，「你怎麼處理那些魚？我可以給你一個很棒的炸鯡魚配洋蔥醬的食譜。」

「是啦是啦，很好笑啦，」葉勒摩語氣裡帶著受傷，「我們做這一行的最會控制自己不亂笑啦。」

他喀一聲把電話掛斷，柯柏邊笑邊將話筒掛回。

雖然才吃過早餐，但一提到鯡魚，他又覺得餓了。

他坐下來，在面前的紙上塗鴉，邊想著要打下一通電話。他再度拿起話筒。

「偵查員史卡基。」

「嗨，班尼，又是我。報告寫好了沒？」

「還沒。你剛說要跟我談什麼？」

「卡斯帕森在維林哲偷的那輛富豪，你手邊有沒有失竊報告？」

「就在我抽屜裡，稍等。」

這次他沒將話筒放下，僅僅三十秒就找出那份文件。

「好，找到了。」

「很好。」柯柏說，「車主的名字是？」

彷彿等了很久，才聽到史卡基的回答。

「克拉克・艾維特・松斯托。」

這回答就對了，柯柏心想。

他完全不意外。但有一種總算將事情想通後那種熟悉的滿足快感。

此外，或許還有那種深植於人類天性中的獵人直覺——嗅聞到獵物時的某種悸動。

一句話襲上柯柏心頭，「那是體內仍有的紅狐，以及野兔」，艾克洛夫的詩句*。他暗忖，等會兒要是有時間，應該把整首詩回想起來，那是一首很棒的詩。

「萊納？」

「有，有聽到。克拉克・艾維特・松斯托。但報案的不是他本人吧？」

「不是，是他太太。她叫希希麗雅・松斯托。」

---

* 艾克洛夫（Gunnar Ekelöf, 1907-1968），瑞典現代詩歌領域最傑出的代表之一。早期詩作受法國象徵主義影響，帶有浪漫主義的夢想和傷感。後期作品為超現實主義風格，帶有東方神祕主義的色彩。

「你是不是去過他們在維林哲的住處？」

「對，他們在那裡有棟房子。車子原本停在車庫，車庫對著前院。車庫沒有門，所以卡斯帕森可以從街上看到車。」

「你去的時候，有和松斯托夫婦講到話嗎？」柯柏問。

「有，不過大多是跟太太談。先生沒說多少。」

「他長什麼樣子？」

「五十來歲，大約五呎七。很瘦，不是結實型的，看起來似乎病懨懨。金髮，但已開始轉灰，或幾近白色。戴著一副黑框眼鏡。」

「他是做什麼的？」

「製造業。」

「什麼樣的製造業？」

「不知道，」史卡基說，「他太太在填寫報案單時，在職業欄上就這麼寫。」

「他有沒有說為什麼沒有早一點報案？」

「沒有。不過他太太說，她本來週一早上就要報案，但她丈夫說車應該會再出現，所以他們就等等看。」

「還說了什麼？他們彼此有沒有說什麼？」

「呃，大多關於車子。我問他們，星期天早上有沒有看到、或是聽到什麼？他們說沒有。其實我只跟太太說到話。她讓我進去屋內，我們就站在玄關談。他只出來一分鐘，說他唯一知道的就是，他在中午左右準備要出門時發現車不見了。」

柯柏看著自己在紙上的塗鴉。他畫的是斯堪尼的地圖，上面有幾個小點，分別代表維林哲、安得斯勒夫、馬爾摩以及特樂柏。

「我依稀有個印象，他在特樂柏工作，」史卡基不太確定，「好像是他太太提到的。」

柯柏將安得斯勒夫和特樂柏兩點以直線連接起來，再將特樂柏和維林哲以另一條線連起來。他畫出一個倒三角形，三角形的頂點是特樂柏，最長的一邊則是位於北方、由維林哲通往安得斯勒夫的道路。

「很好，班尼，」柯柏說，「太棒了。」

「你找到車了嗎？」史卡基問，「我聽說他逃掉了，我是說卡斯帕。」

「對，逃掉了。」柯柏語帶譏諷，「我想我們已經找到那輛車了。你最近有跟馬丁說過話嗎？」

「沒有，」史卡基回道，「已經有一陣子沒聯絡了。他不是還在安得斯勒夫嗎？」

「對。」柯柏說，「我掛斷後，你馬上打給他，把你剛剛跟我說的那個克拉克・松斯托的長相等資訊全告訴他。然後告訴他可以打給犯罪實驗室的葉勒摩，看他拿到車子了沒？現在就打，馬上！」

「好。」史卡基問，「這個松斯托是什麼來歷？他幹了什麼好事嗎？」

「你很快就會知道，」柯柏說，「反正，先打給馬丁，他會做決定。清楚了吧？打完你就可以回去把你的報告寫完。要是有事，我會在辦公室。我自己剛好也有報告要寫。代我向馬丁問好，拜——」

「再見。」

柯柏沒再打其他電話。他將電話和畫有倒三角形及斯堪尼那歪斜公路的紙推到一旁。

他將打字機拉近，捲上紙，開始打字：

斯德哥爾摩

一九七三年十一月二十七日

受文者：瑞典警政署

主題：辭呈

28.

柯柏打得很慢，只用兩根指頭。他知道這封他早已構思良久的信，算是一封正式文件。但他不想寫得太長，而且，也盡可能讓語氣自然，不要顯得公式化：

經過漫長且慎重的考慮，本人決定離開警界。雖然離職純粹出於個人理由，我還是在此試著簡短說明。首先，我必須強調的是，這項決定完全不是出自政治考量，雖然許多人可能會有那樣的臆測。過去幾年，警界越來越政治化，而且常被利用來遂行某些政治目的，但本人一直避免涉入這類活動。

然而，本人在警界服務的二十七年中，警界的活動、結構及組織歷經轉變，本人已深感不復勝任稱職的警察，假使過去還算稱職。此外，警察局亦成為一個令本人不再有歸屬感的組織，因此，此時提出辭呈，相信對個人及局裡都是最有利的。

長久以來，警察是否該攜帶槍械一直是本人十分重視的問題，多年來，本人一直堅信，在正常狀況下，警察不該攜帶武器，不論穿制服的或便衣警員都一樣。

過去十年，暴力案件急速攀升，以我之見，大都歸因於警察一成不變的攜帶槍械。這是廣為人知的事實，而且有許多其他國家的統計數據支持——當警察立下壞榜樣，暴力案件會馬上隨之攀高。過去幾個月的事件更清楚顯現出，暴力案件在往後只會更為嚴重，在斯德哥爾摩與一些大都市裡尤其如此。

警察學校提供的心理課程委實太少，結果警察普遍缺乏也許是他們在這一行中想獲得成功時最需要的先決條件。

雖然警界有一些所謂的心理醫警，這些人被派往令罪犯恢復理智。在我看來，這無疑是承認失敗罷了。因為心理學並不能被用來掩飾暴力。依我之見，這應該是心理科學最基本、最明顯的教義。

我必須強調的是，多年來，我自己從不攜帶槍械。雖然這樣時常違反上面的命令，但我不覺得這對我執行公務有任何妨礙。正好相反，強制警察必須攜帶槍械極可能會有非常不良的影響，會造成意外，或與一般民眾更形疏離。

我想說的是，我無法繼續從事警察工作。或許什麼樣的社會就合該配有什麼樣的警察。但我無意證明這樣的假設，至少，不是現在。

我發現自己與既成事實十分扞格。我在加入警界時，從未料想到它會有這樣的改變，甚或走向如此方向。在服務二十七年後，我發現自己以自己的職業為恥，我的良心不再容許我繼續。

柯柏將紙往上捲了一兩吋，將所寫的讀過一遍。他覺得一旦開了頭，要說的真是說不完。但光是這些也夠了。

他加上兩句：

因此，我請求讓我的辭呈即刻生效。

史汀・萊納・柯柏

他將紙折好，放進褐色的公文信封。寫上住址，將信丟進「外送」的籃子裡。接著他站了起來，環視他的辦公室。他將門在身後帶上。回家。

29.

以達拉若附近而言，海寧潔森林中的小木屋是很好的藏身地點。它非常孤立隱密，說要不期然走到那裡，根本是不可能的。從小木屋裡的儲備也看得出麵包人林伯格對自己的處境沒有懷抱幻覺。小木屋裡屯積有食物、飲料、武器、彈藥、燃料、衣服、香菸，以及成堆的舊雜誌。一言以蔽之，長期抗戰必備的用品一應俱全，甚至還能抵擋一般程度的攻擊。當然，最好別發生那樣的情形。

當警方進攻仲夏夜廣場時，卡斯帕和麵包人幾乎是不費吹灰之力就脫了身。但這間木屋完全不同，這是他們負隅頑抗的最後堡壘。

要是在這裡被圍困，他們只有兩種選擇，投降或戰鬥。

第三種可能——再度脫逃——甚至不在考慮之內。因為那表示得徒步、孤獨地逃入森林深處。冬天的腳步已快速接近，這段路途勢必困躓難行。更何況，這也表示他得放棄一大筆偷來的財富。

麵包人不是什麼犯罪天才。他的計劃再簡單不過。他將值錢的財物全埋在木屋周圍。現在他只希望隔一陣子後，警方的追捕會鬆懈下來，這樣他們倆就可以冒險返回斯德哥爾摩。一旦回去，就可以快速將東西變賣，購買假證照，逃往國外。

但朗尼・卡斯帕森沒有任何計劃。他只知道警方為了一個他根本沒犯下的罪，想盡辦法在追捕他。跟麵包人黏在一起，至少不會覺得孤單。此外，麵包人對生活抱持著一種非常樂觀、簡單的看法。當他說他們逃亡的成功率很高時，麵包人自己是確實深信不疑的。因此，卡斯帕森也就相信了他。林伯格稍早沒有躲到這裡，是因為他不想孤單一人。

現在有兩個人，氣氛就快樂多了。

對卡斯帕森來說，他只有一個嚴重的問題要擔心——麵包人每次都會被捕。但是他們兩人都覺得風水輪流轉，也許這回運氣會好一點。過去幾年，不少慣犯在成功幹了一票後都順利地逃往國外，毫髮無傷地帶著錢財消失在西方文明社會中。

這間小木屋有幾個優點。它位於一塊空地的中央，四面視野一覽無遺。外頭只有兩幢建築，一間戶外廁所及一個搖搖欲墜的穀倉，麵包人的車就藏在裡邊。

小木屋的狀況良好，是一棟普通的瑞典農家木屋，前頭有三扇窗，後頭及兩側又各有一扇。一樓就是一間大房間，包括廚房及臥室，沒有隔間。從外面進來只有一條路可通往木屋，這路筆直地通到前院，可直達房子中央的小陽台。

第一天，麵包人仔細檢查了他們的武器。他們有兩支與陸軍同款的輕機槍，三把不同款式的自動手槍，甚至還有充足的彈藥，包括兩整盒湯姆生自動步槍子彈。

「現在的警察呢，」麵包人說，「萬一被他們找到，而且被包圍的話，我們只有一條路可走。」

「什麼路？」

「當然是一路殺出去。我們就是殺上一、兩個，也不會對我們的情況有絲毫影響。除非他們放火燒房子，不然他們要活捉我們可說難如登天。如果他們用催淚瓦斯，我那個箱子裡也備有防毒面具。」

「這些東西我完全不會用。」卡斯帕森拿起一把輕機槍說。

「十分鐘就能學會啦。」麵包人回道。

他說的沒錯，只要十分鐘，很快就學會了。第二天早上，他們將所有武器全試過一遍，結果非常令人滿意。這棟房子遠離塵囂，根本不必擔心有人會聽到槍聲。

「我們現在只能等待，」麵包人說，「要是他們來了，我們就熱情歡迎他們吧。不過，我不認為他們會來。好，我們耶誕節要去哪裡慶祝？加納利群島，還是非洲什麼地方？」

朗尼・卡斯帕森從不預先計劃日後的事，更何況耶誕節還要好幾個禮拜才到。但他倒是想到了殺人的問題。把幾顆子彈打進那些嗜血的混蛋警察身體應該不難，也沒什麼好奇怪的。以他目睹警察的搜捕行動和街頭火拚的印象，他實在很難將警察當成有人性的人或是個體看待。

他們不斷聽著廣播，但聽不到什麼進一步的消息，只知道追捕弒警犯的行動始終如火如荼地在進行。目前警方確定他還在斯德哥爾摩，指揮官認為不久即可讓他束手就擒。

只是他們倆萬萬沒想到，暴露他們行蹤的竟然會是瑪姬。瑪姬要是沒受傷，絕對不會對他們構成威脅，因為她是好心又忠誠的朋友。她知道如何保守祕密。

但問題是她受了傷，住進索德醫院。

她被狗咬到的傷口，照醫生的說法，看來雖然很恐怖，但不足以致命。

可是她在手術後開始發高燒，神志不清。

她在昏迷中不停說話。不確定自己究竟身處何方，但她覺得自己是在跟一個熟人，或至少是一個願意傾聽的人說話。

事實也確實如此。

她床頭坐著一個帶了錄音機的人。

此人名叫埃拿・隆恩。

隆恩什麼問題也沒問，就只是傾聽，並將瑪姬的喃喃自語錄下來。

他馬上察覺到這些訊息非常重要，又不太確定該如何處理。考慮了幾分鐘後，他找到電話，打給在國王島路警局總部辦公室的剛瓦德・拉森。

「拉森。什麼事？」

他馬上感覺到拉森不是獨自在辦公室裡，因為他唐突的語氣中透著不悅。

「噢，這裡的這個女孩神志不清。她剛剛跟我說了麵包人和卡斯帕森的藏身地點。是在往達拉若方向的一間小木屋。」

「說得詳細嗎？」

「嗯，很詳細。要是給我一張地圖，我應該可以標出那間木屋的所在。」

剛瓦德・拉森沉默了許久才回答：

「這是一個很複雜、牽涉到技術性的決定，」他語帶神祕地說，「你帶槍了嗎？」

「沒有。」

又是一陣沉默。

「我們是不是應該向莫姆報告？」隆恩問他。

「對，一定要，」剛瓦德說，「理當如此。」接著他低聲補上一句，「不過呢，等你看到我的車開到醫院大門口時再飛快打給他。」

「好。」隆恩回答。

他走到醫院大廳，拿著銅板，站在一個付費電話旁等著。

剛瓦德．拉森的車不到十分鐘就出現了。他馬上再打到國王島街警局，在等了一會後接進莫姆的辦公室。隆恩如實將瑪姬說的話報告一遍。

「太棒了，」莫姆高興地說，「你回去看著她。」

隆恩筆直走向剛瓦德。剛瓦德．拉森探身推開車門讓他上車。

「手套箱裡有槍跟地圖。」

隆恩猶豫片刻後，便將槍插進腰帶，開始研究地圖。

「就是這裡。」

剛瓦德審視了一下交通網，瞥了手錶一眼。

「我們大約有一個小時，」他說，「在那之後，莫姆就會跟他所謂的主要火力趕到。他那群人已經為這個準備好一陣子了。真受不了！他有一百個人，兩架直昇機，十隻狗，此外，還要求增派二十面巨大的鎮暴盾牌。這根本是存心要製造一場殺戮。」

「你認為那兩個人會還擊嗎？」

「很有可能，」剛瓦德說，「林伯格沒什麼好損失的。至於卡斯帕森，搞不好已經被這場追捕逼到快瘋掉了。」

「大概吧。」隆恩一手摸著槍，沉著地說。

他不喜歡訴諸暴力。

「其實，我才不管林伯格會有什麼下場，」剛瓦德說，「他是職業罪犯，而且最近才又殺了人。我擔心的是那孩子。截至目前，他都沒開過槍，也沒傷過誰。但要是讓莫姆這樣搞下去，這孩子不是會被射殺，就是會殺死幾個警察。所以我們一定得搶在莫姆之前趕到，迅速行動。」

「迅速行動」是剛瓦德的一項特長。

他們往南開，穿過漢登和已被開發成高樓大廈林立的班德哈根。

十分鐘後，他們來到岔路，再十分鐘後就看到了那棟木屋。剛瓦德將車停在路中央距離房子大約一百五十呎處。

他研究了四周環境後說：

「有困難，但還好。我們就在這裡下車，沿著路左邊接近房子。一旦有槍戰，就以那個廁所做掩護。我會繞過去，試著由後面攻擊。你留在有掩護的地方，慢慢朝屋頂或陽台左邊的屋簷射擊。」

「可是我的技術很爛……」隆恩喃喃自語。

「我的天，你至少打得到屋子吧！」

「希望可以。」

「還有，埃拿……」

「怎樣？」

「別冒險。我要是出了什麼差錯，你就留在掩護處，等那一大票人過來。」

木屋裡的麵包人跟卡斯帕還沒看到車，就先聽到車聲了。他們站在窗口往外看。

「奇怪的車，沒見過。」麵包人說。

「會不會是兜風迷路了？」卡斯帕問。

「不可能。」麵包人譏諷地說。

他拿起輕機槍，也遞了一把給卡斯帕。

隆恩跟剛瓦德下車，朝屋子走去。麵包人拿著望遠鏡檢視這兩位來客。

「警察，」他嘆了口氣，「這兩個我都認得，斯德哥爾摩制暴組的。不過，要收拾這兩個人很簡單。」

他以手肘撞破窗子中間的玻璃，瞄準後開始射擊。

隆恩跟剛瓦德聽到玻璃的碎裂聲，知道那表示什麼。他們迅速採取行動，跑向一旁，趴在廁所後面。

不過，這一番掃射注定要失掉準頭，因為麵包人不習慣以這種武器做長距離射擊。他把槍拿得太高了，但他還是十分開心。

「現在我們可把他們釘在要他們好好待著的地方了。」他說，「卡斯帕，你只要把後面掩護好就可以。」

剛瓦德在廁所後頭待了幾秒，便繼續以一些低矮的黑莓樹叢為掩護，往前爬行。

隆恩躲在廁所的石基後面，受到很好的保護。他將槍伸出來，露出一隻眼睛，對著屋頂開了兩槍。對方馬上回擊。這次的掃射比上次久，也比上次準確。一陣小碎石朝著他的臉飛了過來。

隆恩再次開槍。或許沒打到房子，但其實無關緊要。

剛瓦德轉眼間已經抵達木屋。他輕快地沿著後牆爬行，轉過角落，在側面的窗子下停住。他跪起身，拔出別在腰帶上的點三八口徑手槍，握好，身體再撐高一些，往內窺看。他看到一個空盪盪的廚房；十呎後則有一扇微開的門。卡斯帕跟麵包人應該就在廚房過去的那個房間裡。

剛瓦德等著隆恩再度開槍。他等了三十秒，聽到隆恩開了兩槍。

隨即就是一陣回應的掃射，最後掃射聲以一聲空洞的金屬碰觸聲結束。這表示子彈用罄。

剛瓦德站起來，以雙手護在臉前，撞破玻璃窗衝了進去。他在地上打個滾，隨即站起來，踢開那扇半開的門，衝進隔壁房間。

林伯格由前窗往後退開一步，身體略為前傾，手中裝著子彈。朗尼・卡斯帕森則站在他後頭一角，手中握著另一管輕機槍。

「老天！卡斯帕，快開槍！」麵包人大喊，「他們只有兩個人。快開槍。」

「夠了，林伯格。」剛瓦德說。

他踏前一步，舉起左手，用力擊出一拳，結結實實打在林伯格喉嚨旁的鎖骨。

林伯格放掉武器，像個布袋一樣癱倒在地。

剛瓦德瞪著朗尼・卡斯帕森。他的輕機槍從手中滑落地上，雙手遮住臉龐。

這就對了，剛瓦德心想，這樣才對嘛。

接著他打開前門，叫道：

「埃拿，你可以出來了。」

隆恩進入木屋。

「最好將那個人銬起來。」剛瓦德以腳指指林伯格。

他看著朗尼・卡斯帕森。

「你不想戴手銬對不對？」

朗尼・卡斯帕森搖搖頭。他的臉仍然埋在手裡。

十五分鐘後，兩個囚犯都坐進了剛瓦德的車子後座。車子開到木屋前面調轉方向時，林伯格已經清醒過來，甚至還恢復了一部分的樂觀天性。

就在這時，一個穿著運動衣的人跑進院子。他一手拿著羅盤，傻傻地由車子望向房子，又從房子望回車子。

「老天爺，」麵包人說，「一個偽裝的前哨警察。可是他幹嘛只拿羅盤不拿地圖？」

他放聲大笑。

剛瓦德搖下車窗。

「喂。」他喚道。

穿運動衣的人走過來。

「你有沒有帶雙向頻道的無線電？」

「有的，長官。」

「告訴莫姆，他可以取消整個作戰計劃了，只要派幾個人開車過來，把房子好好搜一搜就行。」

那人搞了很久還是搞不定無線電。

「你們必須把犯人交給指揮總部的指揮官莫姆，」他說，「他在東海寧潔路的路牌最後一個字母往東兩千米處。」

「好吧，就這麼辦。」剛瓦德說完，搖上車窗。

莫姆站在那裡，被部屬簇擁著，一副志得意滿的模樣。

「太帥了，拉森，」他說，「這我必須承認。卡斯帕森怎麼沒戴手銬？」

「他不需要。」

「胡說！給他戴上。」

「我沒手銬了。」剛瓦德說。

說完他便和隆恩一起開車揚長而去。

「希望那孩子能有個好律師為他辯護。」開了一會兒後，剛瓦德這麼說。

隆恩沒答腔，反而將話題轉開。

「剛瓦德，」他說，「你的夾克破了。」

「是啊，真討厭。」剛瓦德不悅地回應。

30.

馬丁．貝克接到史卡基的電話，隨後的事就進行得極為快速了。

在初步搜索過那部灰褐色的富豪汽車後，蘇納犯罪實驗室的葉勒摩報告說在車上找到一塊白色抹布。化驗結果顯示，它與在犯罪現場尋獲的那塊破布有一模一樣的鎳屑。

當天下午，他們就去搜查克拉克．松斯托專事製造零件跟精密工具的工廠。鎳是其中幾樣產品的主要材料，廠裡處處可見這種金屬的碎屑。此外，在工廠一角，克拉克．松斯托慣常停車的地方，就有一個裝滿棉質抹布的紙箱。

比對筆跡的結果也一如預期，證實了在席布麗床邊小几抽屜中找到的那兩封信，正是出自松斯托之手。

他們在松斯托的書桌裡找到一疊信封，和拿去付那間單房公寓租金的信封相同；而用來打「租金。S．雍森」字樣的打字機就放在書桌旁的架子上。

赫爾辛堡的犯罪實驗室已針對那間愛巢做過仔細檢驗，指紋採樣是其中之一。

這些證據絕對足以將克拉克・松斯托與席布麗・莫德謀殺案扯上關係。

松斯托的工廠位在特樂柏，但因為是希希麗雅由她父親那裡繼承而來的遺產，所以掛的還是她父親的名字。這也是那些勤奮的特樂柏警探找不到克拉克・松斯托的原因。技術上說來，他是被自己的太太聘為工廠經理。

星期二下午警方去搜索工廠時，松斯托不在辦公室裡。他吃過中飯後身體不適，搭計程車回家休息去了。

馬丁・貝克不確定他是真的生病，還是有預感事情就要爆開了。在松斯托尚未得知警方要來搜索工廠之前，梅森已經先派了兩個手下到維林哲暗中監視他的住處。

當所有採樣、化驗、分析及比對都逐一完成，而且集合了足夠發出逮捕令的證據時，已是傍晚時分。

馬丁・貝克和班尼・史卡基走新開的高速公路，不到八點就抵達維林哲。首先，他們找到兩位便衣警察。他們將車停在一條旁道上，可以清楚看到松斯托的住處，卻不會引人注意。

「他還在房子裡。」當馬丁・貝克朝他們的車走過去時，其中一位這麼說。

「他太太五點左右曾出去買東西，」另一位接口，「但在那之後就沒人離開了。他的女兒在一小時前也都回來了。」

松斯托家有兩個女兒，分別是十二歲和十四歲。

「很好，」馬丁・貝克說，「你們暫時在這兒等著。」

他走回史卡基那裡。

「開到大門口，在車裡等我，」馬丁・貝克吩咐，「我自己進去。不過要準備好，我們不知道他會如何反應。」

史卡基將車開到大門口，馬丁・貝克穿過寬大的鐵門。由街道通往門口的碎石路旁種著玫瑰花叢，正門階梯是由一分為二的磨石子構成，呈半圓形。他按下門鈴，聽到巨大的橡木門後傳來兩聲門鈴的輕響。

來應門的女子幾乎跟馬丁・貝克一樣高。她很苗條，或說是瘦，乾乾的，看來全是骨頭，彷彿在那蒼白的皮膚底下毫無肌肉可言。她的鼻子尖挺、略為彎曲，顴骨高而突出，臉上布滿淺褐色的雀斑。她栗色的頭髮雖然濃密鬈曲，卻已露出不少白髮。她沒有化妝，嘴唇單薄而蒼白，嘴的線條透著苦澀。她有一雙美麗的眼睛，濃密的睫毛下有灰綠色的眼眸。她揚起一對彎眉，詢問似地看著馬丁・貝克。

「我是貝克組長，我想找松斯托先生。」

「我先生身體不舒服，已經上床休息了。有什麼事嗎？」

「抱歉這個時候來打擾，不過，很不幸，我非來這一趟不可。事情很緊急，所以如果他不是病得太嚴重……」

「是跟工廠有關的事嗎？」

「不，跟工廠沒有直接關係。」馬丁・貝克回答。

他一向討厭這種情形。他對這女人所知甚少，也許她並不滿意自己的人生，但還是試著過一種平靜、正常的家庭生活。但她馬上就會知道，自己竟然嫁給一個謀殺情婦的男人。

假如殺人犯都沒有家人就好了！馬丁・貝克在心裡胡思亂想。

「我有一些問題得跟你先生討論。所以，如果……」

「這事情真的重要到不能等到明天嗎？」

「是的，就是那麼重要。」

她將前門完全打開。馬丁・貝克走進前廳。

「你在這裡稍等，我去跟他說。」

她走上樓梯到二樓，背脊直挺。

馬丁・貝克聽得到大廳右邊有個房間傳出電視的聲響。他等著。

約莫五分鐘後，松斯托出現了。他穿著深藍色的法藍絨褲及同色的雪特蘭毛衣，毛衣底下的襯衫也是藍色的，釦子扣到最頂。她太太跟著他走下樓梯。當他們兩人都站到他面前時，他注意到她比他還高出一個頭。

「希希，你去陪女兒。」克拉克．松斯托說。

她投以一個不安的探索眼光，但還是打開樓梯旁的門。電視機的聲音霎時變大，但她很快就將門在身後關上。

克拉克．松斯托完全符合佛基．班特森及史卡基的描述，但他的嘴唇和雙眼流露出的認命與疲憊，卻讓馬丁．貝克相當驚訝。年初，佛基．班特森看到他時，他或許曬成了古銅膚色，但現在卻是灰黃、無力，看來憔悴不堪。但他有一雙大手，曬得黝黑，十指長而有力。

「怎麼了？什麼事？」

馬丁．貝克看到他眼鏡後的雙眼流露出恐懼，這點他無法偽裝。

「你應該心知肚明。」馬丁．貝克說。

那人搖搖頭，然而髮際和上唇開始冒出汗珠。

「席布麗．莫德。」馬丁．貝克說。

克拉克．松斯托轉身對著前門走了幾步後停了下來。他背對著馬丁．貝克，說：

「我們可以去院子裡談嗎？我想我需要一點新鮮空氣。」

「好。」馬丁・貝克說完，等他穿上羊皮外套。

他們走到前門的石階。克拉克・松斯托雙手插在口袋裡，慢慢走向大門。走到碎石子路的半途時，他停下來，仰首看著天空。星星都出來了。他沉默不語，馬丁・貝克走到他身旁停住。

「我們有證據證明你殺了她，我也查過特樂柏那間公寓。我口袋裡有一張你的逮捕狀。」

克拉克・松斯托站著，動也不動。

「證據？」好一會兒後他才說，「你怎麼會有證據？」

「證據可多了。其中一樣是一塊可以跟你扯上關係的抹布。你為什麼要殺她？」

「我別無選擇。」他的聲音聽起來很奇怪，像是哽住了。

「你還好嗎？」馬丁・貝克問。

「不好。」

「跟我們去馬爾摩吧，我們可以在那裡談。」

「我太太……」

這句話被他喉間發出的呻吟打斷。他抓住自己的心臟，步伐踉蹌，朝前跌倒，一頭栽進玫瑰叢裡。

馬丁・貝克盯著他。

班尼．史卡基穿過大門飛奔過來，幫他將這男人翻過來，讓他仰臥在地上。

「冠狀動脈血栓，」史卡基說，「我見過。我去叫救護車。」

他跑回車上，馬丁．貝克聽得到他在講無線電話的聲音。

就在這時，她太太跑進了院子，兩個女兒緊跟在後。她一定是從窗子看到發生的一切。她將馬丁．貝克推開，跪在昏迷的丈夫身旁，叫兩個女兒先回屋裡。她們聽是聽了，卻只退到門口，站在那兒，焦慮、不解地看著自己的父母和花園中這兩位陌生人。

救護車在七分鐘後抵達。

班尼．史卡基一路緊跟著到了馬爾摩醫院。當救護車在急診室外頭停下來時，他不過相距數碼之遙。

馬丁．貝克坐在車裡，看著護理人員匆匆扛著擔架跑進醫院，松斯托太太也跟了進去，門在他們身後用力關上。

「你不進去嗎？」史卡基問。

「會，」馬丁．貝克說，「但是不急。他們會先處理休克問題，按摩他的心臟，然後替他接上呼吸器。如果他能活到那時候，他就能很快復原。否則……」

他靜靜坐著，盯著關上的門。一會兒後，護理人員推著有輪子的空擔架出來，將擔架推上救護車，關上車門，接著上車開走了。

馬丁・貝克坐直身體。

「我最好進去看看狀況怎麼樣了。」

「我應該跟你進去、還是在這裡等？」史卡基問道。

馬丁・貝克打開車門走出來。他彎下腰向史卡基說：

「有可能他會清醒過來，醫生會允許我跟他說話。那樣的話，最好有一部錄音機。」

史卡基發動車子，「我馬上去辦。」

馬丁・貝克點點頭，史卡基將車開走。

克拉克・松斯托被送進加護病房。馬丁・貝克透過等候室門上的玻璃，可以看到他太太。她背對著門站在窗邊，背挺得很直，不動地站著。

馬丁・貝克在走廊上等著。過了一會兒，他聽到木鞋的聲音。一個穿著白色外衣及牛仔褲的女子朝他走來，但在他還沒能開口之前，卻轉彎消失在一扇門後面。他往那門走去。門上有個牌子寫著「值勤室」。他敲門後，不待對方回應便開門進去。

那女子正站在桌邊翻著一疊病歷表。她找到要找的文件，在上頭寫了些字之後，將它夾在筆記板上，放到身後的架子。接著她以詢問的眼光看著馬丁・貝克。馬丁・貝克向她出示證件，說明來意。

「我現在沒辦法跟你說什麼，」她說，「他正在接受心臟按摩。不過，你要的話可以在這裡先等著。」

她很年輕，棕色眼睛爽朗有神，暗金色的頭髮結成辮子，垂在背後。

「有事的話，我會隨時通知你。」說完便匆匆走出去。

馬丁·貝克走過去閱讀她放在架上的病歷。那不是克拉克·松斯托的。

牆上有個像電視螢幕的東西，還有個綠色光點從螢幕左邊快速跑向右邊。到達螢光幕中央時，它發出短促、高昂的嗶嗶聲，往上跳動一下。綠點呈現一種規律的弧形，那個嗶嗶聲也是單調、規律地重複出現。某個人的心臟顯然跳得很正常。但馬丁·貝克猜想，這不是克拉克·松斯托的心電圖。

這樣平靜無波地過了十五分鐘後，馬丁·貝克看到史卡基的車開過來。他迎出去，接過錄音機後，便叫史卡基先回家。史卡基的表情有點失望，顯然他寧可留下來，但馬丁·貝克不需要他的幫忙。

十點半時，綁辮子的女子回來了。她應該是值班的駐院醫師。

松斯托已經度過難關，醒過來了。他的情況看來還不錯；他跟他太太講了幾分鐘的話；她已經離開醫院；他現在在睡覺，不能打擾。

「你明天再來，到時再看情形。」她說。

在馬丁・貝克解釋過後，她終於勉強同意只要松斯托一醒來，就讓馬丁・貝克進去和他談。

這個房間裡有一張鋪著綠色塑膠布的行軍床，一個上頭插著三本宗教期刊的雜誌架，三本都已經翻到破爛。馬丁・貝克將錄音機放在凳子上，躺到行軍床上，看著天花板。

他想到克拉克・松斯托和他太太。她給他的印象是此人十分堅強，心理上的堅強。也許那只是經過長年練習後的表象，又或許是心理上的保留。他也想到佛基・班特森，但沒想太久。接著他想到黎雅。不久之後，他就睡著了。

當醫生將他搖醒時，已是早上五點半，她的棕色雙眼已不再神采奕奕。

「他醒了，但問話必須越短越好。」

克拉克・松斯托面對著門仰躺著。一個穿白衣白褲的年輕男子坐在他床腳一張椅子上，咬著指甲。看到馬丁・貝克進來，他馬上起身。

「我去拿杯咖啡。你要離開前就按這個呼叫鈴。」

床頭上方有個架子，架子上有一台馬丁・貝克在值勤室看到的那種機器。三條不同顏色的細線將這機器連到用膠帶貼在克拉克・松斯托胸口上的圓形電子感應片。綠點在螢幕上畫出心電圖，然而嗶嗶聲顯得很微弱。

「你還好嗎？」馬丁．貝克問。

「還好，我不記得發生什麼事。」

他沒戴眼鏡。面容看來年輕許多，也較為柔和。

「你記得我嗎？」馬丁．貝克問他。

「我記得你來，我們一起走到院子，其他就不記得了。」

馬丁．貝克拉來一張擺在床底下的矮凳，將錄音機放在上面，麥克風就別在床單邊緣，然後把椅子往前拉，坐下來。

「你記不記得我們當時在談什麼？」

克拉克．松斯托點點頭。

「席布麗．莫德，」馬丁．貝克說，「你為何要殺她？」

病床上的人閉上眼睛，過了好一會兒才張開。

「我病了，現在不想談。」

「你是怎麼認識她的？」

「你是說我們是怎麼湊在一起的？」

「對，告訴我。」

「我們是在她工作的糕餅店結識的，那時我常去那裡喝咖啡。」

「那是何時的事？」

「三、四年前。」

「然後？」

「有一天，我在城裡遇見她，便順口問她要不要搭便車？她問我能不能載她回去多畝，因為她的車在修車廠裡待修。我載她回家。後來她告訴我，車子待修是她捏造的，因為她想進一步認識我。她將車子留在特樂柏，第二天只好搭公車。」

「你載她回家後有沒有進去屋裡？」

「有。我們也上了床。這是你想知道的吧？」

克拉克・松斯托看了馬丁・貝克一眼，接著撇頭看著窗外。

「你們後續還在她的住處見面嗎？」

「對，有幾次。但那太過冒險了。畢竟，我是有家室的人。她雖然離了婚，人家還是會說閒話，尤其在她住的那地區。所以我在特樂柏租了一個可以見面的小地方。」

「你愛她嗎？」

克拉克・松斯托由鼻孔裡哼了一聲。

「愛？才不。不過她確實讓我很興奮，我想跟她上床。我太太對床事已經沒興趣了。事實上，她從來就不感興趣。因此我認為理所當然要有個情婦。但這事情要是讓我太太知道，她非發瘋不可，她會當場開口要離婚。」

「席布麗・莫德愛你嗎？」

「我想是的。本來我以為她只是和我一樣，想找個人上床。但後來她開始提議我們應該同居。」

「她什麼時候開始提這些事？」

「今年春天。我們每個星期會在那地方約會一次，原本一切都好好的，但是她突然開始說我們應該結婚，她很想要有小孩等等的，完全不顧我已經結婚、而且有孩子了。她說我離婚不就得了。」

「你不想離嗎？」

「老天，當然不想。首先，我跟我太太和小孩生活得很好。再者，要是離婚，我的事業就會成為一場大災難。我們住的房子是我太太的，工廠也是，雖然負責經營的人是我。我們離婚的話，我會一文不名，而且失業。我已經五十二歲了，這輩子都在為那間工廠做牛做馬。席布麗真是瘋了，居然以為我會為她放棄這些。她還不是為了要錢。」

談話讓他的臉頰恢復了一點血色，眼睛也不再那麼疲憊。

「此外，我也開始厭倦她了。去年冬天我就在想要怎樣跟她好好分手。」

但是你選的方法一點都不好，馬丁・貝克心中暗忖。

「然後呢？她太難纏嗎？」

「她開始威脅我，她說她要找我太太談。我只好跟她說，我會自己提離婚。當然，我根本沒打算要提。我不知道該怎麼辦，每天失眠……」

他不再說話，用手遮住眼睛。

「你難道不能跟你太太談？」

「不行，絕對不行，她絕對無法接受或原諒這種事。她對那種事極端有原則，嚴守道德。她也很怕別人說長道短，非常愛面子。不行，我只有……我真的無路可走。」

「你後來不是找到一條出路嗎？」馬丁・貝克沉默一會兒後說，「雖然不是很好的出路。」

「我擔心到快發瘋，最後實在是絕望了，只想擺脫她的嘮叨和威脅。對，我想過好幾百種方法。最後我想到住在她隔壁的那個性變態。我想，要是我把事情做得像是強暴殺人，大家都會認為就是他做的。」他飛快看了馬丁・貝克一眼，聲音中帶著一絲洋洋得意。「你也是這麼想的，對吧？」

「難道你不擔心一個無辜的人會因你的罪行而被判刑？」

「他哪裡無辜了，他以前殺過人，本來就不應該把他放出來。不會，我完全不擔心。」

「你是怎麼下手的？」

「我趁她在等公車時把她接到我車上，我知道她的車子在修車廠待修。然後，我把她載到我早先選定的地方。她以為我們要做愛。我們有時會在戶外做，尤其是夏天——」

突然，他瞪著馬丁·貝克，眼睛發直，整張臉扭曲變形，嘴巴張開，嘴唇緊貼著牙齒，喉中發出軋軋聲。他舉起左手，馬丁·貝克握住他的手腕，站了起來。那手緊抓住馬丁·貝克的手，他的雙眼圓睜，瞪著剛才馬丁·貝克臉龐所在的地方。馬丁·貝克抬眼，看到那綠點以直線慢慢畫過螢幕。機器發出規律、微弱的聲音。

馬丁·貝克感覺到他握住的手鬆開了，他將手放在被單上，衝進走廊按下呼叫鈴。不到一分鐘，房裡就擠滿身穿白衣的人。在房門關上之前，他看到一塊像桌面的東西被塞到那具已沒有生命跡象的軀體底下。

他在門外等著。過了一會兒，門打開了，有人把錄音機拿給他。

他張口想說些什麼，但那個穿白衣的人搖搖頭。

「我認為這次救不回來了。」他說。

門再度關上。馬丁・貝克獨自站在那裡，手裡拿著錄音機。他將麥克風的電線捲好，收進口袋。逮捕令早就放在口袋裡，整齊地打好字、折好，但是，完全派不上用場了。

而且將來也用不上。四十五分鐘後，一個醫生來到等候室來告訴他，他們無法挽回克拉克・松斯托的生命。第二塊血栓直接進入他的心臟，卡在那裡。

馬丁・貝克到位於大衛廳廣場的警局，將錄音帶留給裴爾・梅森，同時留下結案指示。

他接著搭計程車回到安得斯勒夫。

平原上籠罩著一層厚厚的銀灰色濃霧，能見度不過幾碼，路旁也只看得到路肩、壕溝、成塊發黃的草地和偶爾出現的殘雪。如果他從沒在晴天見過這種鄉村景象，他根本無從得知隱藏在濃霧之後的會是什麼。但他見過這片草原，知道它的風貌。它不像在飛機上看到的那麼平坦、單調，而是柔和的起伏，有甜菜園、乾草堆，成排的垂柳及漆成白色的小教堂、還有圍著高大的榆樹和山毛櫸的農田點綴其中。他也見過晴朗時藍天籠罩著草原，看起來那麼無邊無際；偶爾有雲掠過，便在明亮的開闊大地投下一抹迅即消逝的陰影。那是他以往在海上才能見到的景致。但現在，霧卻像在路的兩旁築起了圍牆。灰色迷霧中的旅程彷彿沒有時間，也沒有真實感。

他們經過通往多畝的路，但看不到山崗上的房子。

郝萊坐在辦公室的書桌後喝著茶，翻看一大疊的印刷啟事。提米在桌下，攤躺在他腳上。馬丁．貝克在訪客的座椅上坐下來。提米一如平常，熱情地歡迎他。馬丁．貝克把狗推開，將臉擦乾。郝萊將紙推到一邊看著他。

「累了？」他問道。

「是的。」

「茶？」

「好，謝謝。」

郝萊走出去，帶著一個瓷杯回來，倒出壺裡的茶湯，注滿茶杯。

「你現在要回去了嗎？」他問道。

馬丁．貝克點點頭。

「班機兩小時後起飛，如果在這樣的濃霧裡還能飛的話。」

「我們過一小時再打去問，到時霧可能就散了。你旅館的房間還保留著嗎？」

「對，我是直接過來的。」

「那幹嘛不回去補個眠？時間到了我去叫你。」

馬丁．貝克點點頭，他真的非常疲倦了。

他將僅有的幾件東西整理好，躺到床上，幾乎立刻睡著。在他睡著之前，他依稀想起來，應該給黎雅打個電話。

他被黑格特·郝萊的敲門聲吵醒。郝萊敲過門後就直接走進來。馬丁·貝克看看鐘，驚訝地發現自己居然睡了三個鐘頭。

「霧散了，」郝萊說，「他們認為飛機四十五分鐘後應該可以起飛。除非必要，我不想將你吵醒。不過，現在該走了。」

他們坐進車裡，往史特拉普開去。

「佛基回家了。」郝萊說，「我半個小時前開車經過多畝，他正忙著修理他的雞舍。」

「席布麗的房子會怎麼處理？」馬丁·貝克問道，「她好像沒有親人？」

「沒有。我想，那房子會被拍賣。你該不會是想搬過來吧？」郝萊看著馬丁·貝克大笑。「來的話，可不准把刑警大隊也給帶過來。」

陽光開始穿透霧氣。抵達機場時，機場人員向他們保證飛機很快就會起飛。馬丁·貝克將行李托運後，跟郝萊一起走回車子。他彎下腰搔搔躺在後座的提米的耳朵，然後拍拍郝萊的肩膀。

「謝謝你所做的一切。」

「你會回來吧？」郝萊說，「我是說，不是因公出差。我可不允許這裡再有任何謀殺案件。

趁假期時過來吧？」

「也許會喔。」馬丁．貝克說，「再見。」

郝萊坐進車裡，眨眨眼說，「我們可以一起去獵雉雞。」

馬丁．貝克站著目送這輛茄紅色的車子離去。他接著走進機場，打給黎雅。

「我再幾個小時就到家了。」他說。

「那我現在就過去你的住處準備晚餐。你想吃晚餐嗎？」她問。

「當然。」

「我發明了新菜色，某種濃湯。過去的路上我再買瓶酒。」

「好。我想你。」

「我也想你，快點回來。」

再過一會兒，他就在空中了。

飛機一下子加速，掠出好遠。斯堪尼平原在下方，沐浴在陽光中。往南，他可以看到海洋，海水蔚藍，閃著亮光。隨著飛機攀升到雲層，再轉向朝北飛去，這些便由視野裡消失了。

他正在回家路上。

而那裡，有個人正在等他。

馬丁．貝克 刑事檔案 09

弒警犯
Polismördaren

作者	麥伊．荷瓦兒 Maj Sjöwall 及 培爾．法勒 Per Wahlöö
譯者	柯翠園
社長	陳蕙慧
副總編	林家任
行銷	陳雅雯、尹子麟、洪啟軒
封面設計	井十二設計研究室
地圖繪製	Emily Chan
排版	宸遠彩藝
印刷	通南彩色印刷股份有限公司
讀書共和國出版集團社長	郭重興
發行人兼出版總監	曾大福
出版	木馬文化事業股份有限公司
發行	遠足文化事業股份有限公司
地址	231 新北市新店區民權路 108-2 號 9 樓
電話	(02)2218-1417
傳真	(02)2218-0727
客服專線	0800-221-029
Email	service@bookrep.com.tw
法律顧問	華洋國際專利商標事務所　蘇文生律師
出版日期	2020 年 8 月　初版一刷
定價	400 元

Polismördaren

國家圖書館出版品預行編目

弒警犯 / 麥伊 . 荷瓦兒 (Maj Sjöwall), 培爾 . 法勒 (Per Wahlöö) 合著 ; 柯翠園譯 . -- 初版 . -- 新北市 : 木馬文化出版 : 遠足文化發行 , 2020.08
440 面 ; 14.8 X 21 公分 . -- (馬丁 . 貝克刑事檔案 ; 9)
譯自 : Polismördaren.
ISBN 978-986-359-821-3(平裝)

881.357　　109010313